소녀와 살인마

소녀와 살인마

초판 1쇄 발행 2025년 5월 9일

지은이 김덕기
펴낸이 이시찬
펴낸곳 도서출판 문학의봄
출판등록 제2009-000010호

교정 이주연
디자인 정윤솔
편집 오정은
검수 한장희, 이현
마케팅 김윤길

전화 010-3026-5639
홈페이지 cafe.daum.net/bombomsprin

ISBN 979-11-85135-42-7(03810)
값 15,000원

- 이 책의 판권은 지은이에게 있습니다.
- 이 책 내용의 전부 또는 일부를 재사용하려면 반드시 지은이의 서면 동의를 받아야 합니다.
- 잘못된 책은 구입하신 곳에서 바꾸어 드립니다.

소녀와 살인마

김덕기 소설집

문학의봄

차례

작가의 말
- 소설가가 되고 싶었다   6

빈집   9
제이라   47
블루 크리스마스   77
소녀와 살인마   113
증명   142
살아내 주렴   167
굴레   194
자기사용설명서   221

작품해설:
세상을 바라보는 인체적 시각
풍부하게 발휘된 실험정신 가득한 작품들
- 안휘(소설가·시인·문학평론가)   254

작가의 말

소설가가 되고 싶었다.
작가 말고 소설가 말이다.

글을 읽을 줄 모르던 시절, 엄마를 졸라 '괴도 루팡'을 들었고 이내 밤잠을 설쳤다.
짧디짧은 '이솝 우화'를 찬찬히 읽어 가며 이야기에 담긴 교훈의 맛을 알았다.
형의 권유로 읽은, 『삼총사』의 마지막 장을 덮었을 때의 벅참은 지금도 잊을 수 없다.

나도 쓰고 싶었다.
모두의 코를 책 속에 박게 할, 기가 막힌 이야기를 쓸 수 있을 것 같았다.
거짓으로 지어내는 황당무계한 이야기에,
배를 잡고 웃어 주는 친구들과, 알면서도 속아 주는 어른들의 표정.
그것을 계속 보고 싶었다.

서사에 대한 매력을 일찌감치 깨달았는지도 모른다.
매력을 깨닫는 것과 재능을 갖는 것은, 아무 상관이 없음도 깨달았다.

그 깨달음의 씁쓸한 뒷맛 또한, 인생의 이야기고 나의 서사임을 어렴풋이 느끼는 요즘이다.

주변의 많은 응원 속에 첫 단편집을 내게 되었다.
막상 책이 나올 때가 되니, 왜 이리 부끄럽고 후회가 되는지 모르겠다.
주변에서 나름 재밌다고 우쭈쭈 해 주니, 정신 못 차리고 기고만장하는 꼴 같다.
그래도 어쩌랴. 이 부끄러움도, 후회도, 내 인생의 단편이며 서사인 것을.

소설은 재미있어야 한다는 생각은 어려서부터 변함이 없다.
여기서 재미란, 독자의 마음을 사로잡을 수 있어야 한다는 뜻이다.
독서를 마쳤을 때, 마음에 이는 작은 파문 하나.
당신이 그것을 느낄 수만 있다면, 나의 글은 세상에 나올 이유를 찾은 것이다.
어쩌면, 앞으로도 계속 글을 쓰고 책을 내고 싶다는, 미친 갈망을 이어 갈지도 모른다.

나의 글이 당신을 만나길 희망한다.
나의 마음이 당신의 마음에 가닿기를 희망한다.

2025년 5월 김덕기

빈집

1

 우리 동네엔 빈집이 있다. 언제부터 있었는지, 누가 살다가 떠났는지 제대로 아는 사람은 아무도 없다. 다만 오래전부터 존재해 왔던 것만은 분명했다. 내가 태어나기 훨씬 이전부터 거기에 있었다고 하는 것을 보면.

 빈집은 민둥사이라고 불리는 마을 둔덕 높은 곳에 자리하고 있어서 마을 주민들이 고개만 들면 쳐다볼 수 있었다. 마찬가지로 빈집에서도 마을의 전경을 한눈에 내려다볼 수 있었다. 마을에 드문드문 빈집들이 있음에도 불구하고, 사람들이 '빈집'이라고 칭하는 것은 당연히 민둥산 위의 집을 가리키는, 일종의 관용어구가 되어 버렸다.

 빈집의 역사에 대해선 다양한 설들이 난무했다. 육이오 이후 혼란스러운 치안을 담당하기 위해 지어진 경찰지서 건물을, 한 사업가가 사들여 저택으로 개조한 것이라는 소문이 있었다. 박정희 군부독재 때 만들어진 중앙정보부의 지부로서 지역 주민들의 동향을 살피기 위해 만들어졌다는 얘기도 돌았다. 두 소문의 공통점은 저 저택이 어지럽고 어수선한 상황에서 주민들을 통제하기 위한 기관이었다는 풍문과 결국엔 민간사업자에게 넘어가서 큰 규모의 주택이 되었다는 얘기였다. 하지만 굳이 공공기관 하나 없는 고만고만한 동네에, 치안과 국가정보를 담당하는 기관이 들어올 만큼 이 지역이 값어치 있는 곳인가라는 의문이 일면, 아무도 그럴듯한 대꾸를 하지 못했다.

- 오늘, 어때?

집의 방향이 같은 우리 넷이 나란히 하교하던 길이었다. 갑자기 상혁이 고갯짓과 함께 뜬금없는 제안을 했다. 언젠가 이런 날이 오리라는 것을 알고는 있었지만, 마침 그날이 오늘이라 당혹스러웠다. 하필 함께 걷던 조지도, '무슨 일인데?'라며 눈을 동그랗게 뜨고는 호기심을 드러내고 있어 더욱 난감할 수밖에 없었다. 그럴듯한 거절의 이유를 찾기 위해 고민하는 것이 들통나는 것처럼 모양새 빠지는 일도 없다. 그건 반장인 수철도 마찬가지였다. 입을 굳게 다문 채 굳은 표정을 짓고 있었으나, 차마 거절하지는 못했다. 반장이라면 귀신도 무서워하지 말아야 한다는, 조지 앞에서 겁쟁이의 모습을 보여 줄 수 없다는……. 뭐가 됐든 내키지 않지만 해야만 한다는 결심에 방점이 찍혀 있는 표정이었다.

빈집을 정탐해 보자는, 이른바 담력 테스트였다. 마을 어디에서도 보이는 민둥산 꼭대기 2층짜리 대저택은 모두에게 공포의 대상이었다. 한바탕 비라도 휘몰아칠 듯 묵직한 먹구름은, 우리 동네에서 가장 높은 곳인 민둥산의 빈집 지붕 위에 떡하니 자리 잡곤 했다. 이윽고 '솨아' 하는 소리와 함께 비와 바람이 몰아치면, 어둠 속에 잠겨 있는 저 빈집은 그 누구도 범접할 수 없게 된다.

동시에 빈집은 선망의 대상이기도 했다. 마을엔 아직 재래식 화장실을 쓰는 집이 즐비했고, 공동 수돗물을 함께 사용하는 가구도 많던 시절이있다. 여름엔 마을 한가운데를 관통하는 맑은 시냇가에서 멱을 감고 천렵을 즐겼다. 겨울엔 비료 포대를 들고 민둥산 중턱을 기어오르는 아이들의 비명과 웃음소리가 끊이지 않았다. 어른들은 따스한 방구석에 삼삼오오 모여 앉아 묵은지에 막걸리 사발을 들이키며 자신과 상대에게 들어온 패를 가늠하느라 가자미 눈깔이 되곤 했다. 모두가 비슷한 환경과 처지에서 비슷하게 자라온 주민들의 눈에, 붉은색 벽돌과 흰색 기둥, 어른 키보다 큰 대형 창이 열 개도 넘게 박혀 있는 저택은 이질감과 거부감을 들게 했다. 그러면서도 궁금증을 자아냈으며, 집주인의 생활을 상상하게 만들었다.

모두가 궁금했으나 아무도 가 보지 않았다. 그리고 그 누구도 알지 못했다. 왜 빈집에 가 볼 생각조차 하지 못했는지, 그 또한 알지 못했다.

상혁이 앞장을 섰다. 당연히 제가 먼저 빈집에서의 담력 테스트 얘기를 꺼냈으니 주도적으로 나서야 하는 게 맞았다. 하지만 그런 이유가 아니라도 상혁은 앞장을 섰을 것이다. 딱히 '짱'이라거나 '통'이라거나 '대가리'라고 하는, 학교 내에서 '쌈박질' 좀 한다는 아이들을 일컫는 표현이 없던 시절이었다. 그렇지만 상혁은 아이들 사이에서 말썽꾸러기였고, 담임이 작성한 생활통지표상에선 장난이 심하고 주의가 산만하며 학습 태도가 불량한 아이였다. 거기에 하나 더 덧붙이자면 조지가 지금 여기 함께 있다는 것만으로도 충분한 이유가 되었을 것이다.

- 아무도 안 계신가요?

떨리는 손으로 작동이 되지 않는 초인종을 몇 차례 눌러 대다가, 침 넘기는 소리마저 죽인 채 조심스럽게 문을 연 것은 상혁이었다. 하지만 이리 오너라 식으로 대담하게 목소리를 드높인 것은 수철이었다. 와, 이건 상혁이 보여 준 것과는 또 다른 종류의 용기였다. 갑작스러운 수철의 외침에 우리 모두는 눈알이 튀어나와 바닥을 데굴데굴 굴러다닐 만큼 놀랐지만, 정작 수철 자신은 고개를 바짝 쳐든 채 당당한 모습이었다. 안으로부터의 인기척이 없음을 확인한 후에야 아이들은 얼음에서 땡 할 수 있었다. 와, 역시 반장! 엄지손가락을 곧추세우는 조지를 슬쩍 돌아본 수철은 어깨를 으쓱해 보였다. 그러고는 상혁을 뒤로한 채 먼저 앞서 탐색을 시작했다. 이런 제길, 나도 뭔가를 보여 주긴 해야 하는데. 조바심이 났지만 무엇을 어떻게 해야 불알 달린 놈들의 기를 팍 꺾어 주고 조지의 이목을 가져올 수 있을지 생각조차 나지 않았다.

- 너희들 뭐냐?

집직스레 위에서부터 들려온 소리에 우리는 모두 혼비백산했다. 비명을 지르는 것은 물론이고 그 자리에 그대로 주저앉고 말았다. 놀란 나머지 상혁이는 위쪽을 향해 손가락질하며 바보처럼 어, 어 소리만 내었고, 수철은 뒤도 돌아보지 않고 현관문 쪽으로 내달았다. 난 온몸이 굳어서 옴짝달싹할 수 없었다.

당시엔 소리가 하늘로부터 내려오는 것만 같은 착각이 들었는데, 소리의 진원지는 2층의 복도였다. 웬 남자아이 하나가 양쪽 주머니에 손을 찌른 채 밑으로 우리를 꼬나보고 있었다. 그러고는 나선형 계단을 한 걸음씩 디디며 천천히 내려왔다. 울고 주저앉고 도망가고 굳어 있는 행태를 보고는 우리의 깜냥을 모두 간파했다는 듯 짐짓 여유로운 모습이었다. 현관 밖으로까지 뛰어나갔다가 혼자라는 사실을 인지한 반장 수철이 다시 돌아온 것도 그때였다.

─ 민이라고 해. 조민.

우리의 얼굴을 하나하나 뜯어보던 아이가 자신의 이름을 밝히며 씩 하니 미소를 지었다. 조지와 눈이 마주친 부분에서 하얀 이빨을 드러낸 것처럼 보인 것은 나의 착각이었을까.

─ 어, 나도 조 씨인데. 난 조지영이야.

방금까지만 해도 귀신을 본 것처럼 비명을 질러 대던 아이가 맞나 싶을 정도로 밝게 웃는 조지가 신기하면서도 조금 화를 돋우었다. 놀라 자빠졌던 불알들은 머쓱함을 뒤로 한 채 통성명을 했다. 특히 단거리 질주를 했던 수철은 조민에게 악수까지 청했지만 이미지를 회복하기엔 늦은 감이 있었다. 조지는 한심하다는 듯 수철을 째려보았다.

"따라와. 호스트가 안내해야지."

조민은 따라오든지 말든지 상관없다는, 다소 무심한 투로 던진 후 뒤돌아섰다. 우리는 갓 태어나 처음으로 어미를 목격한 새끼 오리가 되어, 쪼르르 조민을 따를 수밖에 없었다. 호스트라는 단어가 무슨 뜻인지 내내 궁금해하면서.

2

 드르륵, 교실 문이 열리고 담임이 들어오자 왁자지껄하던 교실이 일순간 조용해졌다. 그 뒤로 남자아이 하나가 느릿느릿한 걸음으로 따라 들어왔다. 어! 상혁과 수철과 조지와 나는 깜짝 놀랐다. 놀라움은 이내 반가움으로 바뀌었다. 그리고 반가움은 이내 우월감으로 포장되었다. 전학생에 대한 호기심과 신기함으로 눈을 반짝이는 반 아이들에게 우리는 우쭐해졌다. 내가 쟤를 좀 아는데 말이야…….
 밝고 탁 트인 교실 안에서 조민을 제대로 본 것은 우리 넷도 처음이었다. 처음 만난 날은 조민을 귀신으로 알고 오줌을 지릴 뻔했으니 생김새를 뜯어볼 형편이 못 되었다. 조민은 비교적 호리호리한 몸매에 싸움꾼 상혁이보다 머리 하나는 더 컸다. 빗장뼈가 드러날 정도로 목이 늘어난 검정색 티셔츠와 포대 자루 같은 풍덩한 건빵바지, 미군이 신다가 버린 게 연상될 정도의 낡은 갈색 워커를 신은 채 칠판에 기대어 서 있었다. 한쪽 눈을 가릴 정도로 덥수룩한 더벅머리 밑으로 간신히 드러난 눈은 곧 눈물 한 방울을 툭 하고 떨어뜨릴 것처럼 그렁했다. 이미 수염이 자라기 시작했는지 코밑은 까뭇까뭇했다. 당시 우리 또래들이 이 대 팔 가르마를 타고, 눈이 부실 정도로 하얀 셔츠나 블라우스 위로 짙은 색깔의 브이넥 스웨터를 입어 주는 것이 유행이자 모범생의 전형이었음을 감안한다면, 조민의 행색은 거의 걸인이나 다름이 없을 정도로 초라하고 남루한 것이었다. 그럼에도 불구하고 수철은 조용히 나비넥타이를 뺀 후 맨 위 단추 하나를 풀었다. 이 대 팔 가르마를 탔던 나 역시 조용히 고개를 숙여 애써 드라이기로 공들였던 머리카락을 헝클어트렸다.

- 똑바로 안 서?

마뜩잖은 표정으로 전학생의 자리를 살피던 담임은 주머니에 손을 찔러 넣은 채 칠판에 기대어 서 있는 조민을 돌아보며 나지막이 일갈했다. 조민은 약간은 겸연쩍게 웃으며 자세를 바로 했는데, 그때 누군가 꺅 하는 새된 소리를 질렀다. 쳇, 뭐야. 저 주름투성이 눈매가 뭐가 멋있다고. 아마도 나와 상혁, 수철 외에도 우리 반의 모든 남자아이는 같은 생각을 했을 것이다. 그러나 조민의 슬픈 눈매가 웃음으로 주름 잡힐 때, 묘한 느낌을 준다는 것은 인정하지 않을 수 없었다. 우리 모두 그날 조민의 눈을 놓고서 영화배우를 닮았네, 돌아가신 학교 앞 구멍가게 할아버지를 연상시키네 하는 찬반의 논쟁을 벌였으니까.

조민은 반에서 가장 뒷자리이자 창가에 홀로 앉게 되었

다. 조민보다 키 큰 아이들이 서넛 정도 더 있었기 때문에, 단순히 신장 때문에 뒷자리에 앉게 되었다고 보기는 어려웠다. 자리는 가장 뒷자리에 앉았지만 번호는 가장 앞 번호를 부여받았다. 조민이 1번을 달았기 때문에 아이들이 사용하던 번호는 하나씩 뒤로 밀리게 되었다. 2번이었던 나는 3번이 되었다. 그러잖아도 꼴찌였던 상혁은 54번에서 55번으로 밀렸다며 뾰로통해 있었다. 당시 2월생인 내 앞에 1월생인 아이가 하나 더 있을 뿐이었다. 그렇다면 조민도 1월생인가? 아니면 우리보다 형? 얼핏 고개를 돌려 조민을 바라보았다. 조민은 햇살이 가득 들어오는 창가에서 턱을 손으로 괸 채, 아무도 없는 운동장을 하염없이 바라보고 있었다.

  짝꿍이 없던 조민의 옆자리는 쉬는 시간이면 몰려든 아이들로 넘쳐 났다. 아이들은 쉬는 시간 종이 울리자마자 조민에게 달려갔고, 서로 옆자리를 차지하기 위해 다툼을 벌이는 일까지 일어날 만큼 인기가 좋았다. 이유는 여러 가지였는데, 그중에 하나는 아는 것이 많다는 것이었다. 단순히 아는 것이 많을 뿐만 아니라 그 아는 것을 재미있게 얘기해 주었다. 가족들과 여기저기 여행을 다니면서 보고 듣고 겪은 일들에 재미라는 양념을 가미한 이야기보따리는 바닥이 없어 보였다. 아이들은 마치 할머니로부터 옛날이야기를 듣는 것처럼 아련하고 포근한 감정을 느꼈다. 어떤 때에는 삼촌이나 동네 형으로부터 모험담을 듣는 것처럼 긴박감이 느껴지기도 했다. 나중에 깨달은 사실이지만, 조민이 무슨 얘기를 어떻게 하든 재미있을 수밖에 없는 이유가 있었다. 그 많은 이야기 속에서 결코 자신이 뭔가를 해결한 영웅인 적은 한 번도 없었던 것이다. 간혹 주인공으로 등장하기도 하였지만, 그때는 좌절하고 상처 입은 캐릭터였다. 그 사건을 계기로 깨닫고 성장의 발판으로 삼는 경우만 있을 뿐이었다. 상처 입은 화자, 희화화된 주인공. 그런 캐릭터에게 밥맛 떨어진다고 뒤에서 수군거리는 아이들은 없었다.

  음악 시간이었다. 아이들은 두려움과 기대감을 품고 음악실로 향했다. 담임은 학기 초부터 악기를 활용하여 노래나 연주곡 하나를 완벽히 익히고 발표할 것을 예고해 왔다. 간신히 의무교육을 유지하고 있던 국민학교 시절이었다. 육성회비나 방위성금을 내지 못해 따귀를 맞거나 화장실 청소를 해야 하는 벌칙이 수시로 이뤄지곤 하던 때였다. 그런 상황에서 악기를 하나씩 장만하는 것, 그 악기를 꾸준히 연습하여 또래들 앞에서 발표를 한다는 것. 그것은 모순이었고 배부른 부르주아들의 여가 활동이었다. 아직 생각이 여물지 못한 나이였지만 눈치까지 없는 것은 아니었다. 반장을 비롯한, 속칭 있는 집 애들에게 점수를 몰아주기 위한 담임의 수작 아니냐는 수군거림이 지배적이었다. 지금 생각해 보면 악기의 수준과 그 능숙한 연주를 통해 가정환경 형편에 대한 질적 조사를 꾀했다는 것이 보다 적절한 추론일 것이었다.

그나마 쉽게 구할 수 있는 악기가 리코더였다. 발표 시 노래만 부르거나 리코더를 사용하면 감점이라는 담임의 엄포에도 불구하고 반 아이들의 절반 이상이 노래만 부르거나 리코더를 불었다. 남은 아이들 중 절반은 멜로디언을 챙겨 왔다. 그들 모두를 제외한 10명 정도가 나름 남다른 악기로 연주 실력과 노래를 뽐내었다. 그들이야말로 담임이자 학교 측이 추출해 내려고 했던 먹잇감이었다. 조지는 피아노를 연주했나. 체르니인지 베토벤인지는 모르겠지만, 누구나 들어 봤음 직한 곡이었다. 당시엔 자동차가 뒤로 빠꾸할 때 주로 들을 수 있는 음악이었는데, 조지는 마치 제 집에서 치는 것처럼 편안해 보였다. 마치 그녀가 능숙하게 주차하는 차의 조수석에 앉아 있는 기분이었다. 수철은 바이올린으로 사랑의 인사를 연주했다. 수철을 쳐다보는 담임과 몇몇 여자아이들의 눈에서 그야말로 사랑이 솟구쳤다. 상혁이 트라이앵글을 손에 쉬고 교단에 오를 때부터 아이들은 이미 킥킥대기 시작했다. '새벽종이 울렸네, 새 아침이 밝았네, 너도나도 일어나 새마을을 만드세…….' 트라이앵글에 연결된 줄을, 다듬기 전의 생선 꼬리를 잡아 올린 것처럼 엄지와 검지로 살포시 잡고는 신나게 두들겼다. 내친김에 춤까지 추어 대며 음악실이 떠나갈 듯이 불러 댔다. 아이들은 배꼽을 잡고 웃어 댔다. 이윽고 상혁의 오른쪽 볼은 담임의 왼손에 우악스럽게 잡혀 있었다. 장난하냐? 소풍 왔어? 찰진 소리가 한 번씩 실내에 울릴 때마다 상혁의 작은 몸통은 바람을 만난 갈대처럼 휘청거렸다. 저쪽에 무릎 꿇고 앉아 있어! 상혁의 왼쪽 볼은 시뻘겋게 변했고, 곧 개구리 왕눈이처럼 부풀어 올랐다. 큰 웃음을 준 상혁은 그렇게 산화되었다.

다음 누구야! 알아서 빨리빨리 나오지 못해? 담임은 신경질적으로 외쳤다. 아마도 자신들의 용돈을 책임질 희생양들을 선별하는 경건한 의식에 찬 물을 뒤집어썼다는 느낌이었을 것이다. 마지막으로 남은 이는 조민이었다. 전학 온 지 얼마 되지도 않은 상태에서 악기를 준비할 수도 연습을 할 수도 없을 것이 자명했다. 그러나 담임의 눈빛은 이미 조민을 잡아먹고 있었다. 조민은 잠시 고개를 까딱거리며 박자를 고르더니 교탁을 가볍게 두드리기 시작했다. '당신에게서 꽃 내음이 나네요. 잠자는 나를 깨우고 가네요. 싱그런 잎사귀 돋아난 가시처럼, 어쩌면 당신은 장미를 닮았네요…….' 처음 들어 본 노래였던 것 같다. 어쩌다 누나나 형의 방에서 흘러나오는 라디오 소리로 접했는지도 모르겠다. 중요한 건 아이들 모두 조민의 노래에 집중했고 매료됐다는 사실이었다. 저 굵직하지만 가벼운 음색에 교탁을 두드리며 박자를 맞추는 것만으로도, 그 어떤 기교를 가진 목소리나 현란한 연주보다 아름다운 소리가 날 수 있구나! 약간은 수줍은 듯 잔잔한 미소와 함께, 음악실의 콘크리트 벽에 닿은 후 메아리치는 조민의 목소리는 아이들에게 또 다른 차원의 세상도 있음을 보여 주는 것만 같았다.

그만! 아마 조민 자신도 노래에 심취한 나머지 담임의 제지를 듣지 못했을 것이라고 생각한다. 아이들은 조민의 목소리를 계속 듣고 싶어 했지만 거기까지였다. 누가 준비도 없이 맨손으로 나오라고 했어? 누가 음악 시간에 싱인기요 부르라고 했냐고! 퍽, 퍽, 퍽, 상혁이 귀싸대기를 맞을 때와는 소리부터가 달랐다. 때리기 위해 팔을 들어 올리는 각도의 차이도 현격했다. 선생이 아이의 따귀를 때리는 것이 아니라, 선수가 배구공에 강스파이크를 먹이는 것만 같았다. 그런데도 소민은 그 자세 그 자리를 유지했다. 열중쉬어 자세로 어금니를 꽉 깨문 채 교실 뒤편의 어딘가를 응시하고 있었다. 허, 이 새끼 봐라. 해보자 이거지? 담임은 트레이닝복 상의를 벗고 손목시계를 풀었다. 살과 살이 맞부딪치는 파열음은 찰진 소리와는 분명 다른 것이었다. 아이들은 모두 고개를 떨궜다. 모두가 무서웠고, 모두가 민망했으며, 모두가 미안했다.

쉬는 시간 종이 울렸다. 담임은 헉헉거리며 숨을 몰아쉬었다. 조민은 여전히 열중쉬어에 빳빳이 고개를 쳐든 채였다. 종이 살린 것은 조민이 아니라 담임 같아 보였다. 너 이 새끼, 방과 후 교무실로 내려와. 자리에 주저앉아 씩씩대는 담임에게 조민은 90도로 인사를 했다. 조민은 자리로 돌아가며 무릎 꿇고 있는 상혁의 어깨를 가볍게 짚어 주었다. 반 아이들을 향해선 담임 모르게 손가락으로 V자를 그려 보였다. 잔뜩 부풀어 오른 얼굴로 예의 그 매혹적인 미소까지 날리려고 애쓰면서. 아이들은 그제야 조금 웃었다.

조민은 우리와 달랐다. 아는 것으로 치자면 수철이가 만물박사였고 싸움은 단연 상혁이가 최고였다. 인기투표를 하면 남녀와 선생님까지 통틀어 조지를 능가할 수는 없었다. 한데, 그와는 다른 뭔가가 조민에겐 있었다. 앞서 언급한 그런 것들과는 차원이 좀 다른, 요즘 말로 노는 물이 다르다고 해야 하나. 상대적으로 조숙했다고 해야 하나. 생각의 깊이, 행동의 실천 반경, 기복 없는 평상심의 유지, 눈에 띄지 않는 배려 등등 뭐 하여간에 우리랑은 달랐다.

자리에서 일어서던 조지의 분홍색 치마가 찌익 하고 찢어지는 사건이 있었다. 오래된 의자에 튀어나와 있던 못에 걸린 모양이었다. 치마는 분홍색 헤어밴드와 색깔 맞춤을 한 것으로 추정될 만큼, 나름 공을 들인 옷차림이었다. 월례 조회 때 전교생이 모인 자리에서 연단에 올라가 교장으로부터 학내 모범 생활 표창장을 대표로 받은 날이라 공을 들인 것이다.

와, 빤쓰도 분홍이네! 남자아이들은 기회를 놓칠세라 승냥이 떼처럼 달려들었다. 평소 예쁘고 똑똑한 만큼, 콧대도 높았던 조지를 그냥 놔둘 리 없었다. 주위 여자애들은 겉옷을 벗어 허리에 둘러 주며 방어에 나섰지만, 이미 조지의 앙증맞은 속옷은 승냥이들의 눈을 통해 스캔되고 작은 뇌로 복사된 후 세 치 혀를 통해 끊임없이 출력 및 유포되는 상황이었다. 씩씩거리며 화를 내었으나 이미 얼굴에 한가득 울음주머니를 머금은 조지는 이쪽을 바라보았다. 상혁이는 당장에 뛰어들어 놀리는 아이들을 한 대씩 쥐어박아 주고 싶었지만 요원한 일이었다. 자칫 조지를 좋아하느냐는 구설수에 오를 수 있기 때문이었다. 수철이 나섰다. 반장 자격으로 나서며 아이들을 제지했다. 수첩과 연필을 꺼내 이름을 적어 선생님께 제출하겠다고 엄포를 놓았다. 하지만 곧바로 아, 이 방법은 아닌데 싶었다. 아니나 다를까.

승냥이들은 오히려 기세등등해졌다. 일러라. 담탱이 꼬붕아…. 나라도 나서서 뭔가 해야 할 텐데. 가슴이 두근거렸다. 무작정 자리에서 일어나 아이들 쪽으로 다가가려는데, 드르륵 교실 뒷문을 열고 조민이 들어왔다. 어느새 학교 창고라도 다녀왔는지 손에는 큰 장도리가 들려 있었다. 성큼성큼 아이들 쪽으로 다가가자, 여자아이들은 굳었고, 남자아이들은 잽싸게 흩어졌다. 조민은 조지가 앉아 있던 걸상을 유심히 손가락으로 더듬어 튀어나온 못을 찾아내었다. 땅, 땅, 땅……. 판사가 선고하고 판결봉을 내리치는 소리가 이보다도 경쾌할까. 망치질 소리 외엔 그 어떤 잡음도 들리지 않았다. 한동안 걸상을 쓸어 보며 튀어나왔던 부분을 확인하던 조민은 인상을 조금 찡그리며 만족스럽지 않다는 표정을 지어 보였다.

- 안 되겠다. 내 의자랑 바꿔서 쓰자.

조민을 보여 주는 일화는 또 있다. 대운동회 계주의 마지막 주자는 조민이었다. 앞의 주자들이 엎치락뒤치락하던 중 파란색 머리띠를 맨 아이가 운동장 모래 바닥에 나뒹굴고 말았다. 청군에 속하는 우리 반 아이들은 모두 자리에서 벌떡 일어나 탄식을 내뱉고 말았다. 그 순간 마지막 주자인 조민은 거꾸로 뛰어 올라가 넘어진 주자로부터 바통을 넘겨받았다. 얼핏 넘어진 주자의 어깨를 짚어 주었고, 순간적이나마 웃어 준 것 같기도 했다. 이후 대추격전이 벌어졌다. 조민은 백군의 마지막 주자를 쫓기 시작했다. 무려 20m 가까운 거리 차이였다. 승패는 이미 결정 나 있었다. 조민이 칼 루이스였다고 해도 이길 수는 없는 경기였다. 그러나 거리는 좁혀 들고 있었다. 자칫 맥이 빠진 클라이맥스가 될 줄 알았던 대운동회에 심폐소생술을 하듯 북이 울리기 시작했다. 청군은 따라잡을 수도 있겠다는 흥분에 환호성을 보냈고, 추격을 당하던 백군은 당황과 공포가 범벅이 된 고성을 내질렀다. 둥, 둥, 둥······. 5m, 4m, 3m. 하지만 거기까지였다. 조민이 격차를 줄일 수 있었던 것은. 아! 아이들뿐 아니라 선생들, 동네 주민들 모두 그 명승부에 아낌없는 박수를 보냈다. 하나같이, 10미터만 더 남아 있었으면 조민이 역전했을 것이라 말하고 다녔다. 청군 백군을 떠나 모두가 조민의 편이 되었던 것이다.

 - 나, 민이 오빠를 좋아하게 된 것 같아!

스탠드 뒤쪽의 소란스러운 아이들 틈에 서서 눈물을 훔치던 조지가, 쉬어 버린 목으로 외친 고백을 들은 것은 나뿐인 것 같았다. 빈틈없던 조지의 느닷없는 사랑 고백뿐만 아니라, 언제부터 조민을 오빠라고 칭했는지, 조민의 역주가 눈물을 자아낼 만큼 조지에게 감동스러웠는지, 목이 쉬어 터질 정도로 응원해야 했는지 등등 그 모든 것이 의아하고 당혹스러웠다. 아마도 의자 사건 때부터였겠지. 상대적으로 내가 조지를 위한 그 어떤 용기도 내지 못했던 사건 말이다. 나는 조지의 대범한 사랑 고백을 놀려 주려는 마음이 채 들기도 전에 의욕이 사라지는 것을 느꼈다. 그저 모래가 가득 들어찬 스탠드 바닥에 조용히 쪼그려 앉고 말았다.

3

대운동회 계주의 마지막 주자로서 추격전을 벌인 사건은 조민의 입지를 백팔십도 바꿔 놓았다. 국민학교 학생이나 어린애, 아동, 꼬맹이 등 우리 또래들을 일컫는 그 어떤 수식어도 조민에게는 어울리지 않는 단어가 되었다.

상혁과는 서로 주먹질 한번 주고받지 않은 채 짱이 되었다. 상혁이 싸움을 걸 생각도 하지 않았지만, 가끔 제 분을 못 이기고 씩씩거릴 때면 조민이 조용히 다가갔다. 선선히 웃어 가며 어깨를 자근자근 주물러 주었다. 그러면 상혁이는 혼자 메추리알만 한 눈물을 뚝뚝 떨구며 화를 삭이지 못한 채 가쁜 숨을 몰아쉬곤 하였다. 사과는 조민이 먼저 했고 비위도 조민이 맞춰 주었지만, 누가 봐도 대학생 큰 형이 국민학교 다니는 막냇동생을 달래 주는 모습으로 비쳤다.

공부를 잘하지는 못했다. 예체능에는 타의 추종을 불허했으나, 산수에서 수학으로 서서히 개념이 바뀌어 가고 국어에선 문법이 나오기 시작하면서 성적은 바닥을 기었다. 하지만 여전히 조민의 이야기보따리에 관객은 만원이었고, 조민 역시 성적 '따위'는 전혀 개의치 않는 모습이었다. 하지만 반장을 한 해도 놓쳐 본 적이 없는 수철은 불안감에서 헤어나지 못했다. 학업성취도야 조민이 자신을 따라올 수 없을 것이 자명했다. 그러나 학업 이상의 그 무엇에서 수철은 자신의 입지가 불안정함을 시시때때로 느끼고 있었다. 담임이 자리를 비우게 되면 반장인 수철이 자연스럽게 앞에 나가 자율학습을 유도하곤 했다. 아이들은 여느 때와 같이 금세 웅성거리며 장난을 치곤 했고, 수철 역시 칠판에 떠든 아이들의 이름을 바를 정(正) 자로 적는 것으로 경고의 메시지를 날리곤 했다. 그러나 대부분 남자애, 특히 짓궂은 애들은 반장의 권리에 이의를 제기하거나 조롱하기 일쑤였다. 수철을 향해 따까리나 프락치와 같은 뜻 모를 난어를 써 가면시.

- 십 반. 조용히 하자.

하지만 조민의 이 말 한마디면 상황 종료였다. 반은 담임이 있을 때와 똑같이 침묵과 무거운 기류 속에 휩싸이곤 했다. 간혹 눈치 없이 다시 재잘거리며 기류를 거스르는 녀석도 있긴 했다. 그럴 땐 조민이 노크를 하듯 책상을 똑똑 두드린 후 아이를 계속 쳐다보면 그것으로 되었다. 그럴 때면 수철의 얼굴은 태양처럼 붉고 후끈하게 달아올라 있었다. 누가 보아도 조민이 수철을 도와주는 형국이었음에도 말이다.

그 시절, 우리 사인방과 조민의 관계는 정점에 달해 있었다. 조민은 우리에게 모든 것을 일러 주고 알려 주는 선생이었고, 완급을 조율해 주는 지휘자였으며, 언제나 묵묵히 지원해 주는 큰 형 같은 존재였다. 조민의 입장에서도, 기존의 텃밭에서 싸움이나 공부 등으로 잔뼈가 굵은 우리 사인방을 전면에 내세워 함께 움직이는 것이 손해날 일은 없을 것이었다.

빈집은 우리들의 놀이터이자 아지트가 되었다. 조민은 가끔 우리에게 자기네 집으로 갈 것을 제안했고, 그때마다 우리는 미지의 세계로 들어가는 급행열차 표라도 손에 쥔 것처럼 기대와 긴장감에 휩싸이곤 했다. 그도 그럴 것이 조민의 집에는 그야말로 모든 것이 다 있었다고 해도 과언이 아니었기 때문이었다. 우리가 경험해 보지 못한 것을 경험할 수 있었고, 이야기로만 들었던 것이 실제하고 있었으며,

어른이 되면 돈 벌어서 사야지 하는 것들을 지금 당장 탐닉할 수 있었다.

우선 집 자체가 환상의 장소였다. 으리으리한 규모의 집과 여러 개의 방은 숨바꼭질과 탐험의 장소였다. 밖이 아닌 집 안에 설치된 계단을 오르고 내리는 일은 그 자체가 놀이었다.

조민의 방에는 돈이 있어도 구하기 어렵다는 건담 시리즈를 비롯해 각종 변신 로봇이 즐비했다. 다른 방 하나는 아예 서재로 꾸며져 있었다. 그중 한쪽 벽면을 만화책과 잡지책이 가득 채우고 있었다. 이 정도면 십 년 내내 보아도 다 못 보겠다! 수철의 감탄사가 폭발했다. 신기한 먹거리도 많았다. 그 귀하다는 바나나가 거대한 냉장고 안에 가득히 처박혀 있었다. 상혁이는 저녁 대신 바나나만 주야상천 입속에 넣었다가 다음 날 배탈이 나서 결석을 한 적도 있었다.

뭐니 뭐니 해도 그 집의 하이라이트는 뒤뜰에 있는 수영장이었다. 동네 개울처럼 많은 아이가 한꺼번에 들어가 첨벙거릴 수 있을 정도의 규모는 아니었지만, 그것과는 차원이 완전하게 다른 것이었다. 당시 말로 고급스러움을 넘어 부티가 난다고 해야 할까. 가 보지도 않은 미국의 잘사는 동네에서 뭐 하나 부족한 것 없이 다 가지고 태어난 외동아들이 된 느낌 같은 것. 나를 비롯한 남자아이들은 웃통만 벗고는 그대로 뛰어들었고, 조지는 바지에 상의 하나는 걸친 채 천천히 물을 적시며 안으로 들어왔다. 제일 수심이 깊은 곳이 키가 작은 상혁이의 목울대 정도까지였으니까 당연히 다이빙을 해서는 안 됐지만, 그런 걸 가릴 우리가 아니었다. 조지가 보는 앞에서 최대한 남성미를 뽐내기 위해 공중제비를 돌고 발차기를 하며 입수했다. 하지만 조지의 눈은 마르고 까무잡잡한 몸피에 미제 선크림을 바르고 있는 조민에게 가 있을 뿐이었다.

- 재미있는 거 보여 줄까?

하루는 매번 같은 놀이만 해 대는 부하들의 행태가 지겨웠던지, 연신 하품을 해 대던 조민이 툭 하고 한마디 던졌다. 그도 그럴 것이 우리에겐 그 집이 모험할 것이 즐비한 꿈의 세계였지만, 조민에겐 그저 같은 생활이 반복되는 '집구석'에 지나지 않았을 테니까. 도대체 그런 집에서의 생활이 지겨워지려면 얼마의 시간이 필요한 것일까.

조민이 어디선가 가져온 테이프를 비디오에 넣자, 흐리고 흰 줄이 브라운관에 반복적으로 재생되었다. 이윽고 화면을 본 우리는 하마터면 심장마비에 걸릴 뻔했다. 마치 망치로 뒤통수를 한 대 얻어맞으면 느낌이 이럴까 싶었다. 얼굴이 불콰하다 못해 새빨갛게 달아오른 남자와 머리숱이 많고 눈이 풀린 여자가 옷을 홀랑 벗은 채 엉켜 있었다. 둘다 미국인으로 추정되는 두 남녀는 다양하게 자세를 바꿨는데, 어떨 때는 올림픽에서 그레코만 형 레슬링을 하는 것 같았고, 또 어떨 때는 개나 뱀 같은 동물이 연상되는 자세를 취하기도 하였다. 그럴 때마다 우리의 팔뚝에 버금가는 남자의 그것이 들쥐의 구멍과도 같은 여자의 그곳으로 빨려 들어갔다가 빠져나오는 행태가 반복되었다. 그 장면이 클로즈업되어 화면 전체에 가득 찼고, 반대로 우리의 머릿속은 텅 비어 갔다.

모든 것이 정지된 것 같았다. 말하는 이도 침을 삼키는 이도 없었다. 머릿속의 생각도 멈췄고, 밑의 동네에서 '계란~'이나 '열쇠 고치고 열쇠 만들어요.'를 외치던 아줌마 아저씨들의 외침도 멈췄다. 나, 갈래. 조지가 다소 울먹거리는 또는 화가 난 말투로 자리에서 일어섰다. 나와 수철이 잠깐 조지를 쳐다보았으나 다시 화면으로 시선을 고정시켰다. 그 누구도 조지를 따라 자리에서 일어서지 않았다. 그럴 수 없었다. 여러 이유로.

그날 이후 조지는 조민의 집을 찾지 않았다. 반면에 조민의 집은 완전히 사내아이들의 아지트로 탈바꿈돼 있었다. 장난감을 가지고 놀고 만화책을 읽었지만 말미엔 반드시 그 방의 비디오 앞에 모여 앉게 되었다. 당시엔 포르노라는 단어를 알지 못했던 우리는 '정통'이라는 말로 일컬었는데, 그야말로 남녀의 모든 것이 정통으로 드러나기 때문이었다. 지금 생각해 보면 정통으로 뒤통수를 맞은 것 이상의 충격 때문이라는 설명이 더 그럴듯하게 들리긴 하지만.

  요 며칠 조민이 보이지 않았다. 학교를 결석한 것인데, 그런 적은 이전에도 많았다. 몸이 안 좋다거나 부모님을 대신해서 집을 지켜야 한다는 등의 이유로 조퇴나 결석을 밥 먹듯이 했다. 당시엔 6년 내내 우등상을 받는 것보다 개근상을 받는 것이 더욱 대견한 일이라는 선생들의 얘기를 곧이곧대로 받아들이던 순진한 시절이었다. 그런 상황에서 조민의 잦은 조퇴와 지각, 결석은 일탈로 간주되었다. 비윤리적이고 나쁜 짓이었다. 불성실하고 게으른 인간의 전형으로 치부되기 딱 좋은 상황이었다. 그러나 그 대상이 조민이기에 달랐다. 마치 대학생 형의 일상을 보는 것만 같았다. 자유와 여유를 양 옆구리에 끼고 다니는 듯한 모습 말이다. 악착같이 공부하고 아등바등 개근하여 나중에 뭐에 쓰려고 그러냐는 비판을 몸소 실천하는 것만 같았다. 주어진 규칙에 최대한 부응하고 노력하여 선생들을 비롯한 어른들에게 칭찬받는 일이 지상 최대의 과제인 줄 알았던 우리에게 조민의 그런 태도는 이질감을 느끼게 했다. 동시에 부러웠고 매력적으로 느껴졌다. 우리가 하지 못하는 일을 마음껏 할 수 있는 그 용기가.

문제는 조지도 함께 보이지 않는다는 사실이었다. 지난 주 토요일에 나와 함께 당번이었던 조지는 교실 문을 잠그고 열쇠를 담임에게 반납했다. 그게 마지막이었다. 담임은 조지의 집에 큰일이 있어 며칠 학교를 쉬게 되었다고 둘러대었으나 그 말을 믿는 아이들은 아무도 없었다. 육성회장이자 조지의 어머니가 교무실로 찾아와 한 시간 내내 울다가 돌아갔다는 소문이 돈 뒤로는 더욱 그랬다.

조지가 학교에 결석한 것은 오늘로 삼 일째. 만일 토요일 오후부터 집에 돌아가지 않은 것이라면 날 수로 닷새가 된다. 도대체 계집아이가 무슨 배짱으로 가출을 다 한 것일까. 요즘은 봉고차로 애들 납치해서는 새우잡이 배에다 팔아먹거나 지하철 앵벌이를 시키는 일도 많다던데. 겁도 없이. 혹시 혼자가 아니라면? 차라리 누군가 함께 다닌다면 다행이겠다. 한데 만약 그가 조민이라면? 그래도 다행스러운 일일까? 물에 젖은 하얀 메리야스 위로 봉긋하게 솟아오른 조지의 가슴이 머릿속에 맴돌았다. 그 악마 같은 정통에 조민과 조지가 남녀 주인공으로 니오는 꿈을 꾸었다. 몸서리치게 싫으면서도 그 모습에서 눈을 뗄 수 없었다. 억누른 아픔 그리고 터져 나오는 쾌감. 난 처음으로 몽정이라는 것을 했다.

4

 조민은 그 주 토요일에, 조지는 다음 주 월요일에 학교로 돌아왔다. 이미 부모들과 학교 측이 어떤 얘기가 오갔는지 모르겠으나 별다른 징계는 없었다. 함께 가출했다가 돌아온 것이라는 구설수를 피하기 위해, 일부러 학교 복귀 날짜를 다르게 잡은 것이라는 소문이 파다했다. 굳이 그런 소문이 아니더라도 조민과 조지기 함께 가출을 감행한 것은 자명했다. 둘 다 눈에 띄게 마르고, 피부도 까맣게 그을렸기 때문만은 아니었다. 조금 더 깊어지고 친밀해진 느낌이었다. 둘의 관계는. 예전보다도 말수는 줄었고 서로 장난을 치는 일은 더더욱 없었다. 그러다 가끔씩 마주치는 눈빛은 백 마디의 말보다도 많은 것을 담고 있었다. 스치는 척 조지의 어깨를 잡아 주거나 살짝 부딪치는 척 조민의 팔뚝을 잡는 일만으로도 충분했다. 더 이상 예전의 대장과 부하나 오빠와 동생 사이로 돌아갈 수 없는 관계가 된 것이다.

 우리 사인방의 남자 세 명은 복장이 터지고 있었다. 우리 셋뿐 아니라 우리 반, 심지어는 다른 반의 남자애들 일부도 마찬가지였다. 조지는 우리 학교뿐 아니라 동네에서 또래들의 여신이었다. 아무도 가질 수 없으나, 누구라도 꿈꾸게 만드는 뮤즈였다. 사내아이들은 서로 균형과 견제의 묘를 발휘하였기에 모두가 즐거운 학교생활이 될 수 있었다. 그야말로 시스템의 생산자이자 시스템 자체이기도 한 인물이 바로 조지였던 것이다. 그런 시스템을 한 놈이 독점해 버렸다. 누구나 뛰어놀고 빨래하던 개울물에 이젠 사용료가 붙었다. 비료 포대를 타고 질주하던 뒷산에 떡하니 매표소 직원이 생긴 것이다. 너무나 억울하고 분했지만 달리 방법이 없었다.

그때부터였던 것 같다. 조민과 우리 사인방 아니, 조지를 제외한 삼인방과의 관계가 멀어지기 시작한 시점이. 우리 삼인방은 노골적으로 조민을 멀리했다. 쉬는 시간에 조민의 곁에 다가가지 않았고 도시락을 함께 먹지도 않았다. 조민의 초대에도 다시는 그의 집에 가지 않았다. 조민에 대한 일종의 항의이자 수동 공격이었다. 카리스마 넘치는 조민과 직접 붙어서는 승산이 없기 때문이었다. 상혁과 수철과 나, 우린 서로 입을 맞추지 않았음에도 불구하고 자연스럽게 그렇게 하고 있었다. 신기한 일이었다.

조민은 조금 의아해하는 모습이었으나 이내 아무런 일 없다는 듯 자신의 일상으로 돌아갔다. 사정을 모르는 많은 다른 친구들은 여전히 쉬는 시간이면 조민에게 다가갔고 도시락도 같이 먹었다. 조민은 여전히 흥미진진한 이야기를 쏟아 냈고 예체능 시간엔 멋진 교회 오빠와도 같은 모습을 보여 주었으며, 새로 사귄 친구들을 민둥산 꼭대기 집으로 초대했다.

관계라는 것이 얼마나 얄팍하고 덧없는 것인지 당시 우리는 처음 알았던 것 같다. 눈앞에 친구가 멀쩡히 있음에도 불구하고 함께 어울릴 수 없다는 것, 그를 미워해야 하고 거리를 두어야 하는 일이 이렇게 힘든 일인 줄 미처 알지 못했다.

체육 시간이었다. 오와 열을 맞춰 선 우리는, 수철의 구령에 맞춰서 국민체조를 하고 있었다. 그때 한 아줌마가 우리 사이를 헤집고 들어와서는 조민을 찾았다.

– 이런 미친 새끼!

손을 든 조민의 뺨을 다짜고짜 후려갈기며 앞섶을 잡아채었다. 아줌마는 조민을 흔들어 대며, 너 뭐 하는 놈이냐, 당장 네 부모에게 가자며 고래고래 소리를 질러 댔다. 당황한 담임은, 어머님 고정하시라며 뜯어말렸고, 영문을 모르는 반 아이들은 이 당황스러운 상황에 눈만 껌뻑거리며 서 있었다. 아줌마의 손에는 비디오테이프가 들려 있었다.

성난 담임의 호통을 통해서 전후 사정을 파악할 수 있었다. 조민의 집에 놀러 갔던 누군가 수많은 정통 중의 하나를 몰래 훔쳐 나왔다. 그 누군가는 다른 누군가와 또 다른 누군가를 잔뜩 불러냈다. 마침 오백 원을 내면 「도깨비 감투」나 「슈퍼 타이탄 15」와 같은 만화영화를 틀어 주는 만화 책방이 있었다. 아이들은 주인아줌마가 아이들에게 만화영화를 틀어 주고는 대부분 옆집 가게로 고스톱을 치러 간다는 사실을 간파했다. 화면에선 「슈퍼 타이탄」 대신, 정통의 미국인들이 합체와 분리를 열심히 반복해 대고 있었다. 그러나 곧 질이 떨어지는 테이프는 비디오의 내부에서 엉켜 버리고 만다. 사태를 직감한 아이들 대부분은 줄행랑을 쳤다. 하지만 결코 정통의 중독성에서 헤어날 수 없었던 아이 하나가 테이프를 꺼내려 비디오와 씨름을 하다가 주인아줌마에게 발각이 되었다. 아이는 본능적으로 직감했다. 도둑질 자체보다는 도둑질한 물건이 더욱더 큰 파장을 불러올 것임을. 물건의 주인이 누구인지를 불어야 자신이 살 수 있음을.

지금이야 음란물을 공급한 자를 경찰에 신고하고, 목격한 아이들에겐 성교육을 실시하는 절차가 있지만, 과거엔 그런 것이 없었다. 아이들의 교육에 있어서 폭력보다 나쁘게 여겨지는 것이 어른들의 성(性)이었다. 넘보지 말아야 할 세계를 목격한 아이들에겐 가차 없는 체벌로 응분의 대가를 치르게 한다.

- 이거 한 번이라도 본 새끼들 다 일어서!

안기부 직원처럼 낮게 깔린 음성에 겁을 집어먹은 애들

이 우르르 일어섰다. 개중에 조지도 있었다. 야, 넌 잠깐 보다가 나갔으니 안 본 거나 마찬가지야! 편을 들어 주고 싶었으나 목소리가 나오진 않았다. 대략 삼십 명. 우리 반 남자애들은 죄다 보았다고 해도 과언이 아니었다. 담임은 엎드려뻗쳐를 하고 있는 조민에게 다가갔다. 아침 햇살에 비친 담임의 얼굴에서 사악한 미소를 본 것은 내 착각일까. 그야말로 매타작이 시작되었다. 담임이 목공소에 부탁해 손수 제작했다는 '정신통일 봉'은 소리만 키워 겁을 주기 위해 만들어진 분위기 제압용이 아니었다. 제아무리 조민이라 할지라도 아직 10대 초중반의 청소년에 불과했다. 곡괭이로 땅 파듯 두들겨 대는데 버틸 재간이 없었다. 똑바로 서! 아직 열 대 더 남았어. 잘못 맞으면 허리 나가! 걱정까지 해 주면서 두들겨 패는 담임의 몽둥이질을 우리는 조용히 지켜보았다. 이전 음악 시간 때처럼 고개를 숙이는 아이는 없었다. 그저, 일어선 우리의 숫자만큼 대신 맞아 주는 조민으로 인해 다행이라는 안도감만 있었을 뿐.

학교뿐 아니라 동네에서도 조민을 모르는 사람은 없었다. 대운동회 때는 계주의 승부사로 동네를 들썩이게 한 장본인으로였지만 이번엔 그 결이 달랐다. 국민학생 주제에 또래 여학생을 꼬드겨 가출하고 음란물을 유포하는 싹수가 노란 놈이었다. 선생들은 조민을 볼 때마다, 대가리에 피도 안 마른 놈이라는 말로 시작했다. 학교 앞 문방구 아줌마 아저씨를 비롯해 동네 어른들은 모두 조민을 보며 혀를 끌끌 차 대거나 고개를 절레절레 흔들어 댔다.

어른들의 반응은 아이들을 지배한다. 부모들이 욕하는 녀석을 친구로 두고 싶은 아이는 없었다. 선생들이 예의 주시하는 학생과 마음을 나누는 용기를 내기엔, 우리는 아직 어렸다. 쉬는 시간마다 이야기를 들으려고 조민을 둘러싸던 아이들은 모두 사라졌다. 삼삼오오 모여 흥겨운 점심시간에 홀로 우두커니 앉아 있던 조민은 슬며시 일어나 밖으로 나가곤 했다. 늘 준비물을 챙기지 않던 조민에게 미술 도구를 빌려주려는 아이도 없었다. 담임은 미술 도구를 챙기지 않은 아이들에게 빌려주거나 나눠 쓰는 일을 금지했다. 조민을 비롯해 매번 도구를 챙기지 못하는 아이들은 교실 뒤로 나가 45분 내내 무릎 꿇고 앉아 있어야만 했다.

조민이 주특기를 발휘하는 체육 시간엔 팀에 끼워 주질 않았다. 어쩔 수 없이 한 팀이 되더라도 공을 주지 않았다. 어느 종목의 무슨 공이든 조민에게 돌아가면 분명히 득점할 수 있는 확률이 높아짐을 모두 알고 있음에도 불구하고.

할 일이 없어진 조민은 운동장 스탠드에 앉아 있거나 교실에 들어가 버리는 일이 잦아졌다. 조민을 찍어 놓은 담임도, 조민이 못마땅한 반장 수철도 이때만큼은 그냥 모른 척하는 것 같았다. 그림자가 아닌 실체가 있는 사람을 그림자로 취급하는 일은, 당하는 이도 보는 이도 모두 불편하게 만들었으므로.

그즈음 도난 사건이 발생했다. 체육 시간을 마치고 돌아온 아이들이 평상복으로 갈아입는 과정에서 주머니에 넣어 둔 현금이 없어진 것을 발견했다. 메이커가 있는 실내화나 일제 볼펜 등 값비싼 용품들도 사라졌다. 까먹다 남은 도시락은 바닥에 패대기쳐져 있었다. 자신이 피해자가 되었음을 확인한 아이들은 황당해하면서도 분개했다. 담임은 아이들을 모두 책상 위로 올라가게 한 후, 무릎을 꿇고 눈을 감게 했다. 누구나 남의 것에 욕심이 생길 수 있다, 욕심에 잠시 눈이 멀어 실수할 수도 있다, 실수는 누구라도 할 수 있는 것이다, 반복하지만 않는다면 용서받을 수 있는 것이다, 조용히 손을 들어 자백한다면 없던 일로 하겠다……. 처음으로 담임은 제법 어른 같은 모습을 보였다. 하지만 아무도 나서지 않자 곧바로 본색을 드러내기 시작했다. 작게 자른 쪽지를 나눠 준 후 가장 의심되는 아이를 무기명으로 기재하여 제출하게 했다. 체육 시간에 주로 교실에 들어와 있는 아이, 늘 혼자 다녀서 알리바이를 확인할 수 없는 아이, 최근의 위축된 상황으로 인해 아이들과 학교 측에 앙심을 품을 만한 아이. 담임은 정녕 쪽지가 누구의 이름으로 가득 차게 될지 몰랐을까.

  그날 담임은 조민을 1층 교무실로 불러 내렸다. 그리고 같은 이름이 가득 적힌 쪽지를 들이밀었다. 조민은 오동나무 그늘이 드리워진 스탠드에 앉아서 반 아이들이 축구하는 것을 구경했다고 주장했다. 게임 스코어가 어찌 되었고, 누가 어떤 식으로 골을 넣었는지까지 설명하며 알리바이를 대었다. 그러나 담임은 처음부터 끝까지 가늘게 뜬 눈매로 조민을 응시할 뿐이었다. 구구절절 억울함을 호소하며 변론하던 조민은 어느 순간 맥이 풀렸고 입을 다물어 버리고 말았다. 이미 책임져야 할 사람은 정해져 있었다. 체육 시간에 순순히 교실에 들어가 있도록 묵시적인 허락을 해 준 순간부터. 경건해야 할 음악 시간에 깽판을 치며 아이들의 편이 되어 준 순간부터. 칠판에 삐딱하게 기대었다가 담임으로부터 지적을 받았던 첫인사 때부터. 어쩌면, 모두가 쳐다보던 빈집으로 들어가 살게 된 순간부터인지도 모르겠다.

  다음 날 조민은 학교를 나오지 않았다. 그다음 날도, 또 그다음 날도. 또다시 제멋대로 결석을 하나 보다 생각했던 아이들은 일주일 이상 자리가 비워지자 그제야 부재를 실감했다. 하지만 딱 거기까지였다. 아이들은 바빴다. 공부하느라 노느라 경험하느라 성장하느라. 조민의 빈자리는 원래부터 비어 있던 것처럼 여겨졌다. 낮잠을 자다가 꾸었던 꿈을 다음 날 기억하는 아이가 없는 것처럼, 조민과의 짧은 생활은 그렇게 잊혀 갔다.

 조지는 눈에 띄게 야위었다. 생기 있고 발랄하며 콧대 높고 똑 부러지는 조지는 사라졌다. 병든 닭처럼 시들시들했고, 쉬는 시간이나 점심시간엔 엎드려 있었다. 가끔은 화장실에서 훌쩍이기도 한다고 여자애들이 전해 왔다. 그런 조지에게 쉽사리 말을 붙이기가 어려웠다. 아니, 두려웠다. 물이 가득 담긴 비닐봉지를 뾰족한 우산 끝으로 찌르는 꼴이 될까 겁났다. 그래도 말을 붙였어야 했다. 머리부터 발끝까지 물벼락을 맞아 흠뻑 젖는 한이 있더라도 계속 관심을 가져 주었어야 했다. 방과 후 홀로 교실에 남아 가방을 챙기는 조지에게 다가가 괜찮으냐고 툭 한마디 던진 적이 있었다. 조지는 막 수술을 마치고 나와서 걱정하는 가족들을 향해 힘겨운 미소를 지어 주는 환자 같은 얼굴을 했다. 그게 마지막이었다. 조지는 서울로 전학을 갔다. 누구에게도 작별 인사는 없었다.

 조민을 보았다는 사람은 아무도 없었다. 그러나 조민에 대한 소문은 무성했다. 실제로는 우리보다 세 살이나 더 많은데 소년원을 갔다 오느라 2년을 '꿇어서' 우리와 같은 학년에 편입이 된 것이라고 했다. 우리 학교에서는 '따먹은' 애가 조지 한 명뿐이지만 전학 오기 전 학교에선 얼굴 좀 반반하면 건드리지 않은 애가 없는 난봉꾼이라고도 했다. 이야기를 듣던 남자애들은 모두 자신이 알고 있는 최대치의 욕지거리를 구사해 댔다.

아버지가 마치 무역하는 사업가인 양 떠벌이는데, 사실은 일본과 동남아를 드나들며 물건을 떼어다 되파는 전국구 규모의 보따리상일 뿐이라고 했다. 그것도 불법적인 물품이 태반이어서 현재 수배가 떨어진 상태라고 했다. 불법적인 물품이라는 부분에서 우리는 모두 수많은 만화책과 장난감을 떠올렸다. 그리고 '정통'도.

어머니는 서울에서 아가씨들이 나오는 큰 술집을 운영한다고 했다. 정부 요인이나 고위 관료가 드나드는 일종의 비밀 요정 같은 곳이라고 했다. 당연히 국민학생들이 알 수 없는, 신뢰성이 없는 정보임을 우리 모두 알고 있으나 개의치 않았다. 우리랑 잠시 함께했던 조민이라는 인물이 무장공비만큼 위험하고 간첩만큼 비밀스러우며, 저 김일성이만큼 나쁜 놈으로 만들어 가는 것이 중요했으므로.

늦은 밤까지 숙제를 하는데, 작은 술상을 앞에 둔 부모님이 소곤거렸다.

- 저 위에 빈집 있잖아. 그게 조가네 것이 아니라면서?

- 그게 무슨 얘기에요? 그럼 주인이 따로 있는데 조가네가 그냥 들어가 살았다는 거예요?

한마디로 아무도 없는 빈집에 조민네 가족이 무단으로 들어가 살았다는 것이다.

- 어쩐지, 그런 집에 살 만한 수준의 인물들이 안 돼 보이더라니.

혀를 차 대는 어머니가 말하는 수준이란 무엇일까. 우리가 모르는 어른들만 볼 수 있는 눈이 있는가 보다 싶었나. 아버지 어머니의 조민네 얘기는 계속되었다. 보따리상을 하면서 빚을 잔뜩 졌고, 이리저리 쫓기다가 우리 동네에까지 내려오게 되었다, 마침 처분이 안 된 물건들을 쌓아 놓고 지내기엔 빈집이 안성맞춤이었을 거다, 이 동네와는 어울리지 않는 족속들이 대궐 같은 집을 차지하고 앉아 있는 것이 수상했던 동네 사람 누군가가 경찰에 신고했고, 한창 경찰지서를 드나들며 조사를 받는 중에 가족들 모두 야반도주를 한 모양이다, 누가 보았는데 이사 올 때는 큰 트럭 세 대에 물건을 가득 싣고 오더니, 나갈 때는 1톤짜리 트럭에 반도 차지 않았더라, 그 많던 물품들은 다 어떻게 됐는지 모르겠다…….

나는 부모님의 소곤거림을 못 들은 척, 공책에 깨작거렸다. 그렇다면 조민은 어디로 갔을까. 어디선가 다시 터를 잡고 이전 같은 학교생활을 할 수 있을까. 그러고 보니 조민이 한 번도 우리에게 나이를 속인 적은 없었다. 아버지가 무역업체 대표라고 거짓말한 적도 없었다. 이전에 어디서 살았고 그곳에서 무엇을 했는지 부풀린 적도 은폐한 적도 없었다. 그저 우리가 묻지 않았고, 묻지 않았으니 그가 대답하지 않았을 뿐.

졸렸다. 바닥에 배를 대고 가만히 누웠다. 빈집이 원래대로 비워지게 되었다는 부모님의 소곤거림도 점점 아련해졌다.

― 인사해라.

담임의 말에 전학생은 꾸벅 고개를 숙였다. 서울에서 학교 다니다가 아버지 발령으로 이곳에 오게 되었다, 건설업체 상무이사인 아버지가 이 동네를 관통하게 된 고속도로 건설을 감독하게 되었다, 이사 온 집은 동네 한가운데 위치한 언덕 위의 큰 집이다……. 말본새가 똑 부러진다. 하얀 셔츠, 곤색 나비넥타이, 그 위에 걸친 연두색 가다마이가 하얀 피부와 잘 어울린다.

쉬는 시간이 되자 아이들은 일제히 서울에서 온 전학생에게 몰려들었다. 63빌딩이라는 게 정말 구름보다 높아? 서울랜드에서 청룡열차 타 봤어? 안내양 언니가 없으면 누가 전철 문을 열어 주고 돈을 받아? 이 볼펜, 미제 아니야, 나도 비슷한 거 있는데. 너희 자가용도 있어? 아버지가 아침마다 학교까지 태워 준다고? 이야, 좋겠다!

아이는 최근까지 KBS 어린이 합창단 멤버로 활동했으며, TV에도 자주 출연했었다고 했다. 아이들의 감탄사가 터져 나왔다. 전학생은 갑자기 자리에서 일어섰다. 신고식으로 이번 주말 너희들을 모두 집으로 초대할게. 여기저기서 환호성이 터져 나왔다.

- 쟤가 진짜네. 혼모노야.

어느새 곁으로 다가온 상혁이가 턱으로 전학생을 가리켰다. 나는 그저 조금 웃었다. 상혁이의 말뜻을 알 듯 모를 듯했다. 자리를 지키던 반장 수철이도 전학생과 아이들을 쳐다보다가 나와 눈이 마주쳤다. 그러나 곧바로 시선을 거두어 갔다.

조민이 떠올랐다. 조지도 그리웠다. 그들도 어느 학교의 전학생 신분으로, 첫인사를 하고 아이들에게 둘러싸여 있을까. 나는 자리로 돌아와 앉았다. 조민이 앉았던, 빛이 잘 들던 창문 자리가 눈에 들어왔다. 환한 햇살은 여전히 빈자리를 비추고 있었다.

- 『문학의봄』 2023년 봄호

제이라

1

 손목시계를 들여다보았다. 분명히 현재 시간을 확인하기 위해 눈앞에 손목을 가져다 대었는데, 시간 대신 시계만 멍하니 눈에 들어온다. 미간을 찌푸리지 않으면 정확하게 구분하기도 어려울 만큼 작은 숫자가 새겨진 금속. 그 위를 빨빨거리며 부지런히 달리는 초침. 손목을 동여맨 가는 갈색 가죽끈이 난 마음에 들지 않았다. 여자 시계 같다고. 전혀 남성적이지 못하다고. 그러면 여자 친구는 아니, 이제는 남남이 된 이전의 여자 친구는 코웃음을 치곤 했다. 왜, 힘주면 끊어지기라도 할까 봐? 그녀는 시계가 감긴 내 가는 팔목을 들어 올렸고, 내 의도와 상관없이 팔뚝은 바람 속의 나뭇잎처럼 하늘거렸다.

 얘도 늦네. 난 조용히 혼잣말을 중얼거렸다. 너 역시 별수 없구나라는 말과 유사한, 한심스러움이 듬뿍 담긴 문장이 입가에서 맴돌았다. 왜 여자들은 꼭 약속 시간에 늦는가. 5분 10분씩 늦는 것이 일종의 기 싸움에서 승기를 잡는 것이라 여기는 것인가. 시계를 쳐다보며 초조하게 기다리고 있는 남자를 보면, 마치 가마를 대령해 놓고 아씨가 나오길 기다리는 머슴을 보는 것만 같아 가학적인 만족감이라도 느껴지는 것인가?

데이트고 인터뷰고 다 때려치우고 그냥 들어갈까. 집에 가는 길에 재래시장 안 순댓국집에 들러 아침 겸 점심 반주나 때릴까. 비록 돼지고기와 야채를 채워 넣은 아바이 순대보다는, 식용비닐에 당면을 채워 넣은 분식 순대가 훨씬 많긴 하지만, 소주 한 잔 넘기고 짭조름한 새우젓 국물에 순대를 찍어 입속에 넣으면 이보다 좋을 수가 없는데. 유혹이 뭉게뭉게 피어오르고 입에는 벌써 신 침이 고이기 시작할 때였다. 50미터쯤 앞에 택시 한 대가 급정거했다. 그리고 여자 하나가 내렸다. 곧바로 내리지 않고 잠시 뜸을 들였는데, 아마도 비용을 지불하는 과정인 듯했다. 택시가 출발하고 여자는 이쪽을 바라보았다. 약속한 남자를 알아보는 걸까? 잠시 매무새를 정리하던 그녀가 성큼성큼 내게로 다가왔다. 비록 먼발치이지만 나 역시 그녀를 알아보았다. 물이 빠진 하늘색 청바지에 하얀 티셔츠. 그리고 하얀 운동화. 그녀가 가까워질수록 화면에서 보던 것과는 많이 다르다고 느껴졌다. 그야말로 얼굴은 조막만 했지만, 날씬하다 못해 깡말랐고 작은 얼굴은 하얗다 못해 파리했다. 하긴 화면과 현실이 차이가 나는 건 당연했다. 화면에선 옷을 벗고 있거나 일상적이지 않은 표정을 짓고 있는 경우가 대부분이니.

― 식사하셨어요?

안녕하세요라거나 처음 뵙겠습니다, 반갑습니다, 등등 첫 만남에서 평이하게 쓰이는 무수한 말들을 예상했던 나는 조금 당황했다. 보릿고개 시절, 상대의 끼니를 걱정하다 보니 생겨났다는 인사를 건네는 그녀가 조금 생소했다.

그녀는 다짜고짜 배가 고프다고 말했다. 인근의 스타벅스 2층 창가를 염두에 두던 나는 또다시 허둥지둥하고 말았다. 이러면 난감한데. 처음부터 스텝이 꼬인 느낌이다. 농구공을 들고 네 발자국을 걸었을 때 발끝에서 머리 꼭대기까지 훅하고 올라오는 그 낭패감. 그녀는 내 대답을 기다리지도 않는다. 순댓국, 드시죠?

재래시장 입구까지 걸어가면서 한마디도 나누지 않은 것 같다. 어색했고 불편했다. B급 에로물계에선 나름 손꼽히는 슈퍼스타와 함께 걷고 있다는 부담감 때문만은 아니었다. 침묵. 그것은 나에겐 단순히 '말 없음' 그 이상의 의미로

다가온다. 무관심 혹은 거부감의 또 다른 표현으로 해석되기 때문이었다. 나는 헤어진 전 여자 친구의 입이, 호흡이나 음식물 섭취가 아닌 오로지 말을 해 대기 위해서만 만들어진 것 같다는 생각을 하곤 했다. 그때와 정반대인 지금이 불안한 것은 당연할 일일지도 모른다.

- 소주부터 주세요!

그녀는 목청껏 주문을 해 놓고선 나를 쳐다보며 약간 민망한 미소를 지어 보였다. 점심때보다 이른 시각이라 가게 안은 한산했는데 굳이 소리를 높인 것에 대한 쑥스러움, 아니면 '반주 정도는 괜찮지요?'라고 동의를 구하는 것인지도 모르겠다. 술에 미친 사람처럼 국밥보다는 술을 먼저 주문한 자신이 민망했을 수도 있겠고.

녹색병과 설거지가 덜 된 희붐한 소주잔 두 개가 오래된 나무 테이블 위에 놓였다. 그녀는 이어폰을 빼서는, 뜨거운 물에 살짝 데친 파를 말 듯 돌돌 말아 가방 안에 넣었다. 자! 건배를 제안하는 그녀가 살짝 웃었다. 화장기 없이 하얀 얼굴이 오래된 형광등 불빛 아래서 빛났다. 그제야 그녀가 보였다. 음식을 앞에 두자 조선 시대 대역죄인처럼 머리채를 하나로 틀어서 질끈 동여맨 싸구려 머리끈과 두꺼운 검정 뿔테 안경이 노량진에서 몇 년은 굴러먹은 공시생을 연상케 한다. 저런 것도 자연스러움을 강조한 유행인가? 후줄근하게 목이 늘어난 티셔츠와 물이 빠지다 못해 곧 구멍이 날 것으로 예상되는 해진 청바지. 그래도 명색의 배우이고 연예인이니 분명히 최신 트렌드를 반영한 패션일 것이라는 쪽에 무게를 실으려 애써 본다. 다만, 밖에서는 보이지 않는 골전도 무선 이어폰이 출시된 지 오래인 마당에, 손때가 묻어 회색이 되어 버린 유선 이어폰은 왠지 의아했다.

- 택시 타고 오실 줄은 몰랐어요.

사이다가 많이 들어간 새콤한 섞박지를 크게 한 입 잘라 먹던 그녀가 잠시 내 말뜻을 생각하는 듯싶었다. 아아, 뭐, 연예인들이 타는 밴 같은 거 생각하셨구나! 크고 시커먼? 그럴 수도 있겠다는 듯, 그녀는 고개를 주억거렸다. 자신의 잔에 가져가려는 소주병을 낚아채어 내가 부어 주었다. A급 스타들이 즐비한 대형 기획사라면 이런 기획 행사에 밴을 내어줬을 것이다. 밴뿐 아니라 그 안에 매니저와 코디까지 붙여서. 하지만 내가 속한 기획사에 공중파나 메이저급 영화에 얼굴 내밀 수 있는 애들은 거의 없다. 고가도로 옆이라 햇빛도 오후에민 살짝 드는 30년도 더 된 건물에 사무실 한 칸이 전부다. 거기를 여러 개의 칸막이로 나누고 또 나눠서 대표실, 직원 사무실, 소품·장비 창고, 손님 접대실, 때로는 출연자 대기실 등으로 쪼개 쓰는 실정이다.

……. 할 말이 딱히 없어지고 말았다. 인사차 건넨 말에, 그녀 직장의 대략적인 재정 상태와 사무실 건축 도면까지 알게 돼 버렸다. 원래 이 바닥이 다 그래요. 너처럼 착각하는 사람이 한둘이 아니라는 그 무던한 말투에서 민망해하거나 자조적인 모습은 찾아 볼 수 없었다.

 - 자, 국밥 나왔으니 정식으로 한 잔!!

 손님의 취향 따위는 개나 줘 버리라는 듯 시뻘건 다지기 한 뭉텅이가 떡하니 얹어진 순대국밥의 김이 모락모락 올라왔다. 잠깐만요! 하마터면 차에 치일 뻔한 사람을 구하는 순간처럼 빽 하고 소리를 지르는 그녀였다. 가방에서 휴대폰을 꺼내서는 순댓국 앞에 들이밀며 초점을 잡아 나갔다. 그 자세와 표정은 사뭇 진지한 것을 넘어 신성하기까지 했다. 그녀의 설명에서도 한 치의 장난스러움은 찾을 수 없었다.

 - 다지기를 풀어 헤치기 전에 찍어 줘야만 하거든요.

2

 - 야, 너는 무슨 계집애가 포르노를 좋아하냐?

 듣도 보도 못한 기획사에서 주최하는 기획행사에 당첨되었다는 동생이, 나의 말 한마디에 자리를 박차고 일어나 길길이 날뛰기 시작했다. 온 집 안을 뛰어다니다가 막판엔 침대에 제 몸을 패대기치고는 소리를 지르며 공중에 발을 구르고 지랄발광을 해 댔다. 그 모습이 한심하다 못해 제정신인가 싶어 살짝 겁이 나기까지 했다. 아차 싶었다. 요즘 애들과는 다르게 에로티시즘의 정수를 찾기 위해 탐닉하는 동생에게, 별생각 없이 뱉은 나의 말이 모욕감을 주었을 수 있겠다는 사실을 곧바로 인지한 탓이었다. 언제나 본능으로부터 등 떠밀기를 당하는 혀는, 한 발을 내딛기 위해 굳이 신발 끈을 동여매야 하는 뇌보다 빠르다.

아니나 다를까. 뽀, 루, 노? 일부러 더 저렴하고 천박해 보이는 된소리 발음으로 되묻는 동생의 분노는 이미 임계치를 넘어서고 있었다. 지금부터 똥구멍보다도 못한 네 귓구멍 최대한 열어젖히고 내 말 한 자 한 자 똑바로 때려 박아! 동생은 에로티시즘과 포르노그라피아에 대해 직설적이고도 날카로운 설명을 시작했다. 내가 이해하기 쉽게 예술과 외설이라는 표현으로 바꿔서 말이다.

에로 배우는 포르노 배우가 아니다. 에로는 에로티시즘을 기반으로 한 예술 장르이고, 포르노는 성행위만 부각하여 말초신경을 자극하는 중독물이다. 에로에는 사랑과 질투, 매력, 분노 등 인간의 정서가 총체적으로 녹아 있지만, 포르노에는 아무것도 없다. 성교만 있다. 에로는 과정이다. 깊은 프렌치 키스 후 목덜미를 애무할 수도 있지만, 섹스를 하지 못할 수도 있다. 포르노는 결과다. 무조건 성교를 하고 사정을 한다. 스님과 수녀가 교회에서 만나, 경찰이 간호사와 소방차 안에서, 아버지와 딸이 하다가 엄마가 합류하는, 짤막하고 감정 없는 교류 후 무조건 성교를 해 댄다. 참고로 섹스는 사랑을 전제로 하지만 성교는 그저 성적 쾌락만을 담보로 하는 행위로 보면 된다. 포르노에선 예수와 마리아도 붙어먹게 돼 있다. …오빠, 혹시 기독교 아니지?

한동안 그녀의 장광설 난타에 할 말을 잃었던 나는 은근히 부아가 치밀어 올랐다. 웃통까지만 벗으면 예술, 아랫도리까지 벗으면 외설로 이해하고 있는 수준의 나로선 거기까지가 한계였다. 어쨌든 결론은 둘 다 하는 거 아냐? 말초신경 자극해서 꼴리게 하고 적시게 만들려고! 그러자 동생의 집중포화가 일시에 중단됐다. 내가 제일 싫어하는 침묵. 그러곤 할머니처럼 혀를 끌끌 차 대었다.

– 저러니까 까였지.

동생은 당첨된 기획행사에 자신 대신 나를 추천, 아니 강제 참여시켰다. 에로물 제작으로 유명한 기획사에서 추첨을 통해 소속 배우와 팬에게 일일 데이트 기회를 제공하는 이벤트였다. 미쳤냐고 코웃음을 치는 내게, 동생은 무지로써 자신의 사상을 모욕했을 뿐 아니라, 에로티시즘이라는 예술 장르로 어렵게 밥 벌어 먹고살고 있는 이 땅의 모든 종사자에게 씻을 수 없는 모멸감을 준 대가를 치르라고 준엄하게 명령했다. 그 이면엔 여배우와의 일일 데이트에 여성 팬이 참여한다는 것이 자칫 성 정체성이라는 의도치 않은 논란을 일으킬 수 있어 기획사나 여배우나 동생 모두에게 리스크가 있다는 점도 작용했다. 여자 친구와 헤어진 이후 세상만사에 시큰둥하고 무성욕자처럼 변해 가는 오빠라는 새끼가 걱정되었거나 한심스럽게 보였던 동생의 배려가 있음도 물론 모르진 않았다.

추석 연휴를 앞둔 하늘은 높았다. 재래시장에는 제수를 준비하기 위한 사람들과 상인들, 그리고 그런 사람들 속에서 명절 분위기를 느끼고자 하는 사람들로 북적였다. 그녀는 노점의 할머니로부터 송편을 조금 구입했다. 할머니는 어쩜 이리 예쁘게 생겼냐며 손주 녀석과 짝지 해 주면 딱 좋겠다고 했다. 손수 떡 하나를 골라 그녀의 입에 욱여넣어 주었고 나는 그 장면을 휴대폰으로 촬영했다.
- 좀 걸을까요?
확실히 배가 차고 속이 든든해지지만, 세상이 훈훈해진다. 어쩌면 어느새 둘이 한 병씩 비운 소주 덕에 세상이 일시적으로 아름다워졌는지도 모르고.
그녀는 순댓국집에서도, 재래시장을 거닐 때도 간간이

휴대폰 카메라를 들이댔다. 기획사는 팬과의 일일 데이트 일정이 잡혔으니 배우에게 하루 편하게 놀다 오라고 여유를 부릴 깜냥이 못 되었다. 일일 데이트에 당첨된 팬과의 즐거운 한때를 증명할 만한 사진을 찍고, 코스와 이동에 따른 후기를 일기의 형식으로 올려야만 하는 숙제가 있었다. 물론 그 숙제는 제 마누라 몰래 여배우에게 후원금을 쪼개 보낼 정도로 애절한 마음을 가진 팬들의 몫이고.

우리는 자연스럽게 화성 행궁의 입구로 향하고 있었다. 수원의 사대문이 모두 연결되어 있어 천천히 걸어도 두어 시간이면 한 바퀴를 돌 수 있었다. 배우라고 하지만 난 알지도 못하는 여자와 하루 종일 커피 체인점에 틀어박혀 시간을 보내고 싶지는 않았다. 볕 좋은 날 걸으면서 소화도 시키고, 무엇보다도 이왕 사진을 찍고 후기를 남겨야 하는 거라면 좀 잘해 보자는 욕심도 있었다.

- 원래 이 일을 하고 싶으셨나요?

후기를 작성하기 위해서 몇 가지 질문을 뽑아 놓은 것 중 하나를 조심스럽게 던졌다. 그중 하나가 직업과 관련한 내용이었다. 배우라는, 그것도 에로물에 출연하는 여성에 대해 뭇사람들이 궁금해할 것이 당연할 것이었으므로.

- '이 일'이라는 거…. 저의 배우라는 직업을 말씀하시는 거죠?

그녀가 내 질문의 요지를 명확하게 바로잡아 주었다. 정확하게 배우라는 직업을 하고 싶었느냐고 물었어도 될 텐데. 내 머릿속 그녀는 이미 배우가 아니라 에로 배우라는 관념이 자리 잡고 있다는 반증이었다. 하지만 당황해할 사이도 없이 그녀가 다시 또 무던하게 얘기한다. 많은 이들이 너처럼 배려한답시고 조심스러워하더라. 쓸데없이.

- 그래요. 에로 배우가 아닌 배우가 되고 싶었죠. 에로물뿐만 아니라 다양한 장르의 영화나 정극에 출연하는.

그녀의 '그래요.'라는 말에 가려 다른 답은 잘 들리지 않았다. 그녀는 내친김에 조금 더 얘기하겠다는 듯 말을 이어나갔다. 우리를 골초에 술 잘 먹고 아무렇게나 몸 대 주는 업소 애들로 보는 시선이 비일비재하다. 물뽕이나 마약도 서슴없이 하는 약물 중독자로, 또는 정치인들이나 외국 유명인이 오면 돈푼 좀 받고 놀아 주는 접대부로. 그녀는 한숨을 크게 쉰 후 담배 한 대를 꺼내 입에 물었다.

- 그냥 우리도 스케줄 없는 날이면 자유롭게 쉬고 싶고 놀고 싶은 직장인일 뿐이에요.

그녀는 잠시 나를 돌아보며 생긋 웃는다. 그중에서 저는 술하고 담배만 해요.

그녀도 나와 같은 평범한 사람이라는 동질감이 잠시 생겼다. 당신과 같은 직장인이라는 말보다는, 술하고 담배만

한다는 대목에서.

전 여자 친구는 나의 흡연에 대해 예민하게 굴었다. 그런데 말투는, 폐암 발생의 주요 원인이 담배라는 점이라던가, 보도블록에서 사람들의 발길에 잔뜩 짓뭉개어진 채로 구린내를 진동시키는 은행 열매와 키스를 하는 맛이라는 등의 비아냥거리는 내용과는 사뭇 다른 것이었다. 담배를 피우느냐 안 피우느냐가 윤리적이냐 비윤리적이냐라는 문제로 귀결되는 것과 같은 뉘앙스가 있었다. 너도 한번 피워 볼래? 잠시 식당에서 빠져나와 담배를 피우는 나를 굳이 쫓아 나와 못마땅한 눈길로 쏘아보던 전 여친에게 진심으로 던진 말이었다. 폼 좀 잡아 보려고 배운 담배였지만 지금은 심리적 안정에 도움을 받고 있다는 점에서 단 한 번도 금연을 생각해 본 적이 없었다. 나의 진심에 그녀는 불같이 화를 내었다. 그러고는 갑자기 내 담뱃갑과 라이터를 낚아채어 능숙한 손길로 불을 붙인 후 폐부 깊숙이 빨아들였다.

- 너희 새끼들이 여자가 담배 피우네, 어쩌네 하며 쑥덕대지만 않았어도 안 끊었어.

몰랐다. 평소 담배를 피우는 날 쳐다보던 매서운 눈길은 원망이 아닌 갈급이었다는 것을.

화성의 가장 높은 곳이자 팔달산의 정상에 위치한 서장대에 올랐다. 야트막한 언덕이지만 나름 정상은 정상이었다. 우리는 조금 가빠진 호흡을 다스려야만 했다. 어쩌면 좀 전의 흡연이나 음주 탓인지도 몰랐다. 이마는 제법 땀으로 번들거렸다.

- 연기할 때 곤혹스러운 상황도 있으시겠어요.

헉헉대는 그녀의 옆모습을 사진에 담았다. 하루만 볼 사이지만 그래도 상대에 대해선 알고 나가는 것이 예의다 싶었다. 동생이 장고 끝에 추천한 '메리 클리토리스마스', '장발정', '스타워즈: 쟤 아다?'를 연달아 보았다. 헛웃음이 나는 제목과는 다르게 코믹한 장면은 하나도 없었다. 물론 제목과 관련된 스토리는 더욱 아니었고. 그녀는 거의 주연이거나 주연급 조연으로 출연했는데, 대개 자유분방하고 알 것 다 아는 캐릭터로 장소에 구애받지 않고 밀회를 즐기곤 했다. 동생의 보충 설명에 의하면 그녀가 한국 에로물의 새 지평을 연 장본인이었는데, 그건 바로 옷을 벗지 않고 섹스를 하는 최초이자 유일한 캐릭터였던 것이다. 굳이 젖가슴과 엉덩이를 드러내지 않아도, 달콤한 밀어, 미묘하거나 긴박한 분위기, 사실감 있는 전희와 정사 신만으로도 충분히 관객들을 자극하고 끌어들일 수 있게 만들었다는 평이었다. 그리고 보니 세 편 모두에서 그녀는 샤워하는 신을 제외하곤 모두 옷을 입은 채였다. 공중화장실에서, 백화점 탈의실에서, 안방에서 잠들어 있는 엄마 몰래, 금세 누군가 들이닥칠지 모르는 긴박한 상황에서 필요한 옷만 올리거나 내린 후 격렬하게 몰아치는 장면은 매우 긴박감 넘치고 에로틱했다. 보는 이를 하는 이로 만들었고, 관객이 화면 속에 들어가 배우가 되는 마력을 갖게 했다.

- 그 대단한 아이디어가 오로지 제이라의 머릿속에서 나온 것이야!

동생은 마치 눈앞에서 신의 강림이라도 목격한 것처럼 눈을 동그랗게 뜨고 게거품을 문 채 경배했다. 그런 그녀가 내 눈앞에서 허리에 두 손을 올린 채 헉헉거리고 있다. 눈이 시릴 정도로 맑디맑은 가을 햇살 샤워를 하며.

- 촬영할 때 실제로 성욕을 느끼는지 묻고 싶은 건 아니고요?

그녀가 조금 더 걸어가 계단에 털썩 엉덩이를 붙인다. 손수건을 꺼내어 바닥에 깔 것을 권유했지만 그녀가 손사래를 쳤다. 가방에서 담뱃갑을 꺼내어 개중 한 대를 입에 물었다. 난 그런 뜻으로 질문한 게 아니었다고 변명하려다 그만두었다. 그녀에게 변명은 통하지 않는다. 그리고 질문엔 실제로 그런 뜻이 내포돼 있었다. 난 그저 라이터로 불을 붙여 주었을 뿐이다.

― 목이 너무 아프지요.

좋아 죽겠다는 듯 콧소리가 녹아든 신음을 세 시간 내내 질러 대는 것은 말처럼 쉬운 일이 아니다. 그럼 남자 배우는 그저 좋아 죽느냐? 많게는 열 명 가까이 되는 스태프들이 쳐다보는 앞에서 자연스럽게 물고 빨고 하다가 성행위를 하는 장면을 촬영하는 것이 쉽지 않다. 가슴 위로 남자 배우의 땀방울이 뚝뚝 떨어질 땐 그저 안쓰럽기만 하다.

그녀가 엉덩이를 툭툭 털고는 일어섰다. 그러고는 시내를 한눈에 품어 보려는 것처럼 한 바퀴 휘 둘러보았다.

― 당연히 여배우도 느껴야죠. 사랑하는 장면이잖아요.

3

― 전, 제이라예요.

서장대에서 장안문을 지나 방화수류정까지 이어진 성곽길을 따라 걸을 때 연신 좋다는 감탄사를 수차례 표현한 그녀였다. 이어진 성곽을 따라 걷기만 하면 되기에 굳이 길을 인내할 필요가 없었던 나는, 그녀보다는 조금 뒤처져서 걸음을 옮겼다. 하루에도 다섯 번씩 비가 왔다가 그치길 반복했던 변덕스러운 여름 날씨가 언제 그랬냐 싶게, 새파란 하늘이 끝도 없이 펼쳐져 있었다. 여름 내내 하늘을 지배했던 더러운 회색 구름은 한 조각도 보이지 않았다. 아직은 조금 뜨거움이 남아 있는 햇살에 달궈진 피부를, 저 푸른 하늘에서 보내 주는 바람이 기분 좋게 식혀 주고 있었다. 때 이른 코스모스가 우리의 걸음걸이에 맞춰 흔들리고 있다는 착각이 들었다. 긴 머리를 휘날리며 두 팔을 앞뒤로 **쫙쫙** 펼친 채 씩씩하게 걷던 그녀가 갑자기 생각났다는 듯 휙 뒤를 돌아보며 건넨 말이었다.

난 조금 웃어 주었다. 만난 지 서너 시간이 지나서야 통성명하는 것이 좀 우습기도 했거니와, 에로 영화계의 거물과 데이트하는 이벤트에 참여하게 된 자로서 설마 상대방의 이름도 모르고 나왔을까 봐 이름을 말하는 것인가 싶기도 했다.

제이라. 제2의 나, 또 다른 나라는 뜻으로 본인이 직접 지은 이름이라고 매체와 검색 창에는 소개되고 있었다. 하지만 동생의 전언에 의하면, 중국어로 제이라(贼辣)는 몹시 맵다, 얼얼하다, 강렬하다는 뜻을 가지고 있었다. 따라서 문화콘텐츠 진흥 사업이라는 명목으로 중화권에 사업을 확장하려는 기획사의 의도가 있을 것이라는 추론이었다. 나의 조심스러운 질문에 그녀는 수줍은 듯 배시시 웃기만 했다. 하긴 의도가 무엇이건 간에 일단 튀고 보자 식으로 갖다 붙인 무수한 예명들보다는 나아 보였다. 오거유,

조강쇠, 란제리, 박로리, 왕남근보다는.

  그녀는 눈을 동그랗게 뜨며 고개를 조금 까딱했다. 공이 넘어갔으면 다시 되돌려줘야 할 것 아니냐는 제스처. 아! 또다시 난 눈치 없게 굴었구나!

  서둘러 난 면접관 앞에 선 구직자처럼 내 이름과 나이, 직업, 주소 등의 인적 사항을 쭉 열거했다. 듣는지 마는지 묵묵히 걷기만 하던 그녀가 여자 친구에 대해 물었다. 그녀의 눈빛이 빛났다. 결국 묻고 싶은 것은 이거였구나. 그러고 보니 한창 이성 관계에 관심이 많을 나이 아닌가. 얼굴이 알려진 배우라는 특성상 자유롭게 연애를 하는 것도 어려울 수 있을 것이고. 어쩌면 기획사에서 개인사를 철저하게 관리하는지도 모르겠다.

  내 전 여자 친구. 가만, 어떤 사람이었더라. 갑자기 다른 사람에게 설명하려니 머릿속이 아득해지는 것 같았다. 부모나 형제를 다른 이에게 소개할 때 나이와 직업, 성격 등 피상적이고도 주관적인 해석 빼고는 별다르게 할 말이 없는 것과 같았다. 그만큼 가족처럼 편하게 생각했다는 것일까. 이제는 남이 된 사람. 헤어지면 엄연히 남이 되는 것인데 그때는 그것을 몰랐던 것일까. 가족이 아닌 사람을 가족같이 생각했기에 헤어지게 된 것은 아닐까. 무릇 그녀에 대해 아무것도 아는 것이 없다는 생각이 들었다.

- 담배를 좋아했던 거 같아요. 저 때문에 안 피웠고요.

약간은 넋이 나간 것 같은 상태가 되었다. 바닥을 보고 걸으면서 읊조리듯 말했다. 그럼 이제는 마음껏 피우겠네요? 그녀가 가볍게 얘기했다. 그러겠지. 나 때문에 좋아하는 걸 안 하거나 못 하는 일이 이젠 없겠구나. 내가 한 번도 해라 마라 지시한 적이 없었지만, 스스로 조심하고 포기한 그녀였다. 오로지 그게 나를 위하는 것이라는 생각에서 자발적으로 나온 것이리라. 그때는 몰랐던 것을 지금은 알게 되는 이 유치한 로맨스의 법칙에 마음이 조금 침울해진다.

 - 시계가 참 멋지네요. 잘 어울려요!

그녀가 눈을 동그랗게 뜨며 내 손목을 뚫어지게 바라보았다. 멋지다, 잘 어울린다는 말, 조금 생소하다. 저 나이의 또래들은 마음에 드는 사람이든 물건이든 구분 없이 죄다 예쁘다는 말로 통일하던데. BTS 멤버 진이 예쁘다, 구찌 가방의 색깔이 예쁘다, 폭스바겐 뉴비틀이 앙증맞고 예쁘다, 치와와보다는 말티즈가 예쁘다, 스타벅스 굿즈 한정판은 희귀하고 예쁘다. 저러다가 정말 사랑하는 고운 이를 만나면 어떤 어휘로 상대를 찬양할 수 있을까 하는 팔자 좋은 우려를 한 적도 있었다.

역시 그녀는 조금 독특하다. 아니 그녀를 제외한 우리 모두가 독특한 것인지도 모르겠다.

성곽의 별채를 나서자 활터가 보였다. 드넓은 연두색 초원 중앙에, 민화에 나올 법한 호랑이 얼굴이 그려진 과녁이 선명하게 시야에 들어왔다. 안내문을 보니 관광객들이 직접 국궁을 체험할 수 있게 해 놓았는데, 1회 2,000원, 열 발을 쏠 수 있었다. 이미 스무 명 남짓한 어른과 아이들로 이뤄진 관광객들이 활을 쏠 준비로 북적댔다.

- 우리도 저거 해 봐요.

호기심에 들뜬 목소리의 그녀가 앞장섰다. 조선 시대 장수처럼 보이는 궁수 복장을 착용한 안내인이 활 쏘는 방법을 관광객들에게 설명해 주고 있었다. 짙은 갈색이 누렇게 변할 만큼 오래된 활을 들고나온 궁수는 시범을 보이겠다며 활시위에 화살을 메겼다. 팽팽하게 당겨진 시위가 궁수의 턱을 압박했다. 좌중 또한 시위만큼이나 팽팽해진 긴장감으로 고요해졌다. 한껏 시위를 당기었던 손가락이 펴지고, 마치 날아가는 새라도 잡을 요량처럼 45도 각도로 쏜 화살이 발사되었다. 끝 쪽에 달린 새의 깃이 세 줄로 붙어 있기 때문인지, 화살은 마치 유영하는 갈치처럼 꿈틀대며 포물선으로 허공을 가로지른다. 족히 백 미터는 넘게 떨어져 있지 싶은 짙은 녹색의 과녁에 화살이 정확히 꽂힌다. 픽! 보는 이의 가슴마저 후련하게 뚫어 주는 장쾌한 타격감이었다. 우와! 애나 어른 할 것 없이 사람들은 경탄해 마지 않았다.

  그녀와 내게도 열 개의 화살과 손때가 짙은 활이 제공되었다. 그녀가 먼저 시위에 화살을 메겼다. 일반인의 과녁은 20미터 정도 앞에 떨어진 호랑이 얼굴이다. 연두색 초원에서부터 불어오는 바람을 마주하고 선 그녀의 늘씬한 자태는 멋지고 아름다웠지만, 시위를 당기고 있는 가녀린 팔은 달달 떨렸다. 그런 모습이 본인도 어이가 없었는지 처음 세 발은 깔깔대고 웃다가 잔디 바닥에 화살을 꽂고 밀았다. 그다음부터는 고도의 몰입을 발휘했다. 퍽, 퍽, 퍽. 한 발 한 발 발사된 화살은 점점 더 과녁의 중앙 쪽으로 이동하고 있었다. 가까운 과녁으로부터 들리는 화살과의 파열음은 여느 남성들의 그것 이상으로 크고 통쾌했다. 나는 휴대폰 동영상 기능을 작동시켰다. 초반엔 선선한 가을바람 속에서 활을 쏘는 여전사와 같은 모습을 담았으나 점점 화면을 클로즈업해 나갔다. 과녁을 쏘아보는 매서운 눈매와 야무지게 앙다문 결의에 찬 입술을.

 - 지는 사람이 저녁 쏘기예요.

 시위를 당기는 내 귓가에 속삭이듯 말했다. 시위를 떠난 화살은 옆 사람이 쏘는 과녁으로 돌진하고 말았다. 아니, 내기를 하려면 시작 전에 규칙을 정하던가! 항의를 하려 했지만 그녀가 바람을 넣는 바람에 가려워진 귓구멍을 후벼 대는 것이 먼저였다. 승부욕이 발동한 나는 시위에 걸리적거리는 손목시계를 그녀에게 맡겼다.

- 저, 배우 제이라 씨 맞으시죠?

마이클 조던의 붉은 색 시카고 불스 백넘버가 적힌 저지와 에어 조던을 착용한 남성이 알은체하며 다가왔다. 머리를 짧게 자른 이십 대의 남성은 차라리 샤킬 오닐의 저지를 착용하는 것이 어울릴 만한 덩치였는데, 그녀를 보고는 우와 우와만 연신 외쳐 대며 어쩔 줄 몰라 했다. 옆에는 여자 친구로 보이는 아이도 있었는데, 그녀 역시 덩치로부터 '우리 전에 호텔에서 다운받아서 봤던 영화 있잖아.'로 시작된 설명을 듣자마자 손으로 입을 가리며 반가움에 발을 동동 굴렀다.

조던이 건네준 휴대폰의 카메라를 작동시켰다. 제이라가 가운데 서고 덩치와 여자애가 양옆에 섰다. 제이라는 자연스럽게 둘에게 팔짱을 끼며 환하게 웃었다. 진심으로 기쁨이 담긴 웃음이었다.

4

우리는 아늑하고 어둑한 민속 주점으로 들어갔다. 성곽을 다 돌면서 땀을 뺐으니 동동주나 한 사발 하며 땀을 식히자는 그녀의 제안이었으나 우리는 묵시적으로 알고 있었다. 오후 네 시밖에 안 돼서 애주가들이 술을 마시기 시작한다는 것은 오늘 데이트 일정이 여기서 종료된다는 것을. 아마도 저녁 식사 대신 동동주로 잔뜩 배를 채우고 나면 심하게 휘청거리며 각자 택시를 잡아타고 귀가하게 될 것이었다.

 - 너무 짜릿하지 않았어요?

그녀는 좀 전에 활터에서 화살을 쏜 이후, 민속 주점에 들어올 때까지 내내 그 얘기만 해 댔다. 세 발을 쏜 이후 일찍 감을 잡은 그녀는 연달아 2천 원을 지급하며 총 오십 발의 화살을 날렸고, 호랑이의 면상을 그야말로 고슴도치의 얼굴로 만들어 놓았다. 주위에 사람들이 경탄하며 몰려들었는데, 궁수와 견줄 만한 그녀의 솜씨 때문인지, 제이라의 아름다운 맵시 때문인지는 분간하기 어려웠다. 안시성을 지키던 연개소문과 접신한 그녀가 또다시 작은 지갑에서 만 원짜리를 꺼내려는 것을 간신히 말린 후 끌다시피 데리고 나왔다.

 - 저는 유명 스타와 함께 데이트하고 있다는 걸 실감했을 때가 짜릿하던데요.

활터에서 마이클 조던의 저지를 입은 샤킬 오닐과 그 여자 친구가 제이라의 존재를 알아보고 열광하며 함께 사진을 찍었을 때를 떠올렸다. 엄밀하게는 팬들과 다정하게 사진을 찍어 주는 그녀의 모습이 아름다웠다는 말을 하고 싶었다. 에로 배우나 에로 스타가 아닌, 배우이자 스타로서 팬들의 사랑을 받고 있다고 느끼는 그녀를 보게 된 것만 같았다. 마음이 따뜻해졌다고나 해야 할까.

- 근데 왜 아까부터 자꾸 전 여친이라고 불러요?

뜬금없는 질문이었다. 아니 항의였다. 여름철 한낮 더위를 뚫고 돌아와 냉수를 마셔 대듯, 동동주 한 사발을 벌컥벌컥 들이켜더니 소리 나게 잔을 내려놓는 그녀였다. 조금은 못마땅하다는 듯이 어미의 톤을 올리며 따지는 투였다. 헤어졌으면 이젠 남인데 왜 자꾸 전(前) 자를 넣어 가며 과거 관계가 있던 사람임을 들먹이냐는 거였다.

- 지금도 좋아해요?
- 아니요.
- 미련이 남은 거예요?
- 아니요.
- 근데 왜 자꾸 전 여자 친구라는 호칭을 쓰냐고요. 추잡스럽게!

이 상황에서 추잡스럽다는 단어를 쓰는 것이 적절한 것인가 하는 생각이 불현듯 스쳤다. 이 양반이 벌써 취했나, 왜 남의 사생활에 시비를 걸고 난리야. 조금 어이가 없긴 했지만 대거리를 하진 않았다. 반나절 동안 그녀와 함께 시간을 보내면서 여러모로 새로운 면모를 발견한 것 같은 기분 때문이었다. 나에 대한 새로운 면모 말이다.

- 그럼 언급조차 하지 말란 말입니까?
- 그냥, 이름을, 불러요.

가타부타 대답을 하지 않았다. 그녀 또한 나의 대답을 원한 것은 아닌 것 같았다. 잠시 침묵이 흘렀다. 아무도 말없이 가만히 있는 순간은 내가 가장 싫어하고 힘들어하는 시간이다. 그런데 지금은 침묵이 유용하다. 그녀도 나도 서로의 생각이 정리되지 않은 상태. 그 상태에서 그렇다, 아니다 대답하는 것은 허황한 빈껍데기가 될 것이라는 생각이 들었다. 조금 더 숙고해 보고 정리해도 되는 시간. 이럴 때야말로 침묵만 있어야 하는 순간이로구나!

왜 그녀와 내가 여성 또는 여성의 가치관 등을 두고 논쟁의 가면을 쓴 설전을 벌이게 되었는지는 정확하지 않다. 아마도 대화가 끊기고 동동주만 홀짝이는 상태에서 주점 사장이 틀어 놓은 뉴스가 시발점이 된 것이 아닌가 싶었다. 물론 전 여친 아니, 지혜에 대한 호칭을 두고서 벌인 잠깐의 설왕설래가 잠재된 서로의 호전성에 불을 붙인 것은 명백하고.

뉴스에선 일명 강남역 여성 살인사건에 대해 피해 여성 측과 여성단체들의 추념식이 나오고 있었다. 참여한 여성들은 모두 검은 옷에 검은 마스크와 모자를 착용한 채였다. 여성단체 대표는 남성이 살인사건의 피해자일 때와는 달리 지지부진한 경찰과 검찰 수사를 비판했고, 여성들에게만 유독 편협한 잣대를 들이대는 언론을 꼬집었다. 마스크와 모자로 얼굴을 가린 이유도, 매체에 얼굴이 나오면 분명히 들개 떼처럼 달려들어 신상을 털고 무자비한 댓글과 욕설을 달아 사회에서 매장을 시킬 것이 우려되기 때문이라 했다. 제이라는 혼잣말로 지지했고 난 쯧쯧 혀를 차 댔다. 그녀는 여성들의 주장이 타당하고 일리가 있음을 역설했고, 난 조현병 환자의 피해망상으로 인한 범죄임이 밝혀졌음에도 지속적으로 여성 혐오 범죄와 연결시키는 것에 대한 의구심을 표현했다. 그녀는 하필 조현병 환자가 상대적으로 연약한 여성을 고른 것은 기저에 가부장적이고 여성을 하대하는 환경의 영향이 있었던 것이라 주장했다. 나는 그럼에도 불구하고 세상은 분명히 동등한 방향으로 나아가고 있으며, 오히려 남성에 대한 역차별 사례가 흔해지는 추세라고 맞섰다.

얼마 전이었다. 출근길 전철역에서 내려 개찰구로 빠져나가기 위해 계단을 오를 때였다. 마침 앞에 있는 여성이 무릎 위까지 오는 짧은 스커트를 입고 있었다. 난 만약을 대비해 다른 사람 뒤편으로 자리를 옮겨 보고자 했으나 허사였다. 너무나 빽빽한 출근길 인파에 옴짝달싹할 수가 없었다. 역시나, 불길한 인기척이라도 느꼈던 것일까. 여성은 뒤를 돌아보았고, 음흉한 너구리를 닮은 수컷 하나가 뒤쫓아 올라오는 것을 확인하게 되었다. 있는 힘껏 미간을 찌푸리며 불쾌감을 표현한 그녀는 어깨에 멨던 핸드백을 엉덩이 아래로 가져다 대었다. 난 졸지에 잠재적인 성범죄의 가해자가 된 셈이었다. 그렇게 여성과 나는 백 미터가 넘는 계단을 피해자와 가해자의 모습으로 고스란히 올라갈 수밖에 없었다.

내 말을 들은 그녀는 깊은 한숨을 몰아쉬었다. 그러곤 자신의 친한 언니이자 조연으로 자주 출연했던 배우의 얘기를 들려주었다. 열악한 촬영장의 실태, 밤샘 촬영을 하다가 다들 잠시 쪽잠을 자게 된 상황, 조연출이 호출하기에, 연기에 대한 모니터링을 하는 줄 알고 따라간 어두운 옆방, 그곳에서 벌어진 연출과 카메라 감독의 집단 성폭행, 그리고 살해 협박, 시키는 대로 다 할 테니 제발 살려 달라는 부탁에 손가락으로 어린 남자 조연출을 가리키며 쟤까지는 피로를 풀어 주었으면 좋겠다는 부탁 아닌 부탁…….

제이라는 내게 애원하듯 말했다.

― 잠재적인 성범죄 가해자요? 잠재적인 살해 피해자보다는 낫잖아요.

그녀는 자리에서 일어섰다. 약간은 어지러운 듯 잠시 휘청하는 것 같았지만 이내 정신을 바로잡았다. 설마 이대로 집에 가려는 것인가 싶었는데, 그녀는 주점 내에 있는 작은 라이브 무대로 나갔다. 높은 의자에 앉아 기타를 집어 들더니 스탠드 마이크를 확인했다. 그녀가 줄을 퉁기며 음을 조율하자, 옆에 남자들만 앉아 있는 테이블에서 휘파람을 불었다.
 ― 가을 우체국 앞에서 그대를 기다리다, 노오란 은행잎들이 바람에 날려 가고…….

여성의 한이 담긴 노래나 민중가요 같은 것을 부를 줄 알았는데. 그나저나 그녀의 허스키하면서도 여성 특유의 가녀림이 버무려진 보컬이 제법 가사와 잘 어울렸다. 이 계절과 허름한 주점의 고즈넉함과 알딸딸하게 기분 좋은 취기와 불현듯 내뱉은 그녀의 견해가.

그녀가 두고 간 휴대폰으로 몇 통의 전화가 계속 왔다. '대디'라고 적혀 있는 것으로 보아, 쉬는 날 데이트를 한답시고 집을 나간 딸내미의 근황에 노심초사하는 아버지의 모습이 연상되었다. 최대한 조심스럽게 전화를 받았다. 인사를 드리고 오늘 이벤트에 대해 간략히 설명했다. 제일 궁금해하실 현재 따님의 상태에 대해서도.

- 거, 술 좀 작작 먹으라니까. 제기랄.

대충 마무리하고 보내세요. 제기랄. 꼭 택시 태워 보내요. 얘가 한 달에 택시비로 버린 돈만 도대체 얼마야, 제기랄. 출발할 때 전화 한 통 줘요. 마중 나갈 테니. 으이그 제기랄. 아버지는 말끝마다 제기랄을 미사여구처럼 달았다. 불현듯 제이라라는 예명의 출처가 의심되는 순간이었다. 멋쩍게 웃기만 하던 그녀의 얼굴도 떠올랐다.

세상에 아름다운 것들이 얼마나 오래 남을까.
한여름 소나기 쏟아져도 굳세게 버틴 꽃들과
지난겨울 눈보라에도 우뚝 서 있는 나무들같이
하늘 아래 모든 것이 저 홀로 설 수 있을까

가을 우체국 앞에서 그대를 기다리다
우연한 생각에 빠져 날 저물도록 몰랐네

그사이에 손님들이 더 들어왔는지, 중년 남성들뿐 아니라 다른 테이블에서도 박수와 환호가 쏟아졌다. 주점 사장과 주방에서도 손을 멈추고 나와 제이라의 무대에 찬사를 보냈다. 그녀는 내게 싱긋 웃으며 손을 흔들어 주었다. 활터에서 잠시 맡겼던 손목시계가 작은 무대의 노란 조명을 받아 반짝였다.

 - 글쎄, 우리 집에 가서 한 잔만 더 하자니까요. 우리 아빠 무섭지 않다구요.

만취하자 콧대 높은 매력의 소유자이자 에로물의 판도를 바꾼 혁명가, 여성들의 가치관에 공감하는 페미니스트이자 강변 라이브 카페에서도 통할 만한 아마추어 가수 제이라는 사라졌다. 아직은 놀고 싶고 취기를 동력으로 밤새 떠들고 얘기하고 싶은 고집 센 청년 하나가 있을 뿐.

아버지의 요청대로 택시를 태워 보내려다가 그냥 함께 탔다. 그녀는 계속 한 잔 더 먹어야만 한다고 고집을 부렸다. 내일부터 다시 지긋지긋한 다이어트와 운동에 돌입해야 한다며 푸푸 숨을 몰아쉬고 푸념을 해 댔다. 아, 그냥 좀 취기에 조용히 잠이 들면 딱 좋겠는데. 백미러로 뒤를 힐끗거리는 택시 기사의 눈길이 민망했다.

난 오늘 찍은 사진을 쭉 훑어보며 후기에 올릴 대략적인 스토리보드를 구상했다. 그녀와 나눈 대화들. 달관한 철학자와 몽매한 제자가 선문답을 주고받은 것만 같은 시간이었다. 푸푸거리며 혼잣말을 해 대는 그녀의 얼굴을 우두커니 바라보았다. 왜 여동생이 제이라를 경이롭게 바라보는

지 조금은 알 것도 같았다.

  작은 이면도로로 택시가 들어섰다. 저 앞에 계절을 거꾸로 타는 듯 반팔에 반바지를 입은 덩치 좋은 남성이 인상을 쓴 채로 담배를 피우고 있다. 속도를 늦추는 택시 안을 유심히 들여다보더니 제기랄 하며 욕설을 하는 것도 같았다.

-『문학의봄』 2023년 가을호

블루 크리스마스

*

 많은 분이 고대하는 크리스마스가 이틀 뒤로 다가왔습니다. 이번 크리스마스에는 서쪽으로부터 다가온 먹구름이 저기압으로 인해 전국적으로 낮게 깔리면서 그야말로 화이트 크리스마스가 될 확률이 높은데요. 그 양도 꽤 많을 것으로 보입니다. 다사다난했던 한 해. 하얀 함박눈 보시면서 지친 마음을 달래 보시는 건 어떨까 싶네요.

 저녁 외출 때 입을 옷을 챙기던 A-1은 TV 속 기상 캐스터의 낭랑하고 친근한 말투가 마음에 들지 않았다. 함박눈이 내린다는 소식에 후륜구동인 독일제 스포츠카가 눈 속에 파묻혀 수 시간 동안 움쩍달싹 못 했던 기억이 떠올랐기 때문인지도 모른다.
 A-1은 왜 스스로 다소 예민해지고 격양된 상태가 되었

는지를 잘 알고 있었다. 그래서 더 짜증 나고 조바심이 났다. 드레스 룸에서 골라 온 옷 중에 입고 나갈 옷이 없었다. 아니, 어떤 옷을 입어야 그의 시선을 조금이라도 더 붙들 수 있을지 모르겠다는 표현이 정확할 것이다. 갖고 싶은 것은 어떻게든 가져야 했고 반드시 가져왔던 그녀였다. 돈도 자리도 졸업장도 아닌 일개 사람 따위가 이토록 자신의 애간장을 태운다는 것이 놀라웠다.

그나저나, 쇼핑몰에 들렀다 가야 하는데 1층 현관에서 수 시간째 버티고 있는 저 벌레 같은 꼰대는 언제쯤 꺼져 주려나.

*

B는 다리가 저리다 못해 감각이 느껴지지 않았다. 세 시간 넘게 차가운 현관 바닥에서 석고대죄하듯 무릎을 꿇고 있었으니 당연한 일이었다. 그동안 무수한 생각이 들었고 형언할 수 없는 감정들이 반복되었다. 그리고 그 결과의 끝은 언제나 슬픔이었다. 왜 이 시간에 이곳에서 이런 꼴로 있어야만 하는가에 대한 물음이었다. 물론 그 물음에 대한 답은 자명했다. B는 A에게 자재를 납품하는 영세업자이고, A는 B와 같은 수많은 영세업자에게 대금을 지급하는 회사

의 오너였기 때문이다. 한마디로 생사여탈권을 움켜쥔 갑이기 때문이었다.

감각이 없는 하반신과 허리께에서 목까지 올라오는 통증쯤은 아무것도 아니었다. 그것보다 참기 어려운 것은 저 소리와 냄새였다. 축하할 일이라도 있는 것인지, 안방에선 열댓 명은 됨직한 인사들이 술판을 벌이며 노래를 부르고 있었다. 그 화기애애한 분위기에 실려 오는 기름지고 고급스러운 요리 냄새, 손뼉을 치고 박장대소하는 소리는 저들의 분위기를 상상하게 했다. 거실을 넘어 방문을 열고 들어가면, 길게 놓여 있는 테이블이 있다. 그 테이블을 가운데 두고 마주 앉아 먹고 마시고 노는 흥겨운 분위기가 연상된다. 그 너머엔 곧바로 B 자신이 보인다. 얼음같이 차가운 현관의 바닥에 아무렇게나 널브러진 신발들과 함께 놓여 있는 자신. 지금 자신의 처지, 자신과 함께해 온 가족들, 애써 준 직원들의 얼굴이 보인다. 분노는 고통이 되고 고통은 체념이 되고 체념은 금세 슬픔이 된다.

- 어, 이 양반 아직도 이러고 있네!

얼큰하게 취기가 오른 사내 하나가 손가락질하며 혀를 끌끌 찬다. 하나둘씩 방을 나온 손님들은 B를 둘러싸며 내려다보았다. 돌아가서 기다리고 있으면 어련히 알아서 해 줄 것인데 그깟 돈 몇 푼이 뭐라고. 하여튼 타고난 버러지

근성은 어쩔 수 없다니까! 손님들은 돌아가며 비난과 욕설을 퍼부었다.

- 옜다. 요기나 해라.

기골이 장대한 A가 팔짱을 끼고 지켜보다가 수표 꾸러미를 던져 주었다. 종이 뭉치는 현관의 사방으로 흩어졌다. 몇 장은 신발장 속으로 들어가기도 했다. B는 흩어 뿌려진 수표를 허겁지겁 줍기 시작했다. 자존심이고 뭐고 다 필요 없다. 이 한 장 한 장이 우리 가족들, 회사 식구들 명줄이다. 장시간 무릎을 꿇고 있었던 탓에 다리가 펴지지 않았다. B는 포복하듯 기었다. 상반신의 힘만으로 이리저리 움직이며 수표를 주웠다. 주변에서 와아 하며 웃음이 터졌다.

- 먹이 찾아 헤매는 똥개가 따로 없네그려.

- 무슨! 모이 쫓아 뒤뚱거리는 비둘기 같은데!

*

- 아버지, 천천히 드세요.

집으로 돌아오자마자 깡소주를 들이켜는 B였다. 겉옷도 벗지 않고, 불도, TV도 켜지 않은 방에 앉아 묵묵히 술을 마시기 시작했다. 보다 못한 B-1이 서둘러 남은 돼지고기를 조금 넣고 김치찌개를 끓여 내왔다. 몸 상하니 그만 드시라는 말을 차마 할 수는 없었다. 술이라도 퍼붓지 않으면 몸이 아닌 마음이 터져 나갈지도 모른다는 것을 잘 알고 있기에.

아버지에게 어떤 일이 있었는지 대략 짐작이 가는 B-1이었다. 한 해가 저물어 가는 이맘때면 벌어지곤 하는 연례행사였다. 자재를 납품한 대가를 제때 받아 내기 위해 업체고 은행이고 오너의 집이고 찾아가 구걸과는 비교도 안 되는 통사정을 해야 하는 크리스마스 악몽.

- 어디서 폭탄이라도 잔뜩 구했으면 좋겠구나.

담벼락 밑에 세워 둔 1톤 트럭이 보이기라도 하는 듯, 창을 내다보며 무심히 내뱉었다.

B-1의 지시로 식어 빠진 찌개를 데워서 가져온 B-2는 한숨부터 내쉬었다. 냄비를 거의 던지다시피 하고는 방문을 소리 나게 닫아 버렸다. 야! B-1이 순간적으로 소리를 질렀지만 더 이상 야단을 하지는 않았다. B-2의 마음을 모르는 바는 아니었으므로.

- 트럭 가득히 폭탄을 실었으면 좋겠다. 그대로 그 집 현관까지 돌진해서…….

B가 고개를 떨구고 흐느꼈다. 술잔을 쥔 그의 손이 부르르 떨렸다. 채 입으로 가져가지 못한 술이 아무렇게나 넘쳐흘렀다. B-1은 조용히 방문을 닫고 나왔다.

★

B-2는 잡히는 대로 아무 옷이나 들고 밖으로 나왔다. 집 구석에 틀어박혀 있다간 답답함에 심장이 터져 버릴 것만 같았다. 아버지의 저 꼴을 한두 번 보는 게 아니지만, 더 이상은 봐 줄 수 없었다. 한 번 당한 것은 가해자의 잘못이지만, 똑같은 방식에 다시 당하는 것은 피해자가 바보이기 때문이다. 매년 이맘때만 되면 반복적으로 일어나는 일임을 알면서, 똑같이 당하고 똑같이 울고 짜고 하소연하는 꼴이 당최 이해되지 않는 B-2였다.

12월 말의 한기가 1월 엄동설한 추위 못잖다. 깊게 들이마신 공기가 폐부 깊숙이까지 파고들어 불타는 속을 조금이나마 식혀 주었다. B-2는 이 가늠할 수 없는 분노가 단지 아버지 B 때문만이 아님을 알고 있었다. 아버지가 이곳저곳에 애걸복걸하며 다닐 수밖에 없는 원인 중에 B-2 자신도 기여하고 있다는 것을 모르지 않았다. 변변한 직장 없이 되는대로 이 일 저 일 하며 '정규적이지 못한 삶'을 살고 있는 자신 말이다.

활화산 같은 분노의 종착점이 결국 B-2 자기였다는 것을 다시금 느낀다. 처참하다.

※

 남자 친구인 C-1이 먼저 도착하여 포장마차의 구석 자리를 차지하고 있었다. 마스크를 착용했지만 멀리서도 C-1의 얼굴이 제법 수척해져 있음을 확인할 수 있었다.

 - 미리 시켜 놓았어.

 B-2가 좋아하는 떡볶이였다. 칭찬을 갈구하는 강아지 같은 천진한 눈빛이 B-2의 입술에 옅은 미소를 돌게 한다. C-1에게 한바탕 퍼붓는 것으로 분노를 달래려 했건만. 이내 분노는 찬 바람을 만난 안경의 성에처럼 사라지고 만다.

 공부는 잘되어 가? 만날 때마다 의례적으로 묻곤 했던 말을 B-2는 애써 꿀꺽 삼켰다.

 연인 사이지만, 사랑한다는 말을 주고받은 적이 언제였는지 가뭇한 그들이었다. C-1은 지방에서 올라와 4년째 공무원 시험에 매달리고 있었다. B-2는 작은 업체의 비정규직이나 아르바이트로 시작해서, 운 좋으면 계약만료로, 재수 없으면 갑질과 폭언에 시달리다 쫓겨나는 상황을 무수히 겪었다. 이번에는 합격할 정도로 공부가 잘되어 가는지, 괴롭히는 상사나 점주는 없는지 등을 서로 묻는 것 말고는 딱히 할 말도 없다는 것이 서글펐다.

 - 나 이번이 진짜 마지막이야.

좀처럼 술을 마시지 않는 C-1이 잔을 비웠다. B-2도 잔을 비웠다. C-1의 눈에서 불안을 보았다. 떡볶이 하나를 집어 C-1의 입속에 넣어 주었다. B-2도 하나를 집어 오물거렸다.
 너 그거 아니? 작년 이맘때도 그 말 했었다는 거?

★

 C-1은 이런 알딸딸한 기분이 좋았다. 책을 펼치면 글자들과 함께 살아 움직이는 불안을 잠재울 수 있었다. 떨어지면 내려가서 아버지 따라 농사지으면 되지 뭐. 취중에서나 부릴 수 있는 호기였다.
 크리스마스가 코앞으로 다가왔지만, 고시원은 딴 세상 같다. 휘황찬란한 세상과는 상관없다는 듯 고요하기만 하다. 무채색의 내부. 좁은 복도 위로 듬성듬성 켜져 있는 조명을 통해서만 분간이 가능한 사위. 외출 후에는 다시 돌아가고 싶지 않은 어두침침함이었다. 세상은 모두 바쁘게 돌아가는데 이곳만은 시간이 정지된 듯 똑같은 매일을 선사하곤 했다. 그 답답함이 미칠 것만 같았다. 그나마 B-2와 함께 마신 소주 몇 잔이 돌아갈 용기를 주곤 한다.
 C-1은 옆방을 바라보았다. 고시원 내에서 유일하게 학

교처럼 앞문과 뒷문이 따로 있는 방이었다. 어림잡아 C-1이 거주하는 방의 서너 배 넓이는 될 것만 같다. 일종의 특실인 셈이었다. C-1은 누가 거주하는지는 몰라도 무엇을 하는 공간인지는 짐작이 갔다.

방에 들어온 C-1은 스탠드를 켜고 의자에 앉았다. 왼손 중지를 압박하고 있는 두꺼운 반지가 불빛에 빛난다. 상경한 이후 한 번도 뺀 적이 없는 반지. 5년 전 아버지가 신랑 신부 반지 교환하듯 하나는 당신이 갖고 하나는 C-1에게 직접 끼워 주신 것이었다. 제법 굵으니 정말 급한 일 있을 땐 팔아서 쓰라고 했다. C-1은 반지를 팔아야 할 만큼 '정말 급한 일' 따위는 내게 발생하지 않을 것이라 믿었다. 반지를 보면 아버지의 믿음과 노고가 떠올라 마음을 다잡게 되었다. 동시에, 손가락을 옥죄는 그 묵직함만큼이나 마음이 무겁기도 하였다.

C-1은 고개를 들어 벽을 쳐다보았다. 아니 벽 너머의 특실을 상상하였다. 또다시 이름을 알 수 없는 장미 향과도 비슷한 향기가 퍼져 나온다. 말초신경을 자극하고 심장을 조금은 빠르게 뛰게 하는 은은한 향기. C-1은 책을 덮고 벽으로 다가갔다. 제법 두꺼운 베니어합판과 판 사이에 인위적으로 뚫어 놓은 미세한 틈이 있었다. 전 거주자의 작품이 틀림없을 그 틈으로 위태한 분홍 불빛과 미세한 향기가

스며 들어오고 있었다. C-1은 눈을 부릅뜨고는 최대한 벽에 몸을 밀착시켰다.

*

D는 모든 준비를 마쳤다고 생각했다. 고기를 가장 신선하게 보이게 한다는 연분홍색과 온기를 느끼게끔 하는 노란색 LED 조명의 조도를 적절하게 맞춰 놓았다. 자연스러운 흥분제 역할을 한다는 향초도 30분 전에 피워 놓았다. 업소에 있을 때 언니로부터 받은 것이었는데 꽤 효과가 있는 것 같았다. 인도가 종교적인 수양의 메카이기도 하지만, 동시에 이런 자연산 최음제를 암묵적으로 생산하고 밀수출한다는 사실이 다소 의외였다.

음악만큼은 D 자신의 기호에 맞게 선곡하였다. 찰리 파커의 크리스마스 캐럴 색소폰 메들리였다. 모든 것은 철저하게 회원들의 기호와 취향을 맞춰 주는 것이 나름 D가 가진 직업의 룰이었다. 하지만 이 회원이 고수하는 정체불명의 저급하고 경박하며 싸구려 냄새가 물씬 나는 음악은 틀고 싶지 않았다. 돈이 많은 만큼 교양과 인품도 정비례하지는 않는다는 사실을 이 일을 하면서 명징하게 느끼는 D였다.

문 앞에 미세한 인기척이 느껴진다. D는 자신도 모르게 숨을 죽였다. 도어 캠을 통해 고시원 복도를 확인했다. 두꺼운 패딩 점퍼와 헬멧을 착용한 남성의 뒷모습이 점점 어둠 속으로 사라지는 것이 보인다. D는 바로 문을 열지는 않았다. 속으로 열을 센 후 가만히 미닫이문을 열었다. 30분 전에 주문한 칠레산 와인 바구니가 놓여 있었다. 잠시 좌우를 살피며 주위를 확인한 후, 냉큼 바구니를 안으로 들여왔다.

어릴 때부터 홀로 자취하며 몹쓸 꼴을 많이 당해 온 D였다. 배달을 시킨 적도 없는데 난데없이 찾아와 쪽지를 주거나 연락처를 요구하는 남성 라이더들. 건조대에 속옷이 사라지는 일은 다반사였다. 어떻게 휴대폰 번호를 알았는지, 솔로끼리 술이나 마시자는 문자가 왔을 땐, 너무 무서워 잠을 이룰 수가 없었다. '나의 이상형은 혼자 사는 여자'라는 어느 연예인의 되지도 않는 농에 욕을 해 주고 싶은 것도 그런 이유였다.

회원이 올 시간이 다 되었다. D는 최대한 캐럴에 몸을 맡기려 노력했다. 하지만 자동차의 바퀴에 감은 체인이 아스팔트와 마찰할 때 발생하는 소리에 맞춰 오히려 긴장이 배가 되었다. D는 긴 숨을 몰아쉬었다.

★

 B-1이 주문받은 것은 약 30분 전이었다. 30분 안에 백화점의 칠레산 와인을 가지고 오라니. 그것도 크리스마스 연휴를 이틀 앞둔 이 시점에. 이른바 '전투 콜'이었다. 특별한 날의 교통 상황 등을 전혀 모르는 청순한 뇌의 소유자이거나, 배달 노동자의 목숨 따위는 안중에 없는 사이코패스가 틀림없으리라.

 B-1은 250cc 바이크의 레버를 힘껏 당겼다. 채 녹지 않은 블랙아이스가 도로 곳곳에서 목숨을 노리고 있을 테지만 어쩔 수 없었다. 사고를 피하자고 매번 속도를 늦췄다가는 굶어 죽을 것이다.

 배송지 주소를 확인한 B-1은 코웃음이 나왔다. 고객은 이번 와인 주문 전에도 고급 향수나 생화 등을 주문한 적이 있어 제법 익숙했다. 파티할 돈 차곡차곡 모아 고시원에서 벗어날 궁리부터 좀 하지.

 교실을 연상케 하는 고시원 방 앞에 바구니를 두고 나왔다. 정면에서 제법 체구가 큰 장년의 남성 하나가 팔자걸음으로 어기적거리며 다가온다. 서로가 조금씩만 몸을 틀면 될 일인데. 헬멧을 착용한 B-1이 안중에 없는 듯 어깨를 부딪친 남성은 그대로 직진한다. 이윽고 익숙한 듯 교실 같은 문 옆의 벨을 누른다. B-1은 잠시 그를 쳐다보았으나 이내 시선을 거둔다. 시간이 없다. 다음 알바 장소로 이동해야만 한다.

*

  D는 잠시 마사지 테이블에 멍하니 앉아 있었다. 아무 생각이 들지 않았다. 뇌의 오더를 받지 못한 육체 또한 작동을 멈추었다. 고객인 A의 배웅을 어떻게 했는지도 기억나지 않는다. 이런 걸 기억상실이라 하나? 해리성 장애라고 하는 건가?
  D는 불현듯 구역질이 올라옴을 느꼈다. 문 없이 유리 칸막이로만 경계가 나눠진 화장실로 달려갔다. 좀 전에 A와 함께 먹은 와인 한 잔과 약간의 치즈가 그대로 게워졌다. 다년간의 경험으로 D는 알 수 있었다. 구역질은 방금 전 자신이 당한 행위에 대한 몸의 자동적 거부반응이라는 것을.
  난골 회원인 A의 행위가 다소 가학적이고 변태적인 부분이 있음을 인지하고 있었지만, 이번엔 그 정도가 달랐다. 머리채를 휘어잡은 채 목구멍까지 성기를 쑤셔 넣거나 강제로 항문에 삽입을 하는 정도는 차라리 약과였다. D의 목을 조르고 벽에 던지듯 밀어붙이는 행위. 예순이 넘었다고는 해도 180cm가 넘는 육중한 체격의 A가 위에서 짓누를 땐 발정 난 코끼리를 온몸으로 떠받치는 느낌이었다. 서로의 신뢰를 바탕으로 쾌감을 주고받는 것과는 다른 것이었다. 추하고 악의적인 욕망과 짐승의 저열한 본능을 가냘픈 약자를 상대로 폭발시키는 폭력일 뿐이었다.

D는 손이 가는 대로 옷을 챙겨 입었다. 무언가를 생각할 경황이 없었다. 어서 여기서 나가야만 한다. 이 외상을 치유해야만 한다. 그래야만 내가 산다. D가 떠나간 뒤에도 고시원 특실의 캐럴은 경쾌했고 향초의 불꽃은 오랫동안 일렁였다.

*

폐점 시간이 임박했지만 D를 막을 수는 없었다. E는 여러 차례 보아 온 D가 우수 고객을 넘어 VIP 명단에 이름이 올라가 있는 것을 알고 있었다.

E는 한숨을 크게 몰아쉬고는 마음을 다잡았다. 언니와 동생들 모두가 D를 기피하는 것을 알고 있지만 누군가는 해야 할 일이었다. D의 쇼핑은 마음에 드는 물품을 찾아내고 맞춰 보며 구입하는 행위가 아니었다. 분노의 폭발이고

자존심의 상처를 회복하기 위한 몸부림이었으며, 참담함을 다스리고자 하는 치유의 과정이었다. 다만 그 과정에는 희생양이 필요했다. 베일 듯이 날카로운 욕설을 당연하게 들어 주고, 때론 기꺼이 귀싸대기를 맞아 주거나 머리끄덩이를 내어 주며, 패대기쳐진 상품들을 재빠르고 묵묵하게 원상복구 할 수 있는 희생양. 그나마 몇 번 D를 보았던 탓에 E는 대처 방법을 알고 있었다. 먼저 물어보지 않고, 묻는 말에만 붙임성 있게 대답하며, 엉망이 된 물건만 그때그때 정리하는 것. 그 이외에는 충분히 난동을 피우도록 놔두는 것. 그러면 제풀에 꺾여 안정을 찾는다는 것.

 - 제가 마치 상담자가 된 것 같아요.

한바탕 전쟁을 치른 후, 선후배의 위로에 동그란 안경을 추켜올리며 빙긋이 웃는 E였다. 그런데 상담 잘해 놓고 왜 이리도 눈물이 나는지 모르겠다. 퉁퉁 부은 종아리와 족저근막염이 생긴 발바닥보다 가슴 한편이 더 아픈 이유 따위는 생각하지 말아야 한다.

훌쩍거리며 서로 토닥이는 동생들을 보다 못한 고참 언니가 일갈했다.

 - 야, 우리도 오늘 제대로 풀어 보자!

★

 E는 취하고 싶었다. 아니 고통을 주고 싶었다. 나는 벌을 받아야만 한다.
 '네 잘못이 아니야.' 힘들 때마다 영화 속의 한 대사를 중얼거리며 버텨 왔다. 오늘은 그것만으로는 역부족이다. 내 잘못이 맞다. 쇼핑몰 명품관에서 일을 하는 내 잘못이다. 대학 대신 취업을 택한 내 잘못이다. 아버지 간병하느라 학원은커녕 등교 일수만 간신히 채운 내 잘못이다. 지긋지긋하다며 엄마가 집을 나갈 때 울고만 있던 내 잘못이다. 태어나지 말았어야 했는데……, 이 세상에 태어난 내 잘못이다.
 양주를 스트레이트로 마시려 했으나, 잔을 입으로 가져가기 전에 남성이 낚아챘다. 얼음이 담긴 큰 잔에 술을 옮기고는 충분히 흔든 후 E에게 건네주었다. E가 반대로 고개를 돌리자 굳이 방울토마토가 찍힌 포크를 들고 기다렸다가 결국엔 입속에 넣어 주었다. 마치 놀이를 하며 아이에게 밥을 먹이는 엄마처럼.
 E는 그제야 처음으로 남성의 얼굴을 제대로 보았다. 이 방에 들어온 여느 '애기들'에 비해 잘 생기지도 매력이 있지도 않았다. 유머러스하거나 좌중을 압도할 개인기를 보여 주지도 못했다. 다른 애기들은 손님이 요구하는 것을 모

두 들어주었다. 아니 요구하기 전에 손님으로서 응당 요구해야만 하는 것들을 먼저 제시했다. 이 남성은 달랐다. 분명 돈이 필요해서 나왔을 것인데, 팁을 받거나 2차를 가기 위해 자신을 던지지 않는다. 내가 별다른 요구를 하지 않아서 그런가? 한쪽에선 블루스인지 스탠딩 섹스인지 모를 짓거리를 하고 있고, 다른 한쪽에선 발가벗은 애기가 넥타이를 머리에 동여맨 채 상모돌리기를 하고 있었다.

E는 남성의 어깨에 고개를 기대었다. 남성이 팔을 들어 E의 팔과 등을 가만히 쓸어 준다. 마치 다 안다는 듯이. E는 눈물이 났다.

지배인이 뛰듯이 들어오더니 남성의 귀에 대고 급하게 속삭인다. 이윽고 남성은 자리에서 일어났다. 지배인은 죄송하다며 애기를 교체해 주겠다고 했다. 뭐야! 여기서도 사람 차별하는 거야? 꼭지가 돈 언니가 항의했지만, 지배인은 죄송하다는 말만 반복했다. 양주 두 병을 서비스로 제공하겠다는 말과 함께.

방을 나가던 남성이 다시 돌아왔다. 그리고 E의 귀에 대고 속삭였다.

- 저는 B-1이라고 합니다.

★

 A-1은 또다시 혼자서 아침을 맞이했다. 잠결에 옆자리를 더듬었을 때부터 또다시 홀로 남겨진 것을 직감했다. 하지만 눈을 뜨지는 않았다. 돌아누우며 애써 다시 잠을 청했다. 이번에도 혼자가 됐다는 것을 인정하고 싶지 않았다. 하지만 다시 잠은 오지 않았고 의식은 명료해졌다. 표현할 수 없는 처참한 심정 또한 더불어 명징해진다.

 어젯밤, 지배인을 통해 옆방에 있던 B-1을 특실로 불러내었다. 옆자리에 앉은 B-1은 늘 그렇듯 묵묵히 술만 따라 주었다. 다른 애기들처럼 애교를 부리거나 주인의 기분을 맞추기 위해 노력하지 않았다. A-1은 주는 대로 받아 마셨다. 취기가 오르기 시작했다. B-1을 째려보았다. 너를 위해 이 옷을 구입했고, 헤어 숍에 다녀왔으며, 열 일 제치고 친히 여기까지 온 거야. 아버지가 주최하는 2세들 모임까지도 제치고 온 거라고! 하마터면 자신의 노력과 성의를 구구절절하게 늘어놓을 뻔했다.

 - 2차 끊어.

 A-1은 재떨이에 담배를 비벼 껐다. 핸드백을 들고 일어서다 휘청했다. 오늘은 끝장을 보아야 한다. 더 이상 마음을 움켜만 쥐고는 살 수 없다. 폭탄 더미를 심장 속에 박아

두고는 아무것도 할 수 없다.

　지하 업소에서 엘리베이터를 탄 둘은 17층의 객실로 올라갔다. 방에 들어서자마자 A-1의 적극적인 공세가 시작됐다. B-1 또한 그런 A-1을 밀어내지 않고 유연하게 받아 주었다. 불과 물이 되어 서로를 덥히고 식혀 주었다. 여성은 끊임없이 확인하려 했고, 남성은 끊임없이 확인시켜 주었다. 하지만 거기까지였다. 이번에도 함께 아침을 맞이하지는 못했다. A-1은 알고 있었다. B-1에게는 A-1이 최선을 다해야 하는 한 명의 손님이자 고객일 뿐이라는 것을.

　- 꼭 죽이고픈 사람이 있어요.

　꿈이 아니었다. 냉수를 들이켜자, 어젯밤이 불현듯 떠올랐다. 팔베개를 해 준 B-1이 천장을 바라보며 무심히 던진 말이었다. A-1은 두려웠다. 아버지를 등에 업고 안 해 본 일이 없지만 사람을 죽여 본 적은 없다. 동시에 가슴이 뛰었다. B-1이 처음으로 자신에게 부탁을 해 온 것이다.

　- 그자는 매월 마지막 주 금요일 밤, 고시원으로 위장한 업소를 찾아요. 이번엔 크리스마스 이브가 되겠네요.

　A-1은 창가에 걸터앉았다. 아침 햇살이 블라우스보다도 얇은 하얀 커튼에 걸려져 희붐하다. 담배 연기가 아지랑이가 되어 햇살을 감고 올라간다. A-1은 크게 호흡을 가다듬었다.

✦

- 알겠습니다. 한번 알아보겠습니다.

통화를 마친 F는 꽃다발을 든 채 한동안 자리에 서 있었다. 은혜를 베풀어 준 분의 지시는 그 무엇이 되었든 거절할 수 없는 것으로 배워 온 F였다. 그게 스폰서라 할지라도. 바로 경찰서로 돌아가야 하나? F는 손에 들린 꽃다발을 보자 잠시 망설여졌다. 이왕 집 근처에 다 왔으니. 애써 일보다는 관계에 비중을 두기로 했다.

이번엔 F 자신이 생각해도 조금 심했다는 생각이었다. E가 자신에게 잔소리를 한 것은 사랑이고 관심이었다. 경찰관으로서 피해자에게 조금 더 따뜻하게 해 줘도 좋을 것 같다는 의견을 낸 것뿐이다. 그런데 당시에는 E의 그 말이 F에게는 다르게 들렸다. 너는 피해자에게 너무 엄격하고 차갑게 대해. 민중의 지팡이가 아니라 민중의 몽둥이야. 경찰관으로서 자격이 없어…. F는 E의 얼굴을 가격하고 말았다. 콧잔등에 주먹이 꽂혔는지 코피가 순식간에 입 주변과 턱을 타고 흘렀다. 나름 크리스마스 분위기를 낸답시고 F가 직접 요리한 안심 스테이크 위로 검붉은 피가 후드득 떨어졌다. 투명한 잔에 담긴 와인과 같은 색깔이었다. 코와 입을 움켜쥔 E는 잠시 눈을 동그랗게 뜬 채 그대로 있었다.

코에 느껴지는 통증이나 흰색 블라우스를 물들이는 유혈보다도, 연인에게 또다시 폭행을 당했다는 그 자체에 놀란 것 같았다. E는 몸을 비틀거리며 화장실로 향했다. F가 달려와서 E를 부축했지만 뿌리쳤다. 화장실 문이 잠겼다. 샤워기가 분무하는 소리가 들렸다. 간간이 E가 흐느끼는 소리가 들리기도 했다. F는 문을 두드렸다. 정말 잘못했다고 사과했다. 하지만 30분이 가도, 한 시간이 가도 문은 열리지 않았다. 문은 영원히 열릴 것 같지 않았다.

아파트 근처에 온 F는 여러 차례 E에게 전화했지만 받지 않았다. 벨을 누르고 현관문을 두드렸지만 예상대로 나오는 이는 없었다. 현관에 귀를 대 보았으나 안에선 아무 소리도 들리지 않는다. 습관적으로 복도식 아파트의 좌우를 살핀 F는 품 안에서 목걸이가 든 케이스와 편지를 꺼내 우유 적재함에 넣었다. 꽃다발은 바닥에 내려놓았다. F는 용서를 구하는 문자를 보낸 후 일부러 뒤꿈치에 힘을 주며 E의 집에서 멀어져 갔다. 그러고는 비상계단 난간에 기대어 한동안 E의 현관문이 열리기를 기다렸다. 문은 열리지 않았다.

― 에이, 개새끼!

통화를 마친 G는 휴대폰을 패대기칠 듯했으나, 잠시 망설인 후 소파에 조심스레 던져 두었다. 그러고는 혼잣말할 테지. 마치 어린아이가 자신이 심술 난 이유를 세상 모두가 알아주길 바라며 투정을 부리듯. D는 단골이자 블랙리스트에 올라와 있는 G의 뻔한 행태가 예상되었다. 아니나 다를까. G는 발가벗은 채 이리저리 움직이며 독백을 하기 시작했다. 실제로는 어두운 저곳에 관객들이 숨죽인 채 자신을 지켜보고 있다는 것을 알고 있는 1인극의 배우처럼.

― 아니, 내가 지 따까리야 뭐야! 지가 뭔데 이래라 저래라 명령이야? 학교 선배면 선배지, 해 준 게 뭐가 있다고 매번 좆같은 일만 시키냐 이 말이야. 내가 경찰 잘린 지가 언제인데. 나 잘릴 때 지가 뭘 해 줬어? 흥신소 뒤 좀 봐주고 가끔 일거리 좀 물어다 주고 하니까 날 수족처럼 부릴 수 있다고 착각하는 모양이지? 미친 새끼 같으니라고…….

D는 그런 G가 한심했다. 금품수수와 피해자 성추행 혐의로 경찰관 생활 이 년 만에 파직돼 놓고서는 부끄러운 줄 모른다. 말은 저렇게 해도 결국엔 경찰관으로 승승장구 중인 F에게 빌붙어서는, 계속 밑구멍을 핥아 주고 흥신소

일을 따낼 것이다.

　- 이제는 나보러 사람까지 죽이란다. 이 미친놈이.

　담배에 불을 붙인 G가 이제는 대놓고 D에게 연극에 참여할 것을 요청한다. G는 D에게 다가가서는 아직 식지 않은 젖가슴을 움켜쥔다. 입으로는 F에 대한 스산한 욕설을 하고 있었지만, 손바닥에는 미세한 떨림이 있다. 그것이 가슴으로 전해져 온다.

　- 룰 위반이에요. 이러시면 더블로 정산하셔야 돼요.

　먹히지 않을 걸 알고 있지만 D는 최대한 품위 있게 얘기했다. G의 반응은 예상된 것이었다. 업소에서 시다 노릇하는 년을 빼내서 이만큼 번듯한 사업체 운영하게 해 준 게 누군데 어디서 감히 주둥아리를 놀리느냐. 내가 이래 봬도 전직 경관 출신인 걸 잊은 거냐. 내가 입만 뻥끗하면 여기 싹 밀어 없애는 거 순식간이다. 그동안 벌어 놓은 거 벌금으로 다 날리고, 5년 동안 콩밥 먹고 살지 않으려거든 까불지 마라….

　D는 G의 손길에 몸을 맡겼다. 아니, 몸을 방치했다. 그의 반복되는 레퍼토리가 역겨웠다. 차라리 빨리 끝내고 매번 보호 비용 조로 요구하는 돈 몇 푼 쥐어서 보내 버리는 것이 현명한 일이다.

　새로운 걸 해 볼까? G는 능글맞게 웃었다. 해외에서 직구한 것이라며 가방에서 긴 가죽 채찍을 꺼냈다.

― I는 나랑 같이 천국 가자.

G가 남기고 갔다는 봉투를 전달받은 C는 크게 한숨을 몰아쉬었다. 주위를 둘러보았다. 그러고는 I를 지목했다. 도둑질하다 걸린 아이처럼 눈도 못 마주친 채 혼잣말을 하고 있던 I는 멍하니 C를 쳐다보았다. 주변에 다른 노숙인들은 C의 얘기에 우와 히고 놀라며 부러움을 표현했다. 누군가는 대장이 I만 챙긴다는 볼멘소리를 하기도 했다.

천국은 역 내에 있는 편의점을 의미했다. 천국에 간다는 것은 일의 결과에 대한 또는 앞으로 맡겨질 일에 대한 보상을 의미했다. 천국에 가면 대장인 C의 배려하에 먹고픈 걸 실컷 먹을 수 있고, 필요한 생필품을 충분히 챙길 수도 있었다. 그러나 여기서 몇 달 몇 년씩 노숙을 해 온 사람들은 알고 있었다. 천국 자체가 아닌, 천국을 가게 할 임무가 주어진다는 것이 얼마나 필요한 일인지를. 종일 지하도 구석에서 이불을 덮고 시간 가는 줄 모른 채 자다 깨다를 반복하거나, 광장에 삼삼오오 모여 술판을 벌이다가 또다시 해거름을 맞이하고 몸을 누일 박스 안으로 기어 들어가는 일이 얼마나 스스로를 처참하게 만드는지를.

무언가 해야 할 일이 주어지고, 그것을 어떤 식으로든 해

결해서, 그에 따른 칭찬과 합당한 보상을 받을 수만 있다면, 무엇이라도 할 수 있다.

편의점에 들어선 C는 그나마 I가 좋아하는 밀크초콜릿을 사주었다. C는 억지로 컵라면에 뜨거운 물을 부어 I에게 건넸다. 이거 다 먹어야 여기서 나가는 거야. 혼자 중얼거리며 실실 웃고 있던 I는 낮고 단호한 C의 목소리에 긴장했다. I는 바로 컵라면을 흡입하기 시작한다. C는 G가 남기고 간 봉투를 다시 확인했다. 제거할 타깃의 인적 사항과 현금이 들어 있었다. 오백이면 착수비치고는 빠듯한 편이었다. 서울 친구 집에서 공무원 시험 준비하는 아들에게 생활비 보내고, 노숙하는 부하들 좀 챙기면 남는 게 없다. 하지만 이번 건은 위기이자 기회이다. 잘 처리가 된다면 착수비는 세 배까지도 높여 부를 수 있다.

I는 용기에서 입을 떼지도 않은 채 컵라면을 입속에 밀어 넣고 있었다. 먹는 일을 말 그대로 '일'로 생각하는지 당최 관심이 없는 I였다. 보이지 않는 누군가와 끊임없이 대화를 주고받으며 혼자 웃고 혼자 심각해지는 것이 일상의 전부였다. 그러다 보니 I의 체구는 아직 채 여물지 않은 중학생이라 해도 믿을 만큼 작고 왜소했다.

조현병. 의학지식이 전무한 C이지만 주워듣는 정보를 통해서도 알 수 있을 만큼 I의 증상은 확연했다. 한번은 근처

정신건강의학과를 보낸 적이 있었다. 처방받은 약을 먹자 눈에 띄게 증상이 호전되었다. 혼잣말도 덜하고 멍하니 공상에 빠지는 시간도 줄었다. 누군가의 소개로 몇 시간씩 아르바이트를 하기도 했다. 돈을 모았고 희망을 얘기했다. 그래서 말렸다. C가 대놓고 병원 이용을 중단시켰다. 다시 I의 증상은 급속도로 악화했다. I는 이제 자신의 존재 자체도 잊는 것만 같았다. C에겐 I가 필요했다. 경찰에 검거가 되어도 치료받지 않는 정신질환자의 단독 소행으로 일단락되게 할 수 있는 도구 말이다.

두 손으로 용기를 감싸 쥔 I는 미간을 좁혀 가며 뜨거운 국물을 들이켰다. 거 천천히 후후 불면서 먹어도 될 것을. 갑작스럽게 혼자 공부에 매진하고 있을 아들이 떠오른 C였다. 중지에 낀 굵은 반지를 쓰다듬어 보았다.

★

D는 비틀거리며 고시원 특실로 돌아왔다. 양팔 가득히 묵직함을 주었던 쇼핑백은 열어 보지도 않은 채 방구석에 던져 놓았다. 고급 바에 들러 값비싼 양주 한 통을 다 마셨다. 취기는 올라왔지만 가라앉아 버린 마음은 올라오지 않는다. 쇼핑몰 명품관을 초토화시켰으나 이미 산산이 조각

난 마음은 복구되지 않는다.

 왜 사는가. 무엇을 위해 살고 있는가. 평소 같으면 생각해 보지도 않았던 근원적인 질문이 머릿속을 지배한다. 업소에서 언니 동생들과 함께 일할 때만 해도 이러지 않았다. 그저 놀이였고 유희였다. 술 마시고 춤추며 노래 부르다가 몸 한 번 섞어 주면 목돈이 들어왔다. 또래 애들이 취업 준비한답시고 밤낮없이 스펙 쌓기 하는 게 처량했다. 정장 차림에 사원증을 목에 건 애들이 커피를 구입하러 줄 서는 게 우스웠다. 이 바닥에선 웬만한 대기업 3, 4년 차 애들 연봉쯤은 서너 달이면 너끈히 당길 수 있었다. 합리와 이성이 지배하는 너희들의 세상은 해와 함께 진다. 이윽고 달이 뜨면 시작되는 본능과 쾌락의 세계는 나의 것이다. 너희들은 알지 못하는 세계를 내가 만들어 가고 있다는 자부심 같은 것도 있었다. 하지만 이건 아니다. 아무리 많은 돈을 준다고 해도 이 괴물들과 사이코패스들을 계속 상대할 순 없다. 반복되는 생채기로 영혼의 핏물이 마르지 않는 이런 삶을 지속할 순 없다. 하지만 끝이 없다. 빠져나갈 수 없다. 수입을 훨씬 상회하는 채무가 있다. 이미 불법과 부정의 깊숙한 곳에 들어온 나 역시 그들과 한패가 되어 버렸다.

 D는 특실 곳곳에 향초를 밝혔다. 찰리 파커의 크리스마스 캐럴 메들리도 재생했다. 칠레산 와인을 잔 가득히 부었

다. 끝을 내야 한다. 악의 고리를 끊어야만 한다. 저지른 게 있으니 희생은 불가피한 것이다. 여기서 빠져나가기 위한 방법은 하나뿐이다.

  D는 캐럴에 맞춰 경쾌한 춤을 추기 시작했다. 와인의 맛이 시큼하면서도 달콤 쌉싸름하다. 원래 인생의 맛도 이런 것이겠지. 기분이 좋아진 D는 더욱 빠르게 스텝을 밟으며 특실 내부를 돌고 또 돌았다.

*

  E는 진동하는 휴대폰을 쳐다보았다. F였다. '나의 사랑, 나의 정의.' 막 연애를 시작할 당시, 경찰관인 F의 직업을 고려한 E가 직접 입력한 휴대폰의 별칭이었다. 한때는 이 휴대폰 이름이 뜰 때마다 미소가 지어진 적도 있었다. 지금은 그저 두려움이었다. 휴대폰이 진동할 때마다 E의 심장 박동도 함께 요동친다.

  E는 진동이 멈추기를 기다렸다. 그리고 서둘러 별칭을 지워 버렸다. 다시 휴대폰이 진동한다. 4885로 끝나는 그의 번호까지 지울 수는 없다. 수신 거부 기능으로 아예 차단할 수는 있지만 두려움이 앞선다. 발신 번호 자체를 차단하는 순간, 이별을 감지한 F가 어떻게든 위치를 추적하

여 자신을 찾아낼 것이기 때문이었다. 그럼에도 불구하고, E는 저장돼 있던 F의 번호를 지워 버렸다. 계속 이렇게 살 수는 없기에.

그 와중에 B-1로부터 문자가 도착했다. 갑자기 여동생을 귀가시켜야 해서 30분 정도 늦겠다고 했다. 미안해. 최대한 빨리 갈게. 사랑해. B-1의 문자를 확인한 순간, E의 심장은 또다시 빠르게 뛰기 시작한다. 하지만 방금까지 공포로 인한 두근거림과는 다른 것이다. 문자에 별 내용이 없음에도 입 끝에 미소가 돈다. E는 온기를 느꼈다. F에게서는 느낄 수 없었던 사람 냄새를 맡았다.

E는 따뜻한 머그잔을 감싸 쥐었다. 카페 안에 잔잔하게 울려 퍼지는 캐럴을 함께 흥얼거렸다. 거리에는 하나둘 가로등이 불을 밝히기 시작했다. 낮게 깔린 두툼한 먹구름이 함박눈이라도 뿌려 댈 것만 같다.

*

B-1은 고시원 앞에 도착했다. 분명히 B-2의 남자 친구인 C-1이 여기에 머물고 있다는 말을 얼핏 들은 적이 있었다. 막상 동생이 있을 곳으로 예상되는 곳에 도착하자 염려가 다소 수그러지는 B-1이었다. 그러자 이번엔 울화가 치

밀어 오른다. 아무리 철딱서니가 없어도 그렇지. 말만 한 계집애가 아버지와 싸웠다고 돈 한 푼 없이 뛰쳐나가서는 외박한다는 것이 말이 되는가? 아무리 전화해도 받지도 않고 말이야. B-1은 이번 사건을 계기로 두 연놈 모두 따끔하게 혼내야겠다는 생각이었다. 특히 수년째 공무원 시험을 준비한다는 C-1이 애초부터 싹수가 노란 녀석이라면 이참에 아예 동생과 절교를 종용할 생각이었다.

이전부터 배달 차 자주 드나들던 고시원이라 낯설지는 않았다. 하지만 총무가 누가 어디에 기거하는지 알려 주지는 않을 것이므로, 일일이 노크를 해서 거주자를 확인해야 했다.

B-1은 크게 호흡을 들이마셨다.

*

F는 고시원 앞에 차를 대었다. 성탄절이지만 혹시라도 불법 주차로 견인이 될 수도 있으니 차 지붕 위에 경광등을 올려 두었다.

F는 다시 한번 휴대폰의 위치추적 기능을 확인했다. 현재 B-1이 이 고시원에 있는 것으로 나온다. 참나. F는 헛웃음이 나왔다. E가 며칠째 전화를 받지 않고 문자에 답장

이 없는 것을 수상히 여겨 온 F였다. E는 팔목에 깁스를 하고 어금니가 부러지는 상황에서도, 자신의 연락은 꼬박꼬박 받아 오곤 했다. 다소 과했던 자신의 언행을 용서해 주는 한편, 그런 빌미를 제공한 E 본인의 언행에도 더욱 주의를 기울이겠다는 말로 화해를 청해 오곤 했다. 그런데 이번에는 낌새가 다르다. 감히 내 연락을 이렇게 장시간 씹어?

F는 E에게 남자가 생겼다는 것을 알아냈다. 낮에는 라이더로 배달을 하고, 밤에는 호스트바에서 몸을 파는 쓰레기라는 것도. 거기다 멀쩡한 주거지 하나 없이 이런 고시원 인생이라니. 이런 버러지 같은 놈이 대체 뭐가 좋은 거지?

F는 고시원 복도를 따라 걸으며 수갑과 테이저건을 다시 한번 확인했다. 만일 발가벗은 두 연놈이 엉켜 있다면…. 상상하는 것조차 싫다. 하지만 그 둘이 흰자위를 드러낸 채 게거품을 물고 사시나무 떨듯 떨다가 늘어지는 꼴을 생각하면…. 피식 웃음이 나온다.

※

- 너, 뭐야!

G는 D에게 억지로 가죽 채찍을 들려 준 후, 자신의 엉덩이를 힘껏 후려쳐 달라고 애걸복걸하던 참이었다. 예약된

시간에 맞춰 고시원 교실 문을 연 A는 이게 뭔가 싶었다. 하반신을 그대로 드러낸 채 엉덩이를 하늘로 솟구치며 D의 채찍질을 강요하던 G는 아직 약에 취한 상태로 D와 A를 멍하니 바라보았다. 아, 도우미를 불렀구나? 쓰리썸 좋지!

다혈질의 거구인 A는 G에게 달려들어 모가지를 휘어잡았다. 마르고 작지만 경찰 출신의 G는 손에 든 채찍으로 A의 목을 감았다. A는 자신만의 본능적인 욕망의 분출구를 빼앗겼다는 생각에 분개했고, G는 짭짤한 수입과 변태성욕의 출처를 잃을 수도 있다는 조바심에 강하게 저항했다.

D는 안마 테이블 끄트머리에 앉았다. 독주로 입을 가신 후 담배를 꼬나물었다. 거대한 체구의 노인과 가냘픈 몸매의 젊은이가 벌거벗은 채 뒤엉켜 있다. 격렬한 움직임이 진흙 참호에서 육박전을 벌이는 군인 같기도 하고, D 자신이 당해 왔던 변태적 성행위의 하이라이트 필름을 보는 것도 같다. 격렬한 몸싸움 중 액자가 떨어지고 초가 넘어졌다. 초는 바닥에 흥건한 양주에 옮겨붙어 작은 불꽃 정원을 만들어 냈다. 목이 졸린 G도 채찍에 목을 감긴 A도 불꽃 정원을 보았으나 움직일 수 없었다. 불을 끄기 위해 움직였다간 상대에게 당할 것이 뻔했다. 먼저 이 죽일 놈부터 거꾸러뜨리고 나서.

D는 웃음이 터지고 말았다. 과다한 최음제와 술에 취한

탓에 어지럽긴 했지만 기분은 최고였다. D는 리모컨으로 오디오를 작동시켰다. 감미로운 캐럴 속에서 두 남자의 외침과 거친 숨소리가 영화의 한 장면 같다. D는 자리에서 일어나 조금씩 리듬을 타기 시작했다.

★

F는 고시원 방문을 삐죽이 열고 나온 남자가 B-1이라는 것을 본능적으로 직감할 수 있었다. 생각보다 덩치가 크네! 순간적으로 두려움을 느낀 F는 테이저건을 뽑아서는 그대로 발사했다. B-1은 자신의 패딩 점퍼에 무언가 꽂혔다는 느낌을 인지할 겨를도 없이, 굳은 몸을 부르르 떨다가 의식을 놓고 말았다.

문을 열고 들어가자 좁은 공간엔 C-1과 B-2가 떨면서 서로를 부둥켜안고 있었다. 예상외로 E는 보이지 않았다. E는 어딨어? 두 남녀에게 소리쳤으나 사실 E의 존재가 없음을 한눈에 확인한 F였다. 투명 인간이 아닌 이상 이 좁은 곳에 사람이 숨어 있을 수는 없다.

- 이 나쁜 놈아!

갑자기 여성이 F에게 달려들었다. 옆에 있는 안경을 쓴 남성도 F의 다리를 잡고 넘어뜨렸다. 얇은 베니어합판과 방문의 경첩은 부수어지고, F와 B-2와 C-1은 함께 방과 복도 사이를 나뒹굴었다. 이 새끼들이! F는 발버둥 치며 빠져나오려 했으나, 성인 둘의 무게가 실린 공격을 제어하기는 쉽지 않았다. 이미 복도는 회색 연기가 자욱했다. 단순히 가연성 물질만 타는 것이 아닌 듯, 매캐함을 넘은 향기가 동반돼 있다. 머리가 몽롱해진다.

 - 비켜. 여기서 나가야 된다고!

위험을 직감한 F는 두 남녀를 밀어내며 소리쳤으나 소용이 없었다. 힘을 쓸수록 호흡은 가빠지고, 들숨이 많아질수록 호흡곤란과 몽롱함은 점점 더해졌다.

★

C는 행인들의 틈에 섞여 화재 현장을 바라보았다. 소방차 여러 대가 물과 소화액을 뿌려 대는 통에 사방은 물과 하얀 거품 범벅이 되어 있었다. 한쪽에선 시커먼 재를 뒤집어쓴 사람들이 건물에서 빠져나와 울부짖으며 주저앉았다. 의식이 없는 자들은 구급차에 실리기 시작했다. 길 건너편엔 큰 몽골 텐트를 세워 현장 수습 본부를 차렸다.

 - 고시원 벽 내부가 얇은 합판과 같은 인화성 물질로 돼 있어 좀처럼 불길이 잡히지 않고 있습니다. 현재까지 발견

된 사상자는 총 17명이며 그중 5명은 이미 호흡이 멈춰 사망한 상태로 발견되었습니다. 사망자의 정확한 신원은 파악 중에 있으며…….

소방대장은 대낮처럼 밝게 빛나는 조명 앞에서도 꿋꿋이 눈을 부릅뜬 채 인터뷰에 임하고 있었다.

주변을 아무리 둘러보아도 응급처치를 받고 있는 A의 모습은 보이지 않는다. 5명의 명단 안에 이름을 올린 것이 확실하다. C는 골목 어귀에서 우두커니 서 있는 I를 발견했다. 수고했어. 잘 해냈다. C는 주변에 CCTV라도 설치돼 있을까 싶어 이곳저곳을 올려다보며 I의 어깨를 쳐 주었다. I는 여전히 땅만 내려다본 채 혼잣말을 중얼거리고 있었다.

C는 한 시간 전에 I에게 신나 한 통을 쥐여 주었다. 이 고시원에 늘 너를 힘들게 하고 괴롭히라고 명령을 내리는 노인이 203호에 살고 있다. 그를 없애야지만 네가 편해질 수 있을 거야. 이 신나 한 통을 모두 쏟아 버린 후 성냥에 불만 붙여 주면 다 끝나는 거야.

C는 I의 손을 보았다. 의외로 깔끔하다. 손에 들려 준 신나 통은 마개를 따지도 않은 채 그대로였다. 그러고 보니, 불길에서 탈출한 사람들과 달리, I의 옷과 몸 어디에도 숯검댕 하나 찾아 볼 수가 없다. 얘가 대체 불은 어떻게 낸 거지?

그때 사람들이 웅성거리며 동요한다. 또 한 구의 시신이 발견된 것이다. 하얀 천에 덮여 구급차에 실리던 시신의 손가락이 조명에 반짝인다. 제법 알이 굵은 반지였다. 반지를 보자 C는 아들이 생각났다. 서울 친구네 집 어디선가 공부에 매진하고 있을 아들. 아무래도 전화 한 통 넣어 봐야겠다. 고생하는데 고기라도 실컷 먹게 해 줘야지.

하나, 둘……. 하늘에서 싸라기눈이 떨어지는가 싶더니 이내 비로 바뀐다. 겨울비치고는 제법 많은 양이다. 불길을 구경하던 사람들도 삼삼오오 흩어진다.

- 화이트 크리스마스는 개뿔!

C는 손으로 챙을 만들어 머리를 가렸다. 공중전화 부스를 찾아 뛰기 시작했다.

소녀와 살인마

1

 세상에는 알 수 없는 일들이 너무나 많다. 안다고 생각한 일들이 전혀 모르는 일이었고, 모른다고 생각했던 일들이 이미 내 삶 속에서 아무렇지도 않게 일어나고 있는 경우도 허다하다. 선물로 받은 망원경이 내밀한 쾌감을 충족시켜 주는 도구가 되기도 하지만, 끔찍한 사건의 입구로 들어가는 열쇠가 되기도 하는 것처럼.

 조사를 마치고 귀가한 나는 녹초가 되었다. 제발 이번이 마지막이길 빌 정도로 지겹고 힘든 과정이었다. 오십 번도 넘게 같은 질문을 반복하는 경사의 피곤한 면상을 대하거나, 손에 쥐가 날 정도로 조서를 쓰고 또 쓰는 일쯤은 차라리 견딜만 했다. 경찰서 앞과 집 앞에 죽치고 있는 기자들, 그들의 질문 세례가 나를 미치게 했다. 그들의 질문은 한 인간의 정체성을 하루에도 수십 차례 뒤바꿔 놓았다. 난 그들의 입에 따라, 천국에서 지옥을 오갔고, 치졸한 잡범에서 숨겨진 영웅이 되기도 하였으며, 카더라 가십의 주인공이자 비리에 얽힌 유력 대선후보의 스캔들을 덮을 수 있는 사회적 이슈로 거듭나기도 하였다.

창밖을 내다보았다. 맞은편 빌라의 불은 꺼져 있었다. 사건 이후 빌라 전체가 통제된 것인지 다른 층의 불빛도 보이질 않았다. 21층 원룸에서 내려다본 5층 빌라는 작고 아담했다. 이면도로 건너편에 자리한 작은 빌라에서 도대체 무슨 일이 일어난 것인가. 일련의 사건들이 믿기질 않는다. 다시금 머릿속이 뒤죽박죽 되어 버린다.

난 관음증 환자다. 전문용어로 이상심리에 성도착증 어쩌고 하는데, 쉽게 말해 그냥 변태 새끼다. 여성들을 몰래 훔쳐보면서 흥분과 쾌감을 느낀다. 그러나 여성들을 훔쳐보기만 할 뿐, 직접 터치하거나 추근거리는 일은 하지 않는다. 그럴 배짱도 없거니와 그건 상대에게 직접적인 피해를 주기 때문이다. 상대방이 모르기만 한다면 나의 행위는 영원히 지속 가능한 '취미'가 될 것이라 믿었다. 물론 말도 안 되는 합리화에 명백한 범법 행위인 걸 알고 있었지만, 당시엔 그걸 멈출 수 있는 동기도 의지도 없었다.

악취미의 시작은 큰이모로부터 선물 받은 망원경이었다.

독일 여행 중 구입했다는 고성능 쌍안경이었는데 최대 80배율까지 확대해서 피사체를 볼 수 있었다. 처음엔 먼 곳을 당겨서 볼 수 있는 장점에 매료됐다. 미세먼지가 없을 때만 모습을 보여 주는 도시 끝자락 산의 흐릿한 녹음이나, 공항을 이륙해 푸른색 하늘로 뻗쳐 나가는 비행기가 제주도로 가는지 미국으로 가는지를 관찰했다. 그러다가 관찰에 목적이 생기기 시작했다. 요란한 사이렌과 함께 신호 위반을 하며 질주하는 앰뷸런스 안에 진짜로 환자가 누워 있는지를 쫓았다. 너무 훤칠하고 잘생긴 남자에 비해 딱히 매력 없어 보이는 여자의 면상을 훑으며 함부로 이별을 예단했다. 참치 캔 뚜껑을 은근슬쩍 플라스틱 수거 포대에 버리는 602호 남자를 비난했고, 하교 후 빌라 주차장 기둥 뒤에서 담뱃대에 불을 붙이는 여고생의 일탈을 응원했다.

그 여고생이 담배를 비벼 끈 후 빌라로 올라간다. 엘리베이터가 있을 텐데 굳이 계단을 걸어 올라간다. 교복에 밴 담배 냄새를 제거하려고 그러나? 여고생이 올라갈 때마다 계단의 전등이 하나씩 켜지면서 그녀를 환영한다. 늦은 5월 밤의 기온은 초여름이나 다름이 없었다. 거실의 불이 켜지고, 소녀는 창이 활짝 열려 있는 방으로 들어가 교복의 단추를 푼다. 가슴과 엉덩이를 압박하던 셔츠와 스커트로부터 자유를 찾은 그녀는 수건을 어깨에 두른 채 욕실로 향한다. 제발 욕실의 창문도 열려 있기를. 그러나 욕실의 창문은 아마도 반대편에 위치하는지 보이질 않았다. 그때부터 그 빌라와 학생은 나의 귀가를 서두르게 하는 '모래시계'가 되었다. 그녀가 거주하는 빌라는 나의 시선을 사로잡는 무대였다. 나는 머지않아 그 어떤 감흥도 놓치지 않기 위해 절대로 눈을 떼지 못하는 열혈 관객이 되었다.

주말 오후, 근처 운동장에서 농구공을 던지며 놀다가 귀가하는 길이었다. 교복을 입지 않은 소녀가 기둥에 기대어 휴대폰을 응시하고 있었다. 불이 붙은 담배를 볼우물이 패일 정도로 깊게 빨아 대었는데, 인생의 쓴맛 단맛을 다 본 중년이 연상되었다. 붉은색 얼룩이 점점이 묻은 트레이닝복 하의에 티셔츠를 걸친 소녀는 의외로 키가 컸다. 교복을 입었을 때 한 방향으로 묶어서 틀어 올렸던 머리카락이 모두 풀려 치렁하게 내려온 모습은, 성장 단계의 소녀라기보다는 그냥 성숙한 여성이었다. 휴대폰을 응시하던 눈길이 순간적으로 빠져나와 나의 눈과 마주쳤다. 보이지 않는 힘이 위쪽에서 잡아당기듯 날카롭게 째진 그녀의 눈매에 움찔할 수밖에 없었다. 무서운 눈매와는 별개로, 맑지 못한 회색 눈동자가 독특했다. 깊이를 알 수 없는 우물 속을 누군가 긴 막대로 휘저은 듯 흙탕물이 넘쳐나는 모습이었다. 까딱하다가는 나도 모르게 그 우물 속으로 몸을 던져 넣을 수도 있을 것만 같았다. 정신을 차린 난 애써 태연한 척 최대한 자연스레 연기를 했다. 이 차선 도로를 건너 1층의 원룸 현관으로 들어설 때까지, 뒤통수를 찌르는 따가운 기운은 계속됐다.

그저 못 본 척했으면 아무 일도 일어나지 않았을까. 난 예전처럼 무르익은 여성의 몸뚱이나 은밀히 훔쳐보며 성적 만족감이나 취하고 있었을까. 그래. 아마도 그뿐이었을 것이다. 아무도 알지 못하기에 그 누구도 손해 보지 않고 피해 보지 않는, 나만의 은밀한 장소에서 평화로운 변태 짓거리를 지속하고 있었을 것이다.

TV에서는 경기 서남부 지역에서 두 달간 살해 및 실종된 여성에 대한 사건 뉴스가 연일 쏟아지고 있었다. 경찰은 이를 연쇄살인 사건으로 규정하고 수사에 착수했다. 다소 외진 산속에 있어 스쿨버스가 없으면 통학이 힘든 대학교에서도, 가급적 이른 귀가를 권유하는 분위기였다. 교수들도 해가 떨어지기 전에 역까지 나갈 수 있도록 수업을 일찍 끝내 주었다. 나 역시 친구들과 평소 즐기던 술자리도 피한 채 서둘러 귀가하곤 했다. 물론 연쇄살인마에게 뒤통수를 얻어맞고 지갑을 빼앗긴 후, 전기톱에 온몸이 절단되는 것을 우려했기 때문은 아니었다.

집에 도착한 난 불도 켜지 않고 백팩도 벗지 못했다. 똑같은 장소와 사람이지만 새롭게 펼쳐질 스토리를 기대하며 경건한 마음으로 망원경을 집어 들었다. 맞은편 빌라가 소란스러웠다. 4층과 5층 사이 계단에서 소녀와 한 남성이 몸싸움을 벌이고 있었다. 단순한 말다툼 정도가 아니었다. 소녀의 손에는 공구로 보이는 작은 물체가 들려 있었고, 남성은 소녀의 두 팔을 부여잡고는 가격당하지 않기 위해 안간힘을 쓰고 있었다. 계단 위에서 밀고 밀리는 와중에 전면 유리창에 두 몸이 부딪치기도 하였는데, 자칫 두 사람 모두 유리창을 깨고 건물 밖으로 추락할 것만 같았다. 너무 위태로운 광경이었다. 망원경 속에서 펼쳐지는 예상치 못한 폭력적인 스릴러물에 나도 모르게 어, 어 새된 비명만 연발할 뿐이었다. 이윽고 몸싸움을 펼치던 두 사람이 탱탱볼처럼 계단을 통통 튀기며 중간 지대로 굴러떨어졌다. 남자는 곧바로 정신을 차린 듯 일어섰지만 교복을 입은 소녀는 쓰러진 후 미동이 없었다. 왜 하필이면 전등이 나가 있어 가지고. 계단으로 뛰어 내려가는 남성의 얼굴이라도 확인하려고 했으나, 5층부터 1층까지의 계단 등은 한 개도 켜지지 않았다.

112 버튼을 찾았다. 손이 달달 떨렸다. 앞에 지역 번호나 010을 눌러야 하는지 순간 헷갈렸다. 저 정도면 최소한

뇌진탕을 입었거나 목뼈가 부러졌을 것이었다. 생명을 장담할 수 없다. 신고한 지 2분도 안 돼 경찰차가 나타났다. 그러나 그 사이렌과 경광등 불빛은 이내 빌라를 넘어 뒤편으로 사라져갔다. 이런 제길. 난 무작정 건너편 빌라로 뛰었다. 아직 범인이 여기 어딘가 숨어 있을지도 모른다는 생각이 들었다. 두려웠지만 몸이 저절로 움직였다. 여자 주인공을 살리기 위해 객석에 앉아 있던 관객이 스크린 속으로 뛰어든 것이다. 소녀는 등을 위로한 채 중간층 바닥에 쓰러져 있었는데, 피가 흥건했다. 어디서 흘러나오는 것인지 모르겠다. 목을 받친 후 몸을 뒤집었다. 가슴팍의 오르내림이 보이질 않는다. 코 밑에 손을 대어 보았으나 숨을 쉬는 것인지 아닌지 모르겠다. 보통 이럴 땐 심폐소생술을 하던데. 피가 흥건한 상황에서 심폐소생술을 하는 게 맞나? 우선 출혈이 있는 곳부터 확인한 후 지혈부터 해야 하는 게 아닌가? 뭘 어찌해야 할지 몰라 허둥거리는 사이, 멀어졌던 사이렌 소리가 가까워지고 있었다. 순간 왈칵 겁이 나기 시작했다. 어떻게 상황을 목격하게 되었는지 물으면 무어라 답해야 하나. 제가 원래 고성능 망원경으로 이 집 저 집 관찰하는 것이 취미인 변태 성욕자입니다. 하하. 그러고 보니 112 신고도 내 휴대폰으로 했다. 그제야 내 손과 옷가지가 보였다. 케첩을 잔뜩 뿌린 오믈렛을 엎어 버린 것처럼 소녀의 핏자국으로 범벅이 돼 있다. 가해자는 사라져 버렸고 피해자인 소녀는 죽었는지 살았는지 알 길이 없다. 퍼뜩 정신이 든다. 저 사이렌은 나를 향한 것이다.

2

 살면서 정작 중요한 것은 학교에서 배운 적이 없다는 사실을 알게 될 때면 슬퍼진다. 미적분을 풀고, 수요와 공급을 이해하며, 원소주기율표를 사진 찍어 놓은 것처럼 머리에 박아 넣은 자신이 자랑스러웠다. 정작 삶의 중요한 가치는 쥐뿔도 모르는 주제에. 예를 들면, 좋은 의도가 반드시 좋은 결과로 이어지지는 않는다는 깨달음 같은 것 말이다.

 소녀를 구하기 위해 112에 신고하고 빌라로 달려갔다. 동시에 나의 신고 기록이 남았을 것이고, 내가 살고 있던 원룸이나 맞은편 빌라 등 무수한 CCTV에 나의 모습이 찍혔을 것이다. 소녀의 안위를 살피기 위한 행위로 인해 여기저기 나의 지문이 남았을 것이다. 그녀의 혈흔이 나의 손과 옷가지 여기저기에 남은 것처럼. 졸지에 난 범죄자가 될 처지에 놓였다. 하긴, 이미 소녀를 성적 쾌락의 도구로 여기고 몰래 훔쳐봐 온 것 자체가 범법 행위이긴 했다. 하지만 이건 다르지 않은가! 일개 관음증 환자의 변태 행위와 사람을 죽인 살인은 엄연히 죄의 무게가 다를 것이다. 검거라도 된다면 기자들의 카메라에 대고 소리쳐야 하나? 난 훔쳐보기에 미친 일개 변태성욕자이자 색정광이지 극악무도한 살인자가 아닙니다! TV 뉴스로 사건을 접할 엄마의 표정이 스쳐 지나간다.

빌라 뒤편의 골목에서 돌아 나오는 택시를 잡아탔다. 원룸으로 돌아가 가방에 옷가지와 이달 치 방세를 내기 위해 찾아 놓은 오만 원짜리 몇 장을 챙긴 후였다. 시영아파트 단지로 가 주세요. 엄마가 살고 있는 곳이었다. 왜 그곳을 목적지로 정했는지는 나도 모른다. 다만 확실한 것은 엄마가 보고 싶었다는 것이다. 어쩌면 마지막이 될지도 모르기에 인사를 드려야 한다고 생각했던 것 같다. 건강하세요. 그동안 감사했습니다. 홀로 키워 내시느라 고생하셨어요. 당분간 못 볼 거예요. 지방에 알바 자리가 생겨서 친구랑 내려가요. 사랑……. 아무리 지구가 멸망하는 순간이라 할지라도 차마 그 말만은 못하겠다. 택시 기사가 룸미러로 혼자서 미친놈처럼 중얼거리는 나를 지긋이 응시한다. 알록달록 적포도주색으로 변한 티셔츠와 창백하다 못해 누렇게 뜬 얼굴, 그 위로 쉼 없이 흐르는 땀방울까지도.

엄마는 혼자 거실 소파에 누워 TV를 보고 있었다.「전원일기」1231회 차였다.

- 어, 연락도 없이 웬일이야?

 갑작스레 집으로 찾아온 아들을 보며 약간 놀라는 것 같긴 했으나, 굳이 몸을 일으키지는 않았다. 난 냉장고에서 물통을 꺼내 벌컥벌컥 마셨다. 궁금하지도 않으면서 굳이 안부를 여쭀다. 버리지 못한 옷가지로 가득 찬 방, 지워지지도 않는 새까만 물때가 기하학적 무늬를 이루고 있는 화장실, 바퀴가 빠져 밀고 닫기가 어려운 베란다의 세시 창문, 그 아래로 풍성하게 숲을 드리우는 넝쿨 식물들까지. 교도관의 부름을 받은 사형수가 마지막으로 그동안 생활하던 방을 휘 둘러보았다. 너 혹시? 전에 없는 아들의 행위에 이상함을 감지한 엄마가 소파에서 몸을 일으킨다. 난 울컥하고 눈물을 쏟을 뻔했다. 느닷없는 살인사건에 휘말린 이 황당함과 불안과 두려움과 억울함을 엄마에게 말하고 싶었다. 대성통곡하며 다 게워 내 버리고 싶었.

  - 너 또 비싼 술 처먹고 카드 긁은 거야?

 엄마의 말투는 날카로웠다. 하지만 오히려 내 마음을 편안하게 해 주었다. 울컥했던 감정의 동요가 일시에 가라앉는다. 이번엔 성적표 나오면 제깍 엄마한테 가져와. 숨길 생각 말고! 마음이 점점 차분해진다. 당분간 엄마 걱정은 안 해도 될 것 같다. 또 사고 친 거면 휴학하든 알바를 하든 네가 다 알아서 해! 이번엔 짤 없으니까! 어휴, 저놈 새끼,

언제 철들어! 이제는 조금 짜증이 올라오려고 한다. 예전처럼. 현관에서 신발을 찾아 신는데,「전원일기」가 종영됐는지 여유로운 색소폰 소리가 집 안에 울려 퍼진다. 김 회장의 파~안 대소는 환청이었는지도 모르겠다.

 밖으로 스쳐 지나가는 풍경이 전과 달라 보인다. 도로변에 잔뜩 피어 있는 이름 모를 흰색, 분홍색 꽃들이 뒤편으로 빠르게 사라져 간다. 다시는 그것들을 보지 못하게 될 거라는 생각이 들자, 눈물이 날 것만 같았다. 택시 기사가 손으로 조수석 앞 글로브 박스를 가리켰다. 문을 열자, 주유 후 받은 휴지가 한가득이다. 슬쩍 기사의 얼굴을 바라보았다. 기사는 가끔씩 사이드 밀러를 흘끔흘끔 바라볼 뿐 여전히 전방만 주시한 채였다.
 엄마에게 하직 아닌 하직 인사를 드리고 아파트 주차장으로 나왔을 때였다. 좀 전에 나를 내려주었던 택시가 여전히 그 자리에 서 있는 것이 아닌가! 다만 택시는 아파트 단지로 들어올 때와는 반대로, 출구를 향해 방향을 바꿔 놓은 채였다. 중년의 기사는 보닛에 기대어 은은하게 담배 한 대를 태우고 있었다. 마치 나를 기다려 주고 있는 것만 같았다. 이제는 어디든 가야 하지 않겠냐고 말하면서.
 앞자리에 앉았다. 난 목적지를 말하지 않았고, 그는 행선지를 묻지 않았다. 난 그저 이곳에서 벗어나야 한다고 말했을 뿐이었다. 그는 고속도로는 출입구가 정해져 있고 CCTV가 깔려 있어 위험하다면서 국도로 가야 한다고 했다. 위험? 무엇으로부터의 위험을 말하는 것인가. 그는 운전석 등받이에 걸어 놓았던 얇은 점퍼를 내게 건넸다. 그제야 여전히 내 셔츠에 소녀의 핏물이 짙은 갈색으로 눌어붙어 있음을 깨달았다.

  배가 고팠다. 점심때가 훨씬 지나 있었다. 화물트럭만 씽씽 달리는 4차선 국도 옆 휴게소에 택시를 세웠다. 고속도로에 위치한 대형 휴게소가 아닌 탓인지 메뉴가 간단한 분식 위주였다. 라면 두 개와 만두를 시키려 했으나 그는 김밥을 주문했다. 라면은 하도 많이 먹어서 보기만 해도 신물이 올라온단다. 몇 명 되지도 않는 친구들로부터 문자가 쇄도한다. 이젠 학교에 나오지 않을 정도로 변태 짓에 빠진 것이냐며, 그러다가 학교 대신 감방이나 정신병원에서 인생 공부를 하게 될 것이라고 으름장을 놓았다. 하지만 나는 알고 있다. 얼마 되지도 않는 친구 중 하나가 사라져 버린 데 따른 허전함과 걱정의 표현이라는 것을. 답장을 보내려는 것을 기사가 제지했다. 경찰에 검거가 되었을 때 불리한 증거가 될 수 있다고 했다. 휴대폰 전원을 켜 둔 상태 자체가 위치추적을 당할 것이라고 했다.

- 꺼 둘까요?

나의 물음에 기사는 고개를 가로저으며 묵묵히 김밥만 욱여넣었다.

매장 대형 스크린에서는 긴급 속보라는 이름으로 뉴스가 방영되고 있었다. 5층짜리 빌라에서 18세 김 모 양과 신원미상의 남성 사이에 난투극이 벌어졌다. 현재 김 모 양은 목뼈 골절 등으로 의식이 없는 상태이고, 폭력을 가한 남성의 행방은 묘연한 상태다. 경찰은 빌라와 인근 도로변 등의 CCTV를 확보하고 목격자들을 상대로 탐문 수사를 벌이고 있다. 경찰은 최근 경기 서남부 지역에서 연쇄적으로 벌어진 살인사건과의 연관성도 배제하지 않은 채 수사 중이다…. 흐릿하고 잔뜩 뭉개진 화면에서는 내가 빌라로 뛰어들어가는 모습, 다시 빌라에서 허겁지겁 뛰어나오는 장년만이 반복해서 재생되고 있었다. 경기 서남부 지역을 공포에 몰아넣고 있는 연쇄살인마가 저 화면 속에 있었다.

- 커피 마실래?

언제부터 뒤에 서 있었는지, 종이컵에 담긴 커피를 내미는 기사의 낮은 목소리가 부드럽게 울렸다. 담배를 피우면서 주차장을 바라보던 기사는 바퀴가 여덟 개 달린 큰 트럭을 가리켰다. 뒤편에 잔뜩 실려 있는 짐은 파란색 포장으로 덮은 후 검은색 굵은 줄로 꼼꼼하게 매인 상태였다. 기사는 먼저 택시로 돌아갔고 난 트럭에 접근했다. 워낙 덩치가 커서 휴대폰 하나쯤 짐칸에 던져 넣는다고 해서 아무 문제 될 것이 없건만 난 떨렸다. 시한폭탄을 설치하는 테러리스트의 심정이랄까. 트럭 뒤에는 '포항수산'이라는 상호가 적혀 있었다.

3

 목적지 없는 행보는 불안과 평안을 모두 주었다. 어디에 가게 될 것이고 무슨 일이 생길지 알 수 없으니 조마조마했다. 반면에 정해진 것이 없고 그때그때 필요에 따라 결정하면 되었으니 자유로웠다. 바람이 불어 가고 구름이 흘러가는 대로 움직이며 이것저것을 보고 즐기다가도, 뉴스를 통해 경찰의 추적 소식을 알게 될 때면 정신이 퍼뜩 들었다. 하루가 길었고, 작고 소소한 일들이 귀했다.

 나는 인적이 드문 작은 마을에서 머무를 것을 제안했으나, 기사의 생각은 반대였다. 특정 지역의 이름을 딴 법인택시는 타지 택시 기사들의 눈에 잘 띌 것이라 했다. 이른바 나와바리를 침범하는 외지 세력을 수상하게 보거나 배타심을 가질 가능성이 높다는 것이었다. 차라리 외부인들의 유입이 많은 도시가 좋겠다고 했다. 특히 화려한 관광객들의 수요가 많은 도시라면 특정 지역의 택시도, 왠지 어울리지 않는 40대와 20대 남성의 조합도 크게 돋보이지는 않을 것이라 했다. 그래서 남도 지방을 돌았다. 마지막 종착지는 목포였다.

가진 돈은 금세 바닥이 났다. 내가 가지고 나온 한 달 치 방세도, 기사가 전날 하루 종일 벌어 놓은 돈도 모두 소진했다. 법인 택시였지만, 밤새 야간 근무를 한 후 사납금을 내기 전이기에 그나마 여기까지 버틸 수 있었다. 사실 돈이 문제가 아니었을 것이다. 지금쯤 회사에서는 며칠째 귀환하지 않은 택시를 도난신고 했을 것이고, 택시는 수배가 떨어졌을 것이다.

우선은 목포 시내에서 관광지로 가는 손님을 태워 보기로 했다. 내가 앞에 타고 뒤에 손님을 태워서 합승하는 형국이었다. 큰 챙이 달린 모자로 멋을 낸 세 명의 젊은 여성이 첫 손님이었다. 각자 거대한 트렁크를 하나씩 끈 채였다. 바닷가에 위치한 풀빌라를 잡았다고 했다. 풀빌라가 뭐냐고 물으나 개인 풀장이 달린 빌라란다. 바닷가에 간다는 것 아니었냐고 물으니, 바닷물에도 담그고 풀장에도 담글 거라며 깔깔 웃는다.

- 혹시라도 검문당하면 앞쪽 남자분과 일행이라고 하셔야 합니다.

기사의 자못 진지한 말투에 여성 손님들은 하나같이 눈을 동그랗게 뜨고는 고개를 주억거렸다. 먼 데까지 놀러 오다 보니 이런 스릴도 느껴 보는구나라며 좋아했다. 아흔아홉 고개처럼 한없이 꼬불꼬불 이어지는 도로에선 이리저리 기우뚱하는 몸뚱이에 꺅꺅 비명을 지르며 웃어 댔다. 갑자기 나타난 경운기에 급브레이크를 밟게 되자, 두 명은 운전석과 조수석에 머리를 찧었고, 중간에 한 명은 거의 운전석 라디오 데크까지 몸이 쏟아졌다. 둘은 이마를 문지르며, 하나는 배를 쓰다듬으며 아프다고, 하마터면 죽는 줄 알았다고 또 깔깔댄다.

  충청도 지역에서 살다 왔다는 지역 주민을 태운 적도 있었다. 대낮부터 만취한 노인 둘이 진한 막걸리 냄새를 풍기면서 탑승했다. 읍내 장터에 갔다가 집으로 돌아가는 길이었다. 새마을 모자를 착용한 노인이 노래를 부르면 검은 비닐봉지를 든 노인이 따라 불렀고, 검은 봉지가 선창을 하면 새마을 모자가 중간중간 추임새를 넣었다. 검은 봉지 안에서 꺼낸 절편을 나눠 먹다가 기사와 내 입속에도 마구 쑤셔 넣었다. 고목처럼 말라비틀어진 손가락 끝에는 새까만 때가 절어 있었다. 기사는 사양했고 난 도리질을 쳤으나 소용없었다.

  – 아유, 남아도니께 사양하지 말고 잡숴 봐들!

손가락이 입속까지 쳐들어왔다. 얼마 있다가 특유의 화음이 무너진다 싶더니만 새마을 모자가 훌쩍이기 시작한다. 필순아! 이년아, 좋은 임자 만났으니께 고생일랑 접어 불고 잘 살아라잉. 곡소리가 너무도 처량하여 듣는 이가 다 눈물이 났다. 검은 봉지 또한 정체를 알 수 없는 슬픈 곡조로 배경음악을 깔아 주었다. 얼마나 지났을까. 만취한 새마을 모자의 그리움이 그칠 기미가 없자 검은 봉지가 나선다.

 - 작작 좀 혀. 인자 그쯤 하믄 되얐어. 사백에 시작혀서 오십 더 받았으믄 챙길 만큼 챙긴 겨. 그까정 송아지 한 마리 팔아 가지고 집이라도 살려고 혔냐? 새장가들라고 혔어?

 밤에는 대부분 취객이었다. 박박 깎은 두상 사이로 가끔 흰머리가 보이기 시작하는 초로의 남성과, 가녀린 몸매와 달리 떡칠을 한 화장으로 나이를 가늠할 수 없는 여성이었다. 목포 케이블카를 타러 갈 거라 했다.

 - 그 개이새끼덜 두 놈이 병 깨고는 죽자고 덤비는디, 워매, 아주 오줌 지려 버리것더라고.

 남성의 무용담에 여성은, 어머머 와 세상에나로 비위를 맞춰 주었다. 바닷바람이 제법 시늘함에도 굳이 셔츠 소매를 접어 올리는 남성이었다. 굵은 핏줄을 따라 용으로 추정되는 긴 동물의 비늘이 꿈틀거린다. 첫사랑을 지키기 위해 건달 둘에게 폭력으로 저항할 수밖에 없었고, 결국 하나는 의식불명, 하나는 영구 장애 판정을 받게 해 주었다는 이야기.

 - 아니, 이런 상황에서 넋 놓고 있음 그게 남자여 잉? 안 그려? 쪼까 말 좀 해 보씨요!

남성의 고조된 감정에 장난기가 동했다. 옆집 사는 짝사랑 소녀가 괴한에게 당하는 걸 목격하고는 쫓아 올라가서 격투를 벌였다고. 그러다가 괴한이 혼수상태가 되는 바람에 겁이 나서 도망치고 말았다고. 기사가 나를 설핏 쳐다보았다. 남성은 흐미 남자네 남자여를 연신 외쳤다. 기사는 덤덤히 말했다. 지갑을 놓고 왔으니 집에 가서 차비를 주겠다는 손님 얘기에 쫓아 들어간 적이 있었다고. 헌데 느닷없이 방에서 손도끼를 들고 나와서 머리통을 내리치려는 통에 하마터면 목숨을 잃을 뻔했다고. 나는 터져 나오는 웃음을 참느라 큭큭거렸고, 남자는 워매 징한 거를 연발했다.

갑자기 자기 고백의 시간이라도 된 분위기였다. 역시 만취하여 게슴츠레하게 눈을 뜬 여성이, 사실은 오빠처럼 술집에서 만난 남성들 후려쳐서 돈 뜯어낸다는 사실을 이실직고했다. 화장실 간 사이 술잔에 안정제를 넣는 방법까지 부연 설명하면서.

 - 정신과 가믄 요매난 노란 약 줍디다. 로라반이라고 불안 잡아 주는 뭐 그런 건데, 그거 몇 알 잘 빻아 놨다가 몰

래 술에 썪꺼 가지고 맥여 버리믄 기냥 즉빵이요.

 잠시 우두커니 여성을 쳐다보던 남성은 조용히 창문을 열었다. 바다를 끼고 난 도로의 바람이 거셌다. 담배 연기를 빠르게 잡아채어 어둠 속으로 사라져 버렸다. 택시 안에는 정적만이 감돌았다.

 기사는 나에게 운전대를 넘겼다. 아무 자격증이라도 따 놓으라는 엄마의 성화에 간신히 2종 보통 면허만 취득했던 나는 극구 사양했다. 기사는 하루 종일 운전하기 피곤하니까 번갈아서 하자는 취지라고 했다. 그러나 정작 내 마음을 움직인 것은 다른 말이었다.

 - 언제까지 남의 손에 핸들 맡겨 두고 살 건데?

 운전은 주로 손님을 태우지 않았을 때 이루어졌다. 소립식 장난감의 설명서를 읊듯 한 차례 운전하는 방법을 알려 준 기사는 그 이후로 한마디도 하지 않았다. 느리면 느린 대로 과속을 하면 과속을 하는 대로 내버려두었다. 라디오에서 나오는 노래를 흥얼거리거나, 계절이 바뀌어 가는 먼 산과 끊임없이 주름 짓는 바다를 하염없이 바라보기만 했다. 심지어는 가벼운 코를 골며 오침을 취하기도 했다. 그동안 난 기사가 알려 준 대로 상대 운전자에게 손을 들어 죄송함을 표현했고, 급한 내리막길에서는 저단 기어를 사용해 보았다. 애매한 상황에선 무조건 비상 라이트부터 누르며 이마의 땀을 훔쳤다.

신호대기 시에는 기어를 중립에 넣었다. 조금이라도 기름값을 절감할 수 있다는 기사의 조언이었다. 콘솔박스에 들어 있는 박카스를 잡으려 하자 기사가 제지했다. 어떨 때는 자다가 깨어서는 손등을 후려쳤다. 피워 물던 담배가 꽁초가 되기도 전에 박카스 병뚜껑을 열어 그대로 담그기도 했다. 내 참, 더러워서. 하나 사 먹고 만다. 손님들이 집어 마실 때는 찍소리도 안 하던 일이 생각나서 조용히 혼잣말로 읊조렸다.

동행의 마지막이 되기 전날 잡은 모텔은 제법 깨끗했다. 따뜻한 물로 샤워하고 나오자, 몸이 노곤했다. 먼저 샤워를 하고 나온 기사는 전단지를 깔고는 손톱을 깎고 있었다. 맞은편에 앉은 내게 곧바로 소주병의 주둥이를 들이밀었다. 난 반사적으로 종이컵을 가져다 댔다.

- 원래 목욕하고 나서는 맥주 아닌가요?

기사는 다시 딱딱 소리를 내며 손톱을 깎기 시작했다.

- 진짜는 바나나 우유지.

자칫 손톱이 튀어 컵 속에 떨어질까 조금 걱정이 되었다.

- 왜 저랑 같이 다니는 거예요?

기사의 굵은 손톱을 닮은 잔멸치를 안주로 소주 몇 잔을 마신 후였다. 기사는 손톱을 제대로 잘랐는지 확인해 보려는 듯, 두 손을 고양이 앞발처럼 옹송그렸다. 이윽고 전단지 위로 왼쪽 발을 올리면서 무릎을 세웠다.

- 손톱이 길어지면 잘라 내야 돼.

다시 딱딱 소리가 나기 시작했다.

- 자칫하면 생손을 앓을 수도 있기 때문이지.

발톱이 손톱보다 두꺼운 탓인지 딱딱 소리는 조금 더 육중했다.

- 그렇다고 너무 짧게 잘라서도 안 돼. 피가 나거나 곪아 들어갈 수 있거든.

한동안 발톱 깎기에 몰입하던 기사는 발끝을 툭툭 털어 냈다. 잘린 손톱과 발톱이 제법 수북이 쌓인 전단지를 한 번은 가로로 한 번은 세로로 접어 '+'모양을 만들었다.

- 그냥 깎을 때가 되었고, 그래서 적당하게 잘라 준 것뿐이야. 그냥 그뿐이야.

기사는 발끝으로 쓰레기통 레버를 눌러서 뚜껑을 열었고, 전단지를 기울여 손발톱을 조심스레 버렸다. 그러고는 유난히 쿠션이 좋은 침대 위로 냅다 뛰어올라 벌렁 누워 버렸다. 당최 무슨 얘기인지. 난 기사가 손발톱을 깎기 전부터 이미 취기가 올라 있었을 거라 생각했다. 기사가 쓰레기통 옆에 놓아둔 전단지에는, 내 이름과 사진이 박혀 있었다. 3천만 원이라는 현상금 액수와 함께.

4

- 그러니까, 보름 내내 함께 택시로 움직였다는 거지요?

자신을 김 모라고 소개한 경사는 같은 질문을 스무 번도 넘게 반복했다. 서로가 지쳐 가는 와중에도 나는 존중받고 있음을 체감할 수 있었다. 범죄 수사물에서처럼 알전구 하나 달랑 켜 둔 밀폐된 공간에서 심문을 하거나, 겉이 딱딱한 파일로 머리통을 후려갈기는 일 따위는 없었다. 빠짐없이 경어를 사용해 주었고, 아기 주먹만 한 깍두기가 배달되어 오는 설렁탕 대신 경찰서 내 직원 식당을 끼니때마다 데려가 주었다. 수갑을 차지 않은 채, 제복을 입은 경찰관들과 앞뒤로 줄을 서서 식판에 배식받는 일은 매우 낯설고도 감격적인 경험이었다. 요즘은 피의자에 대한 처우가 좋아졌구나.

이유는 자명했다. 그날 난 작은 마을로 들어서고 말았다. 작은 마을일수록 외지인이 돋보이고 원주민들로부터 배타적인 감정을 유발시킬 수 있다는 기사의 경고를 무시한 행동은 아니었다. 운전미숙이었다. 어쩌다 보니 그냥 그렇게 되었다. 도로는 끊임없이 이어져 있었다. 난 그저 조심스럽고 꾸준하게 액셀과 브레이크를 밟았을 뿐이었다. 어느새 4차선 도로는 2차선이 되어 있었고, 높은 건물들은 사라지고 단층의 집과 작은 가게들 몇 개만 보였다.

조용해진 주변에 선잠에서 깬 기사는 당황하는 기색이 역력했다. 그러나 곧 차분해졌다. 난 운전미숙을 시인하며 서둘러 읍내를 벗어나려고 했으나 기사는 날 제지했다. 마치 이 정도 했으면 할 만큼 한 거다라는 뉘앙스로 느꼈다면 순전히 나의 착각일까. 난 평소처럼 모자와 마스크로 얼굴을 가리고 농협 현금인출기에서 돈을 찾아 나왔다. 택시 운전석에 앉는 순간, 사복과 정복을 한 경찰관 다섯 명 정도가 택시를 에워쌌다. 그중 두 명은 권총을 겨누고 있었다. 그들은 머리 뒤로 손을 올린 채 차에서 내리라고 소리를 질렀다. 기사는 일전에도 당해 본 적 있는 사람처럼 자연스럽게 행동했다. 난 머리 뒤로 손을 올린 채 문을 어떻게 열어야 할지 몰라 우물쭈물했다.

- 문부터 열고 나온 다음에 손 올리면 되잖아!

경관 한 명이 한심하다는 듯 야단을 쳤다. 막상 총구 앞에 무방비로 몸이 노출되자 두려움을 넘어 머리가 하얘졌다. 이러다가 오줌을 싸 버릴 것만 같았다. 양쪽으로 흩어진 경찰관들이 나와 기사에게 다가왔다. 나의 양팔을 잡은 후 택시로부터 멀리 떨어진 그늘로 데려간 경찰관은 괜찮냐, 다친 데 없냐, 고생했다를 연발했다. 반면 기사에게 다가간 경찰들은 그의 팔을 등 뒤로 꺾은 후 수갑을 채웠다.

- 어, 저 사람은 아무 잘못 없는데요.

난 반쯤 넋이 나간 채로 중얼거렸다. 정오의 햇살이 부담스러운 듯 기사는 얼굴을 조금 찡그리고 있었다. 분명히, 체포로 인한 좌절이 아닌 망막을 찌르는 햇살 때문일 것이었다. 나와 눈이 마주치자 설핏 웃어 보인 것도 같았다.

- 정말 택시 기사가 강도인 줄 모른 거예요?

링거의 주입량을 조절해 주던 간호사가 병실 문 주변을 살피더니 조심스럽게 물었다.

- 이미 며칠 전부터 인터넷 기사에는 도배가 돼 있었는데. 혹시 그 강도가 검색도 못 하도록 휴대폰도 빼앗은 건가요?

내 나이 또래나 되었을까. 아직 어린 만큼 무럭무럭 피어나는 호기심을 주체할 수 없는 모양이었다. 나를 전담으로 경호하는 경찰관의 동태를 살피면서까지 질문 세례를 해대는 걸 보면.

난 아팠다. 딱히 아픈 곳이 있는 것은 아니었지만 아팠다. 사람들은 강도에게 납치되어 보름 동안이나 붙잡혀 있었으니 당연히 몸에 이상이 있지 않겠냐고 예단했다. 몸 전체를 샅샅이 확인해야 한다며 종합검사를 제안했다. 피를 뽑아 가고 소변을 받아 갔다. 물과 밥을 굶긴 후 입과 항문으로 긴 호스를 들이밀고는 쑤셔 대었다. 머릿속을 촬영한다며 거대한 통 속에 집어 넣기도 했다. 마치 관 속에 누워 있는 공포감에 사로잡혔다. 다음 날엔 500문항이 넘는 문진표 질문지를 작성하게 했다. 정신건강의학과 의사는 납치됐을 당시 어떤 느낌이었는지, 죽음보다도 힘들었을 보름 동안 어떤 마음을 먹었기에 버틸 수 있었는지 등을 질문했다. 어느새 난 택시강도로부터 납치를 당하고 가스라이팅을 당해 이곳저곳으로 끌려 다닌 인질이 돼 있었다. 사람들은 당연히 내가 아플 것이라고 생각했다. 난 아팠다. 아버지뻘 나이였던 기사에게 수갑이 채워지는 모습이 자꾸 떠올라서 아팠다.

경찰서 앞 로비에는 기자들과 시민단체, 개인 온라인 매체 운영자 등이 진을 치고 있었다. 피해자 조사를 위해 검찰청으로 이관이 될 것이라 했다.

- 서 현관 앞에 나가면 바닥에 청 테이프를 붙여 놓은 자리가 있어요. 거기에 잠시 서면 기자들이 사진을 찍고 몇 가지 질문을 던질 것입니다. 그저 평소 생각을 간략히 포괄적으로 답해 주시면 됩니다.

경사는 떨고 있는 나를 위해 피의자 조사가 아닌 피해 참

고인 조사라는 점을 누차 강조했다.

 막 출발을 하려는데 갑자기 사무실이 분주해졌다. 수사관들은 일제히 자리에서 일어나 어쩔 줄 몰라 하며 서성거렸다. 세상에 이런 일도 있다며 황당해했다. 갑자기 경찰서장이 강력계 사무실까지 내려와 호통을 쳤다. 경찰이 아닌 기자가 먼저 자백을 받아 내게끔 하면 어쩌자는 거냐며 불같이 화를 내었다. 조사 전에 나에게 악수를 청하던 기품 있고 점잖은 모습과는 사뭇 달랐다.

 - 일단 갑시다.

 경사와 또 한 명의 경관이 내 양쪽 팔을 붙잡았고 엘리베이터에 올랐다. 전혀 몰랐죠? 경사가 귓속말로 현재 상황을 순식간에 알려 주었다. 엘리베이터가 1층에 다다랐다. 멀미가 났다. 발밑 청 테이프를 지나칠 뻔했으나 경사가 팔을 살짝 잡아 주었다. 이곳저곳에서 플래시가 터지고 기자들이 내게 뭐라 뭐라 외쳐 댔다. 사람들의 총구가 나를 겨누고 총알을 발사해 대는 것만 같다. 저 멀리 엄마의 얼굴이 보였다. 친구 녀석들이 손을 흔들어 주었다. 누군가 영웅이라며 휘파람을 불었고 몇몇은 환호하며 박수를 쳐 주었다. 어지럽다. 토할 것만 같다. 사람들이 나를 둘러싸는 것인지 내가 돌고 있는 것인지 모르겠다. 그대로 정신을 잃었다.

15층에 자리한 병실의 대형 유리창 안으로 햇살이 한가득 쏟아져 들어왔다. 손발톱을 자른 지 얼마나 되었나. 마귀를 연상케 하는 그것을 우두커니 바라보았다.

TV에서는 긴급 속보, breaking news라며 하루 종일 관련 보도가 재생되었다. 내가 의식을 잃고 쓰러졌던 경찰서 로비에 소녀가 서 있었다. 목과 팔에 깁스를 했고, 안경과 마스크로 얼굴을 가리고 있었지만 그녀였다. 우물 속을 막대기로 헤집어 놓아 흙탕물이 넘쳐 오를 것만 같은 회색빛 눈동자.

「… 붙박이장에서는 망치와 손도끼, 일명 빠루라 불리는 쇠지레, 줄톱 등 범행에 쓰였을 것으로 추정되는 도구들이 발견되었습니다. 화장실에서도 피해자들의 것으로 보이는 증거가 계속 나오고 있습니다. 욕실 타일 사이에는 피해자들의 혈흔이 말라서 굳어 있었고, 배수관에는 머리카락 및 체모 등이 한가득 들어 있었습니다. 경찰은 범인이 교복을 입은 상태에서 도움을 요청하는 방식으로 피해자들의 저항감을 없앤 후 집 안까지 유인한 것으로 추정하고 있습니다. 흉기를 이용히여 살해한 후, 화장실에서 시신을 훼손하여 인근 야산 등에 유기한 것으로 보고 수사를 벌이고 있습니다. 특히 연쇄 강도 범행을 벌여 오던 택시 기사는, 범인이 연쇄살인범인 줄 모른 채 약에 탄 음료수를 먹였다고 증언하고 있습니다. 기사는 또 다른 강도 범행을 벌이기 위해 살인범의 집으로 따라갔다가 몸싸움을 벌이게 되면서 이번 사건의 전말이 드러나게 된 것으로 경찰은 추정하고 있습니다. 경찰은 유전자 감식을 위해 혈흔 및 머리카락 등을 국립과학수사연구원에 보낸 상태입니다. 시민들은, 세간을 공포로 몰아넣었던 경기 서남부 연쇄살인 사건의 범인이 미성년 여학생이라는 점에서 큰 충격을 받은 모습입니다. 동시에 한 시민의 제보와 용기 있는 행동으로 연쇄살인마와 연쇄택시강도를 모두 검거할 수 있게 되었다며, 시민의식의 함양과 주변에 대한 지속적인 관심이 필요한 시기임을 깨우치게 되었다고 얘기하기도 했습니다. 이번 사건을 위해 몸을 사리지 않고 뛰어든 시민을 영웅이라 칭하며…….」

아빠가 없음에도 건강하고 착하게 커 준 아들이었다. 늘 정의로웠고 약자를 보살피는 데 주저하지 않았던 친구였다. 택시강도가 광란의 질주를 펼쳤으나, 인질로 잡혀 있는 상태에서도 농담을 하며 분위기를 띄워 주었다. 그로 인해 택시에서 빠져나올 수 있게 만들어 준 의인이었다. 엄마와 친구들과 풀빌라를 빌렸던 세 여성의 인터뷰 내용이었다.

복도에 앉아 있던 전담 경찰관이 노크와 함께 병실로 들어왔다. 명함과 작은 메모를 건네주고 갔는데, 독서와는 거리가 먼 나도 들어본 적이 있는 출판사였다. 보름간의 납치 행각에 앞뒤로 상황을 조금 더 극화하여 자서전을 한 권 내자는 제안이었다. 제목은 '택시강도와 연쇄살인마, 그리고 나'

세상에는 알 수 없는 일들이 너무나 많다. 안다고 생각한 일들이 전혀 모르는 일이었고, 모른다고 생각했던 일들이 이미 내 삶 속에서 아무렇지 않게 일어나고 있는 경우도 허다하다. 아버지처럼 따랐던 남자가 택시강도였고, 연모했던 이웃집 소녀가 연쇄살인마였으며, 남의 집이나 훔쳐보는 관음증 변태가 영웅이 되기도 하는 것처럼.

증명

*

 사진을 주시하는 젊은 한의사의 미간이 다소 좁혀졌다. 환자에게 값비싼 특수사진 촬영을 권유했으니, 이왕이면 원인이 되어 줄 뭐라도 나와 주었으면 하는 바람이 마스크 위로 드러난다.

 - 뼈에는 이상이 없는 것 같네요. 다행입니다.

 최근 병원에 들여온, 고가의 특수 장비로 촬영했기에 뼈에 이상이 없는 것을 알게 된 것을 그나마 다행으로 알라는 말투였다.

 팔목과 팔꿈치 사이 근육에 통증이 생긴 지 어언 두 달가량 되어 간다. 문제가 생긴 곳이 근육인지, 신경인지, 아니면 의학적 지식이 전무한 내가 모르는 다른 어떤 곳인지 정확히 알 수 없었다. 체력을 유지한답시고 아침마다 역기를 들었다 놓곤 했는데, 아무래도 그게 무리가 된 듯싶었다. 이십 년 이상을 거의 매일같이 해 오던 운동이었다. 하지만 똑같은 무게를 똑같은 횟수로 들었다 놓는 일이 어느 날부터는 몸에 무리를 주기 시작했다. 이제부턴 역기의 무게를 줄이든지 횟수를 줄이든지 해야만 한다. 시간은 인간의 노화를 통해 자신의 존재를 드러낸다. 불현듯 그것을 느끼곤 하는 인간의 비참한 감정은 덤이고.

적외선 온열기로 십여 분간 팔을 쬐어 따뜻하게 만들었다. 이윽고 의사가 침을 놓는다. 팔에 있는 신경은 목에서부터 어깨를 타고 내려온다며 큼지막한 대바늘로 여러 곳을 찌른다. 그나마 여기 한의원에선 통증의 원인에 대해 개괄적인 설명이라도 해 준다. 이전엔 정형외과를 다녔다. 엑스레이 사진을 들여다보고는 내 팔의 여기저기를 눌렀다. 내가 새된 비명을 지르자, 간호사를 불렀다. 무슨 기계명을 얘기하더니 다시 컴퓨터 모니터로 시선을 돌렸다. 총 세 번을 가는 동안, 마스크를 쓴 의사는 내게 질문을 하지도 눈을 마주치지도 않았다. 코로나19 확산세 탓이려니 여겼지만, 약간의 모멸감이 느껴지는 건 어쩔 수 없었다.

- 아프면 또 오세요.

한방 치료를 끝낸 후, 언제 다시 오면 되냐는 질문에 간호사가 신용카드를 건네주며 말했다. 신발장에는 나이키 운동화가 대여섯 켤레쯤 있었다. 심지어 내 것과 똑같은 붉은색 에어맥스가 위아래로 나란히 놓여 있었다. 두 개를 꺼내 눈대중으로 치수를 재어 본 후에야 내 것을 찾을 수 있었다. 가벼운 운동화 따위를 드는 데도 오른 팔뚝에 통증이 느껴진다. 어째 침을 맞고 나니 더 아픈 것 같다.

*

- 주말에 바쁘세요?

오지랖이 넓기로는 태평양도 비할 바가 아니라고 소문난 일명 오태양이 칸막이 위로 고개를 삐쭉 내민다. 그 자신도 오태양이라는 별명으로 불리는 것을 알고 있었는데, 처음에만 잠시 입을 삐쭉였을 뿐, 그 이후로는 개의치 않는 모습이었다. 오태양의 의중을 알고 있는 나로서는, 주말에 약속이 있다는 핑계를 댔다. 다만, 핑계는 임시방편일 따름, 언제까지 통하지 않으리라는 것은 오태양도 나도 모르지 않았다. 그러시구나. 그럼 다음 기회에. 반달 같은 눈매를 하고서는 태평양 아래로 가라앉는 잠수함처럼 칸막이 너머로 사라졌다.

6년간 교제하던 친구와 헤어지게 된 것이 사내에 소문이 나는 데는 그리 오랜 시간이 걸리지 않았다. 소문의 진원지로 의심되는 오태양이 아니더라도, 조금만 눈치가 빠른 사람이면 누구나 알 수 있는 일이었다. 매일 같은 시간에 휴대폰 문자를 주고받는 일이 없어진 점, 평일 저녁에 직장 동료들과 인근 술집에서 자주 목격되는 일 등이 주요 정황이었다. 술 냄새를 풍기며 다림질도 안 된 셔츠를 입고 간신히 지각만 면한 상태로 출근하여, 죽상을 한 채 하루 종일 모니터만 바라보는 중년. 도파민이나 세로토닌이 솟구치고 있는 상태로 볼 수는 없었을 것이다.

- 우리, 그만 만나자.

종이와 잉크로부터 번져 나오는 향만으로도 지적인 포만감을 만끽할 수 있었던 대형 서점에서였다. 밥이나 먹으러 가자는 듯한, 너무나 자연스럽고 무미건조한 말이었다. 난 하마터면 그럼 언제쯤 다시 만날까라고 역시 자연스럽고 무미건조하게 대꾸할 뻔했다.

- 네가 날 행복하게 해 줄 거라는 확신이 없어.

급작스러운 이별 통보에 뒤늦게 정신이 퍼뜩 들었다. 난 수산물시장에서 생선 좌판을 펼치듯 이런저런 얘기들을 끌어와서 늘어놓았다. 일이 년 뒤에는 외곽에 전셋집 정도는 얻을 만한 돈이 마련될 것이고 그때쯤에는 결혼식을 올릴 수 있다는 소박한 계획을 보여 줬다. 지난 6년간 우리가 함께해 온 시간과 추억을 들먹이며 매달렸다. 양가 부모님께서 이미 자연스럽게 인사도 나누셨고 친구들과 직장 동료들도 우리의 결혼을 기정사실로 알고 있는 건 어쩔 거냐며 협박도 했다. 내가 행복한 게 더 중요하지. 친구는 신간을 구입하면 경품으로 준다는 작은 수첩에 관심을 보이며 무심히 대꾸했다.

- 행복은 같이 만들어 가는 거 아냐?

갖은 설득도 통하지 않자 나는 버럭 화를 내고 말았다. 왜 너만 행복해야 하는지, 내 행복에 대해선 생각해 보지 않았는지, 나는 너의 행복을 위해 노력해야 하고 너는 나의 행복을 위해 무슨 계획이 있는 것인지 등을 따져 물었다. 그때 아마도 거울이 있었으면, 희번득한 눈에 게거품을 문 미친 남자가 여자에게 달려드는 상황을 보았을 것이다. 말하면서도 이건 아니다 싶었다. 행복을 말하는 내가 배신감으로 인한 분노로 가득 차 있다. 이 순간이 지나면 후회로 인해 불행할 것이 예감되었다. 하지만 당시엔 분노 발산이 가장 시급하고 중요했다. 그리고 그의 말처럼 행복하게 해 줄 거라는 근거를 알지도, 갖고 있지도 못한 스스로가 애가 탔을 뿐이다.

- 이건 내가 계산할게.

수첩이 달린 책을 집은 친구는 계산대로 유유히 발걸음을 옮겼다.

★

- 너희 언제까지 이럴 거냐?!

돼지갈비에 냉면 육수까지 남기지 않고 비운 녀석이 맞나 싶었다. 2차로 온 맥줏집에서 골뱅이 소면을 주문하는 것도 그랬지만, 이미 강냉이와 땅콩을 작살내고 연거푸 500cc를 들이켜는 녀석이 신기했다. 1차에서는 취기와 더불어 용기가 오르지 않아서인지, 이별을 당한 내 심정을 헤아려서인지 말을 아껴 온 것 같았다. 녀석이 포문을 열자, 주변의 자잘한 소음은 금세 잦아들었다. 나머지 6개의 눈동자가 모두 우리를 향했다.

지랄하네. 내가 이번에는 완전히 끝났다고 재차 얘기하자 돌아온 반응이었다. 누군가는 어이없어하며 픽 하니 웃더니 대구포를 북북 찢어 댔다. 어떤 녀석들은 한 달 안에 다시 재회할 것이라는 예측을 두고 내기를 하기도 했다.

우리 패거리들은 같은 동네에서 초중고등학교를 같이 다녔다. 대학을 다니거나 한창 사회초년생일 때 나는 자주 참석하지 못했지만, 그때도 모임은 정기적으로 이어져 왔다. 내가 나올 땐 친구가, 친구가 나올 때는 내가 참석하지 못했다. 엇갈린 우리는 서로에 대한 입소문만으로 성인이 된 상대를 가늠했다. 걔가 어떻게 생겼고 무엇을 하고 있으며 이런 것을 좋아하고 저런 것을 잘한다는 얘기들. 그리고 널 보고 싶어 한다는 얘기도.

 - 어떻게 육 년이 한 방에 날아가냐!

친구의 이별보다는 음주에 대한 갈망이 더욱 급했던 듯, 녀석은 자신의 것과 잔이 빈 친구들의 것을 일일이 확인하고 500cc 다섯 잔부터 주문했다. 그리고는 일갈했다. 결혼해서 같이 일해서 같이 돈 모으고, 같이 집 장만하고, 다 그러고 사는 거지. 녀석의 얘기에 고개를 끄덕이는 녀석도 있었지만, 반론을 펼치는 녀석도 있었다. 야, 요즘은 이미 다 준비가 돼 있어야 해. 자기 명의의 집과 중형 이상의 차와 연봉 오륙천 이상의 직장은 기본으로 장착돼 있어야 한다고. 안 그러냐? 녀석은 질문을 하며 유일하게 일찍 학부모가 된 여자 친구를 쳐다보았다. 땅콩만 뒤적이던 학부모 친구는 나를 보더니 잔을 들어 건배를 청했다. 학부모 친구와 나는, 소란스러운 틈을 타 가게 앞으로 나왔다.

 - 보여 줬어?

뭘? 가게 앞에 나란히 서 있다가 친구는 서서히 쪼그려 앉았다. 담배 한 대를 꼬나문 그니는 내게도 담뱃갑을 내밀었다. 끊었다고 하자 잘했다며 칭찬을 해 주었다. 엄마처럼 굴지 마. 내가 심통을 부리자 친구가 히히 웃었다. 네가 행복하게 해 줄 수 있다는 걸 보여 줬냐고. 배 속에 있는 모든 공기를 내뱉기라도 할 참인지, 콧구멍으로부터 빠져나오는 연기의 양이 어마어마했다.

- 네 남편은 너한테 보여 줬냐?

그걸 어떻게 보여 줘라거나 그걸 굳이 증명해 내야만 하느냐는 물음 대신이었던 것 같다. 말하고 나서는 순간 친구의 눈치를 보았다. 화를 내고 있다고 오해할까 봐 순간 걱정했다.

친구의 눈이 아련해졌다. 가게 건너편의 재개발 공사 단지를 쳐다보고 있었다. 어쩌면 기억의 책장을 열어 남편이 남자 친구이던 시절의 한 페이지를 뒤적이고 있는지도 몰랐다.

- 아니, 안 보여 줬던 것 같아.

꽁초가 된 담배를 모래가 수북이 쌓인 꽁초 무덤에 꽂았다. 에어컨 실외기가 더욱 큰 소리를 내며 가열 차게 돌아간다. 그냥 내가 믿기로 한 거 같아. 실외기 소리가 너무 커서 친구의 말을 제대로 들었는지 알 수 없었다. 실외기 때문인가. 온몸에 열기가 훅 끼쳤다.

*

우리가 자연인의 집을 찾은 것은 순전히 술김 때문만은

아니었을 것이다. 녀석을 통해 얻는 것이 있었다. 특히 삶이 힘들 때마다, 각자의 이유로.

자연인은 처음엔 조금 당황하는 표정이었다. 연락도 없이 들이닥친 네 명의 동창들. 다들 거나하게 술이 올라 휘청거리거나 실실 웃으며 욕설로 친밀감을 대신하는 상태. 보여 주고 싶지 않은 자연인 자신의 토굴 같은 집. 그리고 작은 방구석에서 TV로부터 나오는 불빛 아래 누워 있는 병든 노모까지. 하지만 자연인은 금세 당황스러움을 거두고 평정심을 되찾는 모습이었다. 자연에선 어떤 일도 일어날 수 있는 것이므로.

- 어머니, 제 동창 친구들이에요.

누워 계신 어머니에게 우리를 인사시킨 자연인은 술을 구해 오겠다며 밖으로 나갔다. 어머니는 누운 상태에서 얼굴만 돌려 우리를 바라보았다. 쇳덩이라도 매달려 있는 듯한 팔을 간신히 들어 올려 선선히 저으며 반가움을 표현했다. 정작 당황스러워진 우리는 어어 하면서 이렇다 할 반응도 하지 못한 채 어두컴컴한 거실에 우두커니 서 있었다. 시골길의 노란 가로등 불빛이 거실을 지르고 들어왔다. 그러게, 그냥 전화로 안부나 전하자니까 굳이 찾아와서는. 그래. 자연인 들어오면 그냥 밖에 나가서 먹자. 오다 보니 비닐하우스 근처에 막걸릿집 있더라. 난 자연인이 술을 사 온

다가 아니라 구해 온다는 말이 맴돌았다.

- 이렇게라도 찾아와 주는 게 더 고마울 거야.

돼지갈비 3인분과 물냉면과 강냉이와 땅콩과 대구포와 골뱅이 소면과 맥주 500cc 일곱 잔을 먹어 치운 녀석이 체구처럼 담대한 목소리로 말했다. 녀석의 말투에서 다소 민망한 상황이 되어 버린 지금에 대한 변명 따위는 느껴지지 않았다.

- 마침 옆집에 새참 남은 게 있어서.

자연인이 은색 쟁반에 페트병 소주 두 개와 수박 반 통, 오이김치, 삶은 달걀 몇 알을 담아 왔다. 먹성 좋은 녀석의 방금 주장에 모두 동의하는 것은 아니었지만, 누구 하나 식당으로 나가서 사 먹자고 하는 이는 없었다.

어두컴컴한 거실 한가운데 작은 개다리소반이 놓였다. 수박이 잘리고 빌려 온 젓가락과 술잔 대신 빌려 온 밥공기가 머릿수만큼 제자리에 놓였다. 조용하게 몇 순배 잔이 돌았다. 갑자기 찾아와서 미안하다고 사과했다. 보고 싶은데 통 얼굴을 안 보여 주니 이 사달이 난 거 아니냐고 장난스레 사연인 덧을 했다. 아기 때문에 먼저 들어간 학부모 친구가 안부 전해 달라더라는 말도 전했다. 아무도 왜 거실 불을 켜지 않느냐고 묻지 않았다. 열린 문 사이로 비집고 들어오는 가로등 불빛만으로도 그럭저럭 괜찮다는 생각이

들기 시작했다.

　- 부럽다. 네 용기.

　문득 먹성 좋은 녀석이 조금은 혀 꼬부라진 소리를 냈다. 묵묵히 밥공기만 입으로 가져가던 자연인은 알 듯 모를 듯한 미소를 지어 보였다. 자연인이 대기업 기획실을 박차고 나온 것은 코로나19 감염병이 확산되기 전이었다. 그러니까 감염병으로 인해 매출과 실적이 심각하게 감소하고, 따라서 위기에 몰린 회사가 자구책으로 고용을 줄이기로 해서, 결국엔 잘리고 실업자가 될 수밖에 없는 일반적인 과정과는 상관이 없었다는 얘기였다. 언제, 무슨 계기였는지는 정확히 알 수 없었다. 구내식당에서 점심 식사를 마친 후엔 언제나 자리로 돌아와 소설책을 탐닉하던 자연인이었다. 그럴 시간에 신제품 홍보 구상이나 하는 게 어떻겠냐며 혀를 끌끌 차 대던 상사가 퇴사의 원인을 제공한 것이라는 소문도 있었다. 원인은 중요하지 않다. 다만 어떤 계기가 무언가를 생각하게 했고 실행하게 했으며, 결국은 지금의 결과로 이어지게 했다는 것이 중요할 뿐.

　자연인은 계산을 해 보기 시작했다. 혹시 잘못된 것일 수도 있으니 몇 날 며칠 세밀하게 계산해 보았다. 그의 계산에 따르면 지금부터 일을 하지 않아도 먹고살 수 있었다. 상사라고 불리는 자들에게 욕을 먹거나 눈치를 보지 않으면서도, 자신이 좋아하는 독서를 하면서 평생을 살아갈 수 있는 것이다. 의복이나 차량, 집을 통해 나의 권위를 드러내려 하는 일을 금하면 되었다. 남들이 맛있다고 하거나 너무 재밌고 즐겁다는 것들을 일부러 찾아가서 먹어 보거나 체험해 보기 위해 줄을 서는 일을 금하면 되었다. 쳇바퀴 같은 직장에서 쫓기듯 살지 않으니 몸이나 마음이 건강해질 것이다. 만약 아픈 곳이 생기면 읍내 보건지소를 찾아가면 된다. 유일한 취미인 독서는 읍내에 새로 생긴 도서관을 통해 얼마든지 무료 이용이 가능했다. 3km가 조금 넘는 거리는 걷거나 자전거를 이용하면 된다. 당시 자연인의 의견에 친구들은 모두 분노했다. 미쳤다고도 했다. 어쩌면 도시인에서 자연인으로 혼자 돌아가는 것이 배가 아픈 것일지도 몰랐다. 먹성 좋은 녀석 말처럼, 그 용기가 무섭고 샘이 났을 수도 있다. 중요한 것은 자연인은 계획했던 것을 실천했고, 우리는 막연한 꿈만 꾸고 그 자리에 그대로 남았다는 사실이다.

- 껍데기 안에는 병아리라는 새 생명이 있지.

자연인이 오늘 제대로 된 문장으로 구상하는 것은 지금이 처음인 것 같았다. 모두가 조용해졌다.

- 껍데기 밖은 온 세상 만물의 진리가 있고.

열어 놓은 현관문 쪽인지, 반대쪽 방의 창문에서인지 모르겠다. 제법 선선한 바람이 훅하고 끼쳐 온다. 친구들의 머리카락과 셔츠가 가볍게 날린다.

- 근데 다들 껍데기에만 집착해. 껍데기 그거 뭐에다 쓴다고.

방 안에 누워 계신 어머니가 기침을 시작했다. 하지만 늘 있는 일인 듯, 자연인은 조용히 밥공기를 입으로 가져갈 뿐이었다. 어머니의 밭은기침이 심해졌다. 끊이지 않고 계속될 것만 같다. 그제야 자연인은 지리에서 일어났다.

먹성 친구는 친구들에게 눈짓과 고갯짓을 했다. 친구들도 모두 알아먹은 듯 자리를 털고 일어나기 시작했다. 이거 어떤 게 누구 거야? 작은 현관 앞에 선 먹성 친구가 당황해했다. 그도 그럴 것이 벗어 놓은 신발 다섯 켤레 중 네 켤레가 비슷한 색깔의 나이키 에어맥스였다. 그러게. 친구들은 잠시 자리에 우두커니 서 있었다. 마음만은 모두 차분했다. 다들 급작스럽게 자연인을 찾은 소기의 목적을 달성했는지는 모를 일이었다. 각자의 이유에 따른.

*

「팀장님, 블랙입니다.」

긴 대침이 다섯 개나 꽂혀 있는 팔을 간신히 움직여 진동하는 휴대폰을 확인했다. 오태양이 문자로 긴급 호출을 알려 왔다. 사무실에서 긴급한 상황이라는 것은 대부분 고객 민원이었다. 블랙리스트를 의미하는 속칭 진상 고객의 난동. 누군지 알 것 같다. 분명히 지난번 전화상으로 지원을 받을 자격이 되지 않음을 알렸음에도 직접 찾아온 것이리라.

벨을 눌러 간호사를 호출했다. 듣지 못했는지 다른 환자들로 인해 바쁜 것인지, 나타나지 않는다. 스스로 침을 뽑았다. 간호사들이 뽑아 줄 때는 침을 뺀 자리를 알코올 솜으로 한 번씩 닦아 내던데, 난 그걸 기다릴 경황이 없었다. 아니, 그럴 기분이 아니었다.

- 도대체 어떻게 통증이 있다는 것인지 정확히 표현하셔야지요!

오늘이 일곱 번째 진료였다. 통증이 약간 완화되긴 했으나 여전히 아프고 불편하다고 호소하자, 한의사로부터 대뜸 돌아온 반응이었다. 분명히 화를 내고 있었다. 네가 어디가 어떻게 얼마나 아픈지 명확하게 표현하지 못하니까, 나의 치료적 개입이 제대로 효과를 발휘하지 못하고 있잖아! 네가 아픈 건 너 때문이야라고 환자의 탓을 하고 있다. 그 와중에도 혹시 환자의 불만 민원이 SNS를 타고 퍼질까 봐 입꼬리 끝은 살짝 올라가 있는 채였다. 소름이 끼쳤다.

뒤도 돌아보지 않고 한의원을 나섰다. 다행히 오늘은 신발장에서 한 번에 내 신발을 찾아내었다. 오래된 남색 프로스펙스 운동화였다.

 사무실 문을 열고 들어서자, 전속력으로 오태양 잠수함이 칸막이 사이로 솟구쳐 오른다. 왜 이제야 왔어요. 십 분도 넘게 기다리셨단 말이에요. 한껏 미간을 찌푸리고 팔을 잡아끌며 책망했다. 나도 오태양에게 할 말 많아! 나 역시 오태양을 쏘아보았다.

 지난 금요일 저녁이었다. 녹색 사이렌이 그려진 간판의 카페로 들어갔다. 예의상 식사를 제안하는 문자를 보내자, 운동을 한다는 이유로 차나 한잔하자는 답변이 돌아왔던 터였다. 커피를 잘 몰라 그저 단맛에 마신다고 하자 그는 캐러멜마키아토를 골라 주었다. 자신은 숙면을 해야 한다며 캐모마일차를 선택했다. 나와는 세 살 터울이었지만 나이보다 훨씬 생기 있어 보였다. 작은 얼굴은 나이를 어려 보이게 했고, 운동으로 유지된 탄탄한 몸은 타이트한 옷매무새와 잘 어울렸다.

 - 어떻게 살아갈 생각이세요?

 이미 오태양을 통해 웬만한 인적 사항은 서로 공유한 상태였다. 그래도 식사 전 애피타이저를 먹듯, 취미나 특기,

직장에 대한 자부심이나 애로 등을 구구절절 늘어놓는 게 예의라고 생각했다. 형식적이라도 절차를 밟는 게 필요하다는 생각은 오래전 꼰대의 전유물로 전락한 지 오래였나 보았다. 아! 상대의 질문에 대한 나의 반응은 이것이었다. 약간은 미간을 찌푸린 채 내 쪽으로 몸을 숙이며 걱정스럽다는 그니의 표정. 그리고 내게 한 도발적인 질문 내용. 그것을 혼합했을 때 그 저의를 유추해 낼 수 없어 혼란스러웠다. 지금 이런 상태로 어떻게 먹고살 작정이냐며 걱정을 해 주는 것 같았다. 앞으로 삶의 계획이나 비전을 묻는 것 같기도 했다. 그저 마음에 들지 않는 상대를 빨리 치워 내기 위해 가감 없는 멘트를 날린 것 같기도 했다.

내년 이맘때에는 독립하여 작은 전셋집 하나를 구할 수 있다. 재작년에 부서장으로 승진하여 밑에 다섯 명의 팀원을 거느리고 있다. 담배는 배우지도 않았고, 술은 일주일에 한 번이나 마실까 한다. 그것도 친한 친구들 모임에서만 맥주 위주로. 위로 누나는 없고 장가 간 형만 하나 있다……. 그니는 손으로 턱을 괸 채 음료를 홀짝이며 나를 뚫어져라 쳐다보고 있었나. 충분히 준비가 되었다고 보여 줄 만한 게 이것밖에 없는 거냐는 표정.

난 쪼그라들고 있었다. 말을 하면 할수록 심장이 밑에서부터 조금씩 부서져 내리는 느낌이었다. 어여쁜 그니가 마음에 들었고, 그래서 뭐라도 증명해 내려고 발악하는 내가 참담했다. 가는 길이니 내려 주겠다는 그니에게, 버스를 타고 가면 된다며 운전석 문을 닫아 주었다. 독사의 삼각형 대가리를 닮은 납작한 차는 유유히 주차장을 빠져나갔다. 난 차가 보이지 않을 때까지 자리를 지켰다. 혹시 백미러로 쳐다보고 있을지도 모르니.

오태양이 얘기한 노년의 남자가 상담실 안에 앉아 있었다. 전화상으로는 고래고래 소리를 질러 대며 당장이라도 찾아와 드잡이라도 할 기세였다. 막상 대면하게 되자 의자에서 일어나 깍듯이 묵례한다. 남자는 전화로 얘기했던 내용을 다시 한번 처음부터 읊조리기 시작한다. 마치 녹음된 수화기를 재생하는 것만 같다. 다른 점이 있다면 비교적 상냥하고 고분고분해진 말투 정도였을 것이다. 하소연하는 와중에도 두툼한 서류 봉투에 들어 있는 문서들을 하나씩 빼어서는 내게 내밀었다.

다 들은 내용이다. 통화할 때와 달라진 것은 아무것도 없다. 그때는 말로만 했다면 지금은 그 말이 문서로 바뀌어 있을 뿐이다. 가족관계증명원. 관계가 단절되어 도움받을 가족이 없다는 것을 보여 주려 한다. 하지만 실제로 동거를 하면서도 서류상으로만 드러나는 경우는 비일비재하다.

세 개 통장의 일 년 치 입출금 내역 사본. 당신의 현재 파탄난 경제 상태를 보여 준다. 하지만 오만 원짜리 현금 뭉치를 금고 어딘가에 숨겨 놓았는지 누가 알겠는가. 건강보험료 납입증명서. 이게 결정적이다. 당신의 중위소득을 그대로 보여 준다. 수혜의 자격이 되지 못한다. 실제 수입은 여기에 못 미친다는 당신의 주장은, 내 알 바 아니다.

말 대신 문서로 자신의 처지를 증명하려는 시도는 좋았다. 하지만 애초에 원하는 바를 가져다줄 수 없는 증명이다. 나의 가난한 계획과 뜨겁기만 한 마음 따위로는, 결혼해서도 행복하게 해 줄 수 있다는 증명을 해낼 수 없는 것처럼.

유치원 또는 당시 국민학교 저학년 때였던 것 같다. 일요일 아침엔 속칭 미국 방송이라 불렸던 AFKN 앞에 앉아 있어야만 했다. 지저분한 화면을 통해 송출되는 만화영화를 볼 수 있기 때문이었다. 그러나 졸린 눈을 부릅뜨고 일어난 대가는 언제나 교회에 끌려가는 것이었다. 퉁명스러운 얼굴로 어른들 틈에 앉아 있으면, 역시 집에 가자고 찡찡거리거나 댓 발 나온 입으로 불만을 표시하는 또래들이 보였다.

- 신이 있다는 걸 증명해 보세요!

그저 일요일 아침 만화를 빼앗긴 어린아이의 화가 난 표현이었다. 미숙한 아이이므로 상대가 날 어른스럽게 다독여 줄 거라 믿었던 것 같다. 알 듯 모를 듯한 화두를 던져 꼬마의 내적 성장을 도모하게 할 거라 믿었던 것인지도 몰랐다. 그럼 없다는 증거를 찾아 보겠니? 틀린 말은 아니었다. 하지만 실망스러웠다. 그가 목사가 되기 전의 부목사였다는 것을 감안하더라도.

부서장으로서 품위를 가지려면 대학원 정도는 나와 줘야 한다는 부장의 말이 그럴듯하게 들렸다. 교수의 권유로 졸업시험 대신 논문을 선택했다. 하지만 지도교수는 논문을 번번이 까대기 시작했다. 논문을 권유할 때의 온화함은 사라지고, 집요하게 출처와 근거를 따져 댔다. 제목이 논문 전체의 함의를 담아내질 못한다. 목차의 순서가 적절하지 않다. 여덟 명을 실험군으로 하기엔 집단이 너무 적다. 이 출처의 근거가 무엇이냐……. 아니 내가 기존 출처의 근거까지 증명해 내야 하는 겁니까? 같은 교수에게 논문 지도를 받고 최근엔 박사까지 마친 부장은 나의 항의에 고개를 절레절레 흔들었다. 난 다섯 명으로 집단을 꾸렸어도 별말 없이 잘 통과됐는데. 부장은 씩씩거리는 나를 물끄러미 바라보았.

- 너 스승의 날에 따로 인사는 갔냐?

스트레스로 잠을 잘 수도 먹을 수도 없었다. 교수만 생각하면 화가 났다. 호흡이 가빠지고 심장을 쥐어짜듯 통증이 발생했다. 대학원을 떠올리는 게 두려웠다. 실제로 근방을 지날 일이 생기면 일부러 차를 먼 곳까지 몰아서 돌아가는 경우도 많았다. 교수를 해칠 수 없으니 나를 해쳐야만 했다. 고통을 주어야만 했다. 기껏해야 주먹으로 벽을 후려치는 정도였지만 당시 사귀던 친구는 나를 미친놈 보듯 했다. 정신건강의학과 전문의는 외상 후 스트레스 장애와 유사하다고 했다. 세월호 사건 때 의인이라 불렸던 생존자가 겪는 증상과 유사하다고. 사망자들과 유가족들은 붕괴된 안전 시스템에 대해 무책임과 모르쇠로 일관하는 그들을 죽여 버리고 싶어 한다. 그러나 죽일 수 없으니, 결국 자신을 해쳐야지만 살 수 있는 것과 유사하다고 했다.

외상 후 스트레스까지는 아니라고 했다. 종합 심리섬사 결과 일치하지 않는 항목들이 몇 가지 있다고 했다. 결국 난 내 아픔을 증명해 내지 못했다. 각종 검사비와 치료비 등 백여만 원을 고스란히 부담하게 되었다. 보험약관에 명시된 외상 후 스트레스 장애의 기준에 들어가지 못했기에.

이제 남자는 꺼이꺼이 운다. 이번에 지원금을 받지 못하면 죽는다고 했다. 본인뿐 아니라 가족들 모두 다 죽는다고 했다. 한 번만 봐 달라고, 도와 달라고 한다. 남자도 이미 자신이 수혜자임을 증명해 낼 수 없다는 것을 받아들인 상태이다.

 그러고 보니 증명은 늘 없고 부족하며 갈급한 쪽에서 해야만 하는 것이었다. 아니, 해내야만 하는 것이었다.

 - 죄송합니다. 수혜 대상에 해당되지 않습니다.

 난 먼저 일어나 상담실을 빠져나왔다. 조심스레 문을 닫아 주었다. 증명을 해내야만 했던 그가 울음으로서 참담함과 비참함을 충분히 맛볼 수 있도록.

*

 오랜만에 검은색 정장과 검은색 구두를 찾아 신었다. 10년이 넘은 자가용 대신 버스를 택했다. 동창의 모친상인 만큼, 친구들을 보게 될 것이고 술 한잔하지 않을 수 없을 것이었다. 가슴이 조금 두근거렸다. 약간의 설렘이 있었다. 단순히 자연인 어머니의 소천으로 인한 슬픔 때문은 아니다. 이제는 남이 된, 연인에서 동창이 된, 마주치면 서먹하지만 상대를 의식해서 참석하지 않기엔 자존심이 상하는, 가장 멀어진 관계가 되어 버린 친구를 보게 될지도 모른다는 기대가 한몫했다.

 지난 주말까지도 평소와 다름없었는데. 어르신께 밤새 안녕을 확인하고자 아침 문안 인사를 드리는 이유를 새삼

절감했다. 자연인을 만나러 조심스레 집을 방문했었다. 과일이나 음료보다는 찬거리를 할 수 있는 생필품 위주로 구입한 것이 혹시 자연인의 마음을 상하게 하지 않을까, 조금 염려하면서. 자리보전 중인 어머니는 예의 그 함박웃음으로 책방, 책방 하였다.

- 연락도 없이 웬일이야?

도서관 자유 열람실에서 만난 자연인은 말하고 나서도 실소를 머금었다. 휴대폰도 없고 집 전화번호는 알려 주지도 않는 자신의 삶의 행태를 망각한 데에 따른 미안함이었다.

요즘은 지구와 환경, 철학에 관한 책을 주로 읽는다고 했다. 감염병 대유행으로 촉발된 일련의 상황들은 인간 행동 양식의 새로운 변화와 적응 방법을 요구하게 되었다고 했다. 외부와의 접촉이 차단되니 사람들은 SNS나 비대면 온라인 시스템을 활용하여 어떻게든 사회적 연결고리의 끈을 놓치지 않기 위해 노력한다. 그 가상의 연결망 속에서도 자신을 드러내고 경쟁하며 행복을 증명해 내기 위해 애쓰고 있다. 하지만 정작 필요한 자기를 들여다보는 일은 등한시한다. 타인으로부터 인정받지 않아도 행복한 삶을 위해 무엇이 필요한지는 생각해 보지 않는다. 정작 행복은 남루한 옷과 헤진 등산화를 신은 나를 바라보는 타인의 시선에 있는 것이 아니라, 정상에 올라 시원한 바람을 맞으며 세상을 관조하는 나에게 있는 것임을 사람들은 알지 못한다. 아니, 어렴풋이 알고 있지만 실천하지 못한다. 외로워질까 봐.

  - 진짜 행복은 하산 후 풀린 다리로 시원하게 동동주 한 잔 걸치는 맛에 담겨 있지.

  식장의 조문객들은 많지 않았다. 친구들은 동창회 회칙에 따라 회비로 조의금을 대신했으니 그냥 와도 된다고 했지만, 왠지 마음이 쓰였다. 굳이 현금인출기를 찾아 오만 원짜리 두 장을 봉투에 넣었다.

  90세에 비교적 평안히 소천하셨으니 호상이라고, 먹성 좋은 친구는 일부러 목소리를 높이고 별 우습지도 않은 얘기에 껄껄 웃어 댔으나, 소음 이후엔 적막이 돌았다. 상주가 다름 아닌 자연인이라서 그런지도 모르겠다.

  - 좀 전에 다녀갔어. 웬 남자랑.

  내가 잡다한 얘기에 집중하지 못하는 것을 알아챈 모양이었다. 학부모 친구가 연신 고개를 두리번거리는 내게 넌지시 얘기해 준다. 아, 그래? 최대한 자연스럽게 응수하려 했는데. 계속 응시하는 학부모 친구의 눈길이 날 자꾸 연극 무대 위에 세운다. 학부모 친구가 힘주어 발음한 것인지, 내 귀에 그 부분만 맴도는 것인지 헷갈렸다. '웬 남자랑'

  친구들 대부분은 내일 출근을 이유로 돌아갔다. 더 이상 문상객이 없을 거라 생각했는지 자연인이 내가 앉은 자리로 와서 술을 권했다.

- 우리 엄마, 코로나 예방접종 후 이상 반응으로 돌아가셨어.

장례식장에선 건배를 하지 않는 것이 예의라고는 하지만 따라 준 술을 그대로 한 번에 털어 넣는 것 또한 좋아 보이지는 않았다.

- 심장이 빠르게 뛴다고 하셨어. 너무 빠르게 뛴다고 하셨어. 심장 뛰는 소리가 너무 크게 들려서 잠을 잘 수 없을 지경이라고. 이러다가 심장이 입 밖으로 튀어나올 것만 같다고.

자연인은 술잔을 부여잡고 돌려 보았다. 눈길은 술잔에 가 있지만 시선은 당시의 상황에 닿아 있었다. 자연인은 수차례 보건지소에 이상 반응을 신고했지만 자격이 되지 않는다는 답변을 들었다. 도서관의 인터넷을 활용하여 복지부와 중앙재난수습본부에 수차례 건의했다. 이상 반응이든 뭐든 어머니 좀 살려 달라고. 어떤 조치라도 좀 해 달라고. 그냥 저렇게 방치했다가 돌아가시겠다고. 노모의 팔다리를 주물러 드리는 것밖에 딱히 할 수 있는 것이 없었던 아들은, 그날도 민원을 넣기 위해 도서관으로 향했다. 그사이 어머니의 심장박동은 잦아들었다. 그렇게 길길이 날뛰던 심장도 지쳤는지 동력을 잃었다. 그러고는 이내 멈췄다.

 - 난 어머니의 이상 증상을 증명해 내지 못했어. 나 때문에 돌아가신 거야.

자연인이 취한 것은 처음 보았다. 잔뜩 찡그린 얼굴을 양손으로 문대어 눈물과 콧물이 범벅이 되었다. 고통스러워 보였다. 양손으로 얼굴을 짓뭉개고 얼굴 자체를 없애 버리고 싶어 하는 것만 같았다. 마치 자해를 하는 것 같다.

나 역시 내일 출근을 핑계로 자리에서 일어났다. 자해하는 자연인의 어깨를 몇 번 토닥여 준 것이 다였다. 신발장에 다다랐지만 내 신발을 찾을 수 없었다. 열 개 남짓한 비슷한 크기와 모양의 검정 구두가 가지런히 주인을 기다리고 있었다. 제기랄, 차라리 나이키 에어맥스를 신고 왔어야 했거늘. 나도 모르게 자연인을 돌아보았다. 자해를 마친 자연인은 조용히 홀로 잔을 비우고 있었다.

살아내 주렴

*

그날 이후 단 하루도 맨정신이었던 적이 없던 것 같다. 밤마다 술을 마셨고, 다음 날 점심까지는 숙취에 찌들어 살았다. 숙취가 가실 만하면 다시 술을 마셨다. 배가 고파서 술을 마셨고 잠이 오지 않아 술을 마셨다. 햇볕 속으로 나간다는 것이, 벌거벗겨진 몸뚱이를 그대로 내놓는 것만 같아 부끄러웠다. 술이 필요했다. 누군가 나를 알아보고 손가락질할까 봐 술을 마셔야만 했다.

잠이 가장 문제였다. 술 없으면 잠을 잘 수 없다는 얘기를 낭만적으로 들었던 적이 있었다. 이별한 연인들, 재산을 탕진한 사업가, 낮 동안 활동이 뜸해진 노인들. 그러면 누군가는 혀를 차며 말했다. 배가 불러서 저런 소리를 한다고. 몸을 혹사하면 불면증은 있을 수 없다고. 궁둥이 붙일 새도 없이 날고뛰고 하다 보면 옷을 벗을 기력도 없이 그대로 침대 위에 뻗어 버리게 된다고. 하지만 아니었다. 무릎관절이 아플 정도로 종일 달리고 뛰면 몸은 지쳐 갔으나 정신은 또렷해진다. 특히 무수한 생명을 앗아 가는 데 일조해 놓고 그 어떠한 처벌도 받지 않은 범법자에게 몸의 혹사 따위는 아드레날린의 분비만 촉진시키는 일이었다. 무려 삼백 명 넘는 사람을 죽게 해놓고도 버젓이 거리를 돌아다닐 수 있는 나 같은 놈 말이다.

 2017년 3월. 선체가 인양되었다는 소식을 들었지만 갈 수 없었다. 아니 가지 않았다. 당시 수습되지 못했다는 시신 아홉 구가 인양된 배 안에 있을지도 모를 일이었다. 침몰의 원인을 조사하기 위한 정부 차원의 다각적인 조사가 선행될 것이다. 따라서 일반인의 출입은 제한될 것이 뻔했다. 그 핑계를 대었다. 가 봐야 어차피 출입도 못 할 것을, 멀리서 누워 있는 배를 보려고 목포까지 내려가야 하느냐고 자신에게 둘러대었다.

 그러면서도 어느새 눈과 귀는 저절로 그곳으로 가 있곤 했다. 아홉 구의 시신 중 네 구의 시신이 추가로 수습되었다고 했다. 3년이 지난 2017년에서야 물 위로 드러난 거대 선체는 녹슬고 부서지고 더러워져 있었다. 이미 오래전 숨이 끊어진 고래가 해변 위로 떠밀려 와 맥없이 누워 있는 것만 같았다. 화물을 과적했고, 고박이 불량했으며, 무리한 선체 증축이 원인으로 추정된다는 검경수사합동본부의 발표가 났다. 들으려 하지 않았는데 들려왔고, 보려고 하지 않았는데 보게 됐다. 직접 가서 보지 않기를 잘했다.

그날을 생각하지 않으려 했지만, 기억하지 않으면 안 될 것 같았다. 영원한 잊힘이 두려워 간신히 기억의 조각 한 개를 떠올려 본다. 마치 수챗구멍 속으로 길을 잘못 든 벌레가 물과 함께 휩쓸려 내려가듯, 그렇게 축축하고 어두운 기억 저편으로 빨려 들어가 버린다. 내 힘으로는 다시 빠져나올 수도 돌아올 수도 없을 것만 같은 기억 속으로.

지금은 이해하려고 하지 않는다. 이해할 수 없는 일을 이해하려는 노력이 얼마나 바보 같은 일인지 충분히 깨달았기 때문이었다. 그저 받아들이려고 한다. 그렇게 노력하고 있다. 노력하고 있다는 것은 아직은 그리되지 않았다는 뜻이다. 어쩌면 노력하는 것은 그리되기 위해 애쓸 뿐 영원히 그리될 수는 없다는 것을 의미하는 것인지도 모르겠다.

그나마 술이라도 먹어야 살 수 있었다. 남들은 내가 취하기 위해 마신다고 알고 있었다. 취기로 맨정신이 아닌 상태를 유지해야만, 그나마 잠시라도 그날의 고통에서 벗어날 수 있기 때문일 것이라고 예단했다. 일견 틀린 말은 아니었지만, 다 맞는다고 할 수도 없다.

  일반적으로 술은 수면을 방해한다. 술을 마시면 취기에 쓰러질 수는 있었지만, 깊은 잠으로 연결되지는 못했다. 한두 시간의 얕은 잠 이후엔 어김없이 불면의 밤이 찾아오는 것이다. 하지만 그 덕에 내가 살아 있다. 한 마리의 벌레가 되어 끝도 없이 이어지는 수챗구멍 속 미로를 헤맬 때 술이, 얕은 잠이 나를 끄집어내 주었다. 수백 명의 긴 머리카락만으로 이루어진 물컹하고 비릿한 늪 속으로 온몸이 한없이 빠져들어 가고 있을 때, 술이라는 녀석이 나의 머리끄덩이를 부여잡고 끌어올려 현실의 바닥 위에 패대기쳐 대는 것이다. 눅진한 땀으로 범벅이 된 채 가쁜 호흡을 몰아쉬며 생각해 본다. 나 같은 놈이, 아이들이 나오는 이 꿈을 악몽이라고 일컬어도 되나? 감히.

  진도, 목포, 안산 참 많이도 다녔다. 진도 팽목항에선 얼굴 한 번 본 적 없는 무수한 누군가를 기다리며 하루 종일 방파제에 앉아 있었다. 노랗게 노을 지는 바다보다도 노란 물결이 요동치는 방파제. 이곳으로 누군가 또박또박 걸어나올 것만 같아 기다리고 또 기다렸다. 목포 신항에선 괴담을 가득 실은 유령선 같은 모습으로 햇볕 속에 서 있는 선체를 우두커니 마주했다. 정작 돌아와야 할 사람들은 죄다 어디에 버려두고, 어찌 쓸모없는 빈껍데기만 덩그러니 빠져나와 여기 있는 것이냐! 난파선과 대화를 하는 사람이 무서웠는지, 대낮부터 풍기는 강렬한 막소주 냄새가 역했는지, 주변 사람들이 슬금슬금 피했다. 안산 단원고의 기억 교실. 그곳엔 차마 발을 들여놓을 수 없었다. 소주를 두 병이나 마셨음에도 불구하고.

가족들조차도 비난했다. 아니, 가족들이 제일 먼저 그리고 가장 예리한 칼로 후벼 대었다. 어깨에 올려 주던 친구들의 손은 자신들의 턱을 괴거나 팔짱을 끼는 용도로 바뀌었다. 그만 좀 해라. 남의 유가족들에게 보낼 돈 있으면, 살아 있는 네 가족들 소고기 사 주고 나이키 러닝화 사 줘라. 이제 노란색만 봐도 지긋지긋하다. 그렇게 말하는 이들을 비난할 수는 없었다. 난 지금의 기행이 일종의 애도 반응이라고 합리화하며 떠들고 다녀야만 했다. 나도 이해하지 못하는 내 행동의 이유를 남들에게 납득시킬 수는 없는 노릇이다.

✦

그날. 3등 항해사인 나조차도 이해할 수 없고 믿을 수도 없는 일이 벌어졌다. 당시엔 3등 항해사이기 때문에 모르는 것일 수도 있다고 생각했다. 사실, 말이 좋아 3등 항해

사이지, 실제로는 항해사 자격증도 없는 신 졸때기이자 잡부에 불과했다. 제대 후 별다른 기술 없이 비교적 목돈을 벌 수 있는 일이라는 얘기에 선뜻 배에 올랐지만, 실상은 아르바이트로 몇 개월씩 배를 탔던 경험이 전부였다.

  - 항해사라고 불리어야 승객들로부터 개무시 안 당한다.

  제주도에서 트럭을 운전하기 때문에, 이 배를 백 번도 넘게 탔다는 한 아저씨는 잔뜩 눈주름이 잡힌 미간을 찡끗해 보이며 속삭였다. 유니폼을 자주 세탁하고, 특히 셔츠의 깃과 바지는 칼같이 주름을 잡아야 된다는 것도 알려 주었다.

  - 느꼈어?

 근무를 마치고 교대를 위해 선실로 내려가려는 참이었다. 제주도 아저씨가 팔짱을 낀 채 잔뜩 눈매에 힘을 주며 먼바다를 응시하고 있었다. 가뜩이나 마른 체형이 더욱 마르다 못해 뾰족해 보였다. 아저씨가 무엇을 말하는지는 알고 있었다. 근무를 서던 그날 새벽부터 선체의 급속한 변침이 심했다. 마치 경주용 자동차가 타이어를 도로에 대고 문지르듯 드리프트를 하는 것 같았다. 배가 파도와 바람과 해무와 자연스럽게 한 몸이 되려 하지 않고, 억지로 맞서고 저항하려 했다. 쿵, 쿵, 쿵. 물속 깊은 곳에서 아련한 소리가 간헐적으로 들려왔다. 소리가 나는 순간, 저 깊은 수면 아래에서 무언가가 순간적으로 잡아당기는 느낌이 들었다.

그때마다 배가 딸꾹질을 하듯 순간적으로 튀었다. 선반의 그릇들이 떨어졌다. 매점에 쌓아 놓은 음료수 캔은 쏟아진 후, 한쪽 벽면으로 굴러갔다. 새벽 감성을 남기겠다며 갑판으로 올라온 아이 네 명은 넘어지고 뒹구는 바람에 타박상을 입기도 했다. 승선한 지 얼마 되지 않은 비루한 경험의 항해사도, 제집 앞마당을 거니는 것만큼이나 뱃길이 익숙하다는 아저씨도, 난생처음 겪는 움직임이었다.

- 이거 트럭에 실린 화물이 죄다 넘어갔겠는데!

그로부터 약 두 시간 뒤, 선체가 옆으로 누웠다. 그때부터 믿을 수 없는 일이 계속 일어난다. 물이 차오르는 배 안에 그대로 가만히 있으라며 승객들을 붙잡아 둔다. 모든 승객이 구조될 때까지 자리를 지키다가 가장 나중에 자리를 떠야 할 선장은 제일 먼저 해경의 배에 옮겨 탄다. 구소를 하러 왔다는 경찰 헬기와 해경은 그 자리만 맴돌 뿐 아무 조치도 하지 않는다. 그나마 인근의 어선들이 앞뒤 가리지 않고 달려왔다. 누워 버린 선체의 옆구리까지 어선을 댄 후 간신히 매달려 있는 승객들을 받아 안아 나를 뿐이었다.

먹은 설 세워 내듯 가득 실린 화물을 옆으로 쏟아 낸 선체는, 시키는 대로 다 했으니 이제 그만 쉬겠다는 듯 육중한 몸을 뒤틀더니 배를 드러내 보였다. 그러고는 서서히 가라앉았다. 아직도 그 안에 사람이 있는데. 가만히 있으라는 어른들 아니, 기성세대들의 말만 듣고 꼼짝없이 선실에서 기다리고 있는 아이들이 저기 있는데.

 어두워진 하늘을 수놓는 조명탄이 마치 축제의 대미를 장식하는 폭죽과도 같다.

 10년이라는 시간이 지났다. 안산의 한 유원지에서 추념식이 열린다는 소식을 들었다. 어젯밤 그 소식을 듣고 나도 모르게 짐을 챙기고 입고 갈 옷을 챙겼다. 가급적 검성 계열의 바지와 겉옷을 골라 옷장에서 빼낸 후 문고리에 걸어 놓았다. 짐이라고 해 봐야 별 건 없었다. 수년 전부터 정신과에서 처방받아 복약 중인 항불안제와 생수 한 통, 그리고 손수건 정도였다.

 으이그, 이 미친놈아! 하지만 거기까지였다. 추념식 뉴스를 보고 반사적이고 자동적으로 방으로 들어가 짐을 챙기는 나를 보는 어머니의 애끓는 소리는. 한창때는 내 가방을 빼앗고 바닥에 집어 던지며 활화산 같은 분노를 표현했었다. 아니 분노의 탈을 쓴 애원을 했다. 그나마 조사만 받고 풀려난 게 어디냐고. 그때 일은 아예 일어나지 않은 것이니 기억 속에서 지워 버리고 다른 일자리를 찾아 보라고. 경찰도 네가 잘못한 게 없으니까 순순히 풀어 준 것인데, 뭔 날벼락을 맞으려고 여기저기 방정을 떠느냐고. 네가 그 배에

선원으로 탑승했었다는 사실이 알려지면 그 노란 조끼 입은 사람들이 가만둘 줄 아느냐고.

- 그저 죽은 듯이 엎드려서 가만가만히 네 삶을 살아!

처음엔 이곳이 행사 장소가 맞나 싶었다. 무대가 있었지만, 별다른 기구가 설치돼 있지 않았고 스태프로 보이는 이들도 없었다. 간이 의자를 수백 개 깔아 놓긴 했지만 거기에 앉아 있는 이는 열 명도 되지 않았다. 소풍을 나온 듯한 가족들과 연인들은 보였으나, 노란 옷을 입지도 리본을 매고 있지도 않았다. 행사가 십 분도 남지 않았는데. 그나마 행사장 입구에서 손수 만든 노란 리본을 나눠 주는 아이들을 만나지 못했다면 나는 4월 16일로 표기된 휴대폰이 고장 난 것으로 여기고 자리를 떴을지도 모른다.

그럼 그렇지. 이미 오래되어 버린 일이다. 심장의 상처를 숟가락으로 파헤치는 것만 같았던 고통스러운 시간이었다. 고통은 본능적으로 망각을 지향한다. 당시엔 많은 사람이 분노와 슬픔으로 끓어올랐지만, 이제는 이 싸늘한 봄바람만큼이나 미적지근하게 식어 버렸다. 아직도 이런 행사를 쫓아다니는 일, 가방 끝에 노란 리본을 다는 일, 때마다 노란색 바탕에 검은색 글씨로 쓰인 '진실은 침몰하지 않는다'는 글귀를 SNS 메인 화면에 띄우는 일……. 모두 구태의연한 짓이 되어 버렸다. 이제 그만 좀 해라! 나의 주정과도 같은 하소연을 묵묵히 들어 주던 친구도 탁 소리가 나게 잔을 놓고는 자리를 떴다. 다음부터는 내 연락을 받지 않았다. 시간이 약이라고 하지만, 시간은 아련한 아픔이기도 하다.

멀리서 무대와 객석이 가장 잘 보이는 스탠드 꼭대기에 올라가 자리를 잡았다. 가해자의 일원인 주제에 무대와 가까운 객석에 앉는다는 것이 있을 수 없는 일처럼 여겨졌다. 한 여성이 기타를 들고 무대에 오르더니 스탠드 마이크 앞에 섰다. 잠시 숨을 고른 그녀는 튜닝도 없이 곧바로 기타 줄을 튕기기 시작했다.

잔잔한 바람이 불어왔다. 그녀의 제법 빠른 손놀림이, 흘러가는 미풍을 잡아채어 달래고 어른다. 긴 머리카락이 나부낀다. 청아하고 가녀린, 하지만 어쩐지 단단한 음색이 고요함 속에 맑게 퍼진다. 서편으로 넘어가기 시작하는 햇살과 함께.

……

다시 봄이 오기 전 약속 하나만 해 주겠니.
친구야, 무너지지 말고 살아내 주렴.[1]

---

1) 온유 「아직, 있다」, 루시드폴 원곡

연주가 시작되었기 때문일까. 아니면 내가 무대만 바라보느라 객석을 바라보지 못한 것일까. 소풍을 나온 것 같았던 가족들, 데이트를 나온 연인들, 학업 스트레스를 달래기 위해 나온 학생들이 어느새 자리를 채우고 있었다. 비록 노란 점퍼와 노란 풍선, 노란 리본은 몇 개 보이지 않았지만, 그들은 그곳에 있었다. 그리고 조용히 따라 부르거나 손뼉을 치고 있었다.

목구멍으로 무언가 한가득 치받쳐 오르는 것이 있었다. 빌어먹을. 재빠르게 눈매를 훔쳐 내고는 자리에서 일어났다. 또다시 소주가 필요한 시간이다.

⁕

안산 포차라는 간판이 달린 실내 포장마차 구석에 자리를 잡았다. 식당보다는 술집이니만큼 요기를 할 만한 것은 라면과 달걀말이뿐이었다. 난 동태찌개를 시켰다. 찌개가 나오기 전에 소주 한 잔을 그득 따랐다. 사람들 많이 왔나요? 세빕 딩치가 좋은 반백의 사장님이 천천히 이쪽으로 다가오더니 창문 너머 무대 쪽을 아련히 바라본다. 입에는 담배를 문 채였다. 상호를 보니 사장님도 어지간히 강단이 있는 분이라는 걸 유추할 수 있었다. 그 일이 일어난 후, 특정 지명, 단어, 이미지는 모두 색안경 속의 대상이 되었다. 안산과 단원고, 팽목항은 빨갱이들의 성지였고, 노란색 나비와 리본, 풍선은 좌파들을 상징하는 표식이 되었다. 어른들은 아니, 기성세대들은 학생들의 가방 끝에 대롱대롱 매달린 노란 리본을 보면 혀를 끌끌 차거나, 만원 승객의 북적거림을 틈타 몰래 뜯어 버리곤 했다.

- 행사가 예전 같지 않지만 그래도 계속해야죠.

사장님은 손수 달걀프라이를 부쳐서 둥근 철판 식탁에 올려놓았다. 여전히 담배는 입에 문 채.

해가 완전히 떨어지자, 유원지에서 사람들이 나오는 것이 보였다. 개중 누군가는 아직도 종이컵 안에서 생존 중인 촛불을 손에 쥔 채였다. 이윽고 여덟아홉 정도의 중년 무리가 가게로 들어왔다. 한동안 테이블을 붙여 자리를 만들고 안주를 주문하느라 소란스러웠다. 사장도 그네들과 안면이 있는지 특유의 무뚝뚝한 얼굴로 일일이 악수를 했다. 앉은 이들 중 절반은 제법 덩치가 크고 얼굴과 손이 까뭇했다. 나머지 절반은 반백 머리의, 초로에 든 남성과 여성들이었다. 초로의 남녀 중에는 TV를 통해 얼굴이 알려진 이도 몇 보였다.

처음엔 서로 인사를 하며 안부를 묻고 하더니, 술잔이 몇 순배 돌자, 분위기가 차분해진다.

- …진도 팽목항까지 한 백오십 킬로미터로 내쳐 밟았을 겁니다. 과속 카메라고 뭐고 눈에 뵈는 게 없더라고요. 중간에 경찰한테 걸렸는데 우리 애가 아직 배 안에 있다고 소리를 질렀습니다. 그랬더니 운전 조심하라고 경례를 붙여 주더군요. 나중에 일 다 치르고 한 달 뒤에 카메라에 찍힌 과태료 고지서가 날아옵디다. 15개가. 그게 왜 그리도 서럽던지. 허허.

그가 웃었지만 따라서 웃는 이는 아무도 없었다.

- …저는 차 없이 내려갔거든요. 팽목항에서 애를 찾았으니 이제 안산으로 옮겨서 장례를 치러야 하는데 먼저 출발한 구급차를 당최 따갈 수가 있어야지요. 그때 기다렸다는 듯이 택시가 나타나는 거예요. 다람쥐 택시라고. 우리 보고 무조건 타라는 거예요. 그러더니 그 빠른 구급차를 한 번도 안 놓치고 요리조리 다 따라가더라고요. 팽목항에서 안산까지 사백삼 킬로미터, 그때 금액으로 십삼만 원 정도가 나오더라고요. 근데 이 양반이 끝까지 돈을 안 받겠다는 거예요. 자기도 딱 고만한 딸내미가 있다면서. 이번 기회에 좋은 일 좀 하게 해 달라고.

누군가 건배를 제의했다. 마치 택시 기사의 도움에 감사를 표하듯.

- …백지장처럼 하얀 얼굴에 보라색 입술이 된 애를 찾았

습니다. 얼굴과 팔다리가 퉁퉁 부어서 처음엔 알아보지도 못했어요. 그런데 애가 손톱이 모두 없더라고요. 우리 애만 그런 줄 알았더니 물 밖으로 나온 애들 모두가 손톱이 없는 거예요. 마침 왕년에 해난 구조사로 일했던 자원봉사자 한 분이 그러시더라고요. 아마도 차오르는 물속에서 숨을 쉬지 못해 고통스러우니까 벽을 긁어 댔을 것이라고. 폐부에 완전히 물이 차서 호흡이 끊어질 때까지 고통에 몸부림치며 벽면을 긁어 댔을 것이라고. 그 말을 듣는데 참….

가게 안이 조용해졌다. 이들의 고통은 누가 들어 주고 울어 주나.

- …한밤에 보이지도 않는 바닷속을 줄 하나에 의지해서 더듬더듬 내려갔습니다. 그러다가 애들을 발견했습니다. 저는 소스라치게 놀라서 그만 소리를 지르고 말았지요. 한 명이 아니라 무리를 지어 있는 게 너무나 섬뜩했기 때문이에요. 그런데 가만히 보니 아이들은 일렬로 나란히 서로 팔짱을 낀 모습이었습니다. 차분하게 자리에 앉아서 저를 기다리고 있었다는 듯. 마치 그 자세로 잠들어 있는 것 같은 모습이었어요. 놀라움과 무서움은 이내 사라졌습니다. 오히려 미안했지요. 애들을 하나씩 끌어올려야 하니까 팔짱을 풀려고 하는데 당최 풀리지 않는 겁니다. 정말 무쇠로 만든 고리보다도 단단해서 풀리질 않는 거예요. 그러다

가 저도 모르게 울면서 빌었습니다. 얘들아, 이제 됐다. 이제 엄마한테 가자. 집으로 돌아가자. 아이들을 달랬어요. 그렇게 빌었더니 거짓말처럼 팔짱이 풀렸습니다. 그 무쇠보다도 단단했던 팔짱이 느슨해지더니 풀리기 시작하는 거예요.

가게 안이 고요했다. 이를 악문 사람들의 어금니 사이로 새어 나오는 숨죽인 울음만이 가게 안을 가득 메웠다. 이미 다른 테이블의 손님 또한 두 손으로 얼굴을 가리고 있었다.

야, 이 사람들아. 왜 아직까지도 숨어서 숨죽여 울고 있는가. 왜 크게 소리 내어 어린아이처럼 펑펑 울지 못하는가. 생때같은 자식들을 잃었는데, 어떤 연유로 이런 사건이 발생했는지 아무도 설명해 주지 않는데, 왜 남들의 눈을 의식하며 울음을 안으로, 안으로 삼켜야만 하는가. 어찌하여 자식 잃은 부모가 죄인이 되는 세상을 그대로 수용하려 하는가.

솔직히 그날 내가 무슨 짓을 했는지 아무것도 기억나질 않는다. 그 자리에서 많이 울었고 그들을 위로하고 싶다는 생각이 들었다는 것까지만 기억난다. 그들을 위로해야겠다는 생각에 자리에서 일어났다. 그리고 발을 떼는 순간, 천장과 벽과 테이블과 가게 바닥이 크고 빠르게 회전하기 시작했다. 와장창 무언가 깨지고 뒤집히는 소리가 났고 나는 정신을 잃었다.

 당시의 상황은, 안산 포차 사장님께 전해 들을 수 있었다. 내가 정신병원에서 퇴원한 후, 유가족 및 잠수사들과 시비가 붙고 가게를 개판으로 만든 것을 사과드리기 위해 가게에 들렀을 때였다. 입원 직전, 그 자리에서 난 여섯 내지는 일곱 병의 소주를 마셨던 것 같다. 손도 대지 않은 동태찌개는 차갑게 식어 있었다.

 폭음 이후, 그러니까 꿈과 생시를 구분하지 못했던 그 생생한 상황을 사장님께 말씀드릴까 하다가 그만두었다. 어차피 모두 지난 일이고 돌이킬 수 없는 일이다. 그것도 나만의 망상으로 점철된 시간이었을 뿐이다. 그게 실제처럼 리얼했건, 그 외침을 통해 수년간의 체증이 해소되는 통쾌함을 느꼈건, 이제 와 그게 다 무슨 소용이 있을까.

 - 분명히 자네가 그들을 응원하려고 했던 것 같긴 하더라고. 그렇다고 그렇게 막무가내로 화내듯이 말하면 쓰나. 그쪽은 모두 아픈 사람들인데.

 사장님은 창문 너머 유원지 쪽을 바라보았다. 구수한 담배 연기가 창문 사이 미세한 틈을 파고들더니 밖으로 나래를 폈다.

★

 눈을 떴다고 생각했는데 사위가 어두웠다. 시력을 잃은 것인가? 순간 두려움이 끼쳐 왔으나 이윽고 어둠이 눈에 익자 주변이 보이기 시작했다. 영걸 형과 함께 사용하던 승조원 선실이다. 접이식 침대 위에 난 쓰러져 있었다. 두 손은 열중쉬어 자세가 된 상태로 묶여 있었고, 새우처럼 동그랗게 몸을 만 채였다.

 그래, 구타를 당했었지. 좀 전의 상황이 기억났다. 승선 전날 대취했다는 것만 기억났다. 옆 테이블의 유가족, 잠수사들과 시비가 붙었고, 그 와중에 난 정신을 잃고 말았다. 그런데 정신을 차려 보니 항구에 있었다. 비릿하고 싸늘한 내음이 코를 찔렀다. 이게 도대체 무슨 일인가. 만취 후 시비를 붙은 것이 꿈인가, 내가 출항 직전 항구에 있는 지금이 꿈인가. 내가 꿈을 꾼 것인가, 꿈이 나를 꾸어 준 것인가. 어찌 된 영문인지 모르겠으나 난 그때로 돌아가 있다. 휴대폰의 달력과 시간이, 수학여행을 떠나는 와자지껄한 교복의 아이들이, 배 안의 화물칸으로 트럭을 몰고 들어오는 제주도 아저씨가 그것을 증명해 주고 있었다. 영문도 모르고 연인에게 귀싸대기를 얻어맞은 것처럼 잠시 얼얼했다. 그러나 딱 거기까지였다. 그게 무슨 상관인가. 이대로 멍하니 있을 수는 없었다. 이것은 천우신조의 기회이다. 인간의 악마적 행태를 바로잡으라고 신이 내려 준 마지막 명령이다.

나름 베테랑 항해사인 영걸 형을 찾아가 상황을 설명했다. 형, 미친 소리처럼 들리겠지만, 내 말 좀 믿어 줘…. 난 두서없이, 하지만 간곡하게 설명했다. 영걸 형은 내게 시선도 주지 않은 채 인계받은 전날 근무 상황표와 일지를 꼼꼼하게 체크했다. 더는 못 들어 주겠나는 듯 한숨을 내쉬더니 갑자기 나를 노려보았다.

- 너 한 번만 더 그딴 식으로 술 처먹으면 내 손에 죽을 줄 알아!

어쩔 수 없다. 간부들을 만나서 직접 설득할 수밖에. 특히 삼십 년 넘게 배를 탄 갑판장이라면 내 얘기를 들어 줄 수도 있을 것 같았다. 그는 우리 같은 바다의 풋내기들을 상대로 해상에서 일어났던 믿을 수 없는 이야기들, 하지만 너무나 리얼한 얘기들을 종종 들려주곤 했다. 우리는 얼이 빠진 채 갑판장의 이야기에 빠져들곤 했는데, 다음 달이 되면 반은 두려움에 뭍으로 돌아가고, 모험심과 허영심에 가득 찬 나 같은 녀석들만 남아 이야기를 더 해 달라고 조르곤 했다. 마침 갑판장은 기관장과 이야기를 나누고 있었다. 평소 같으면 엄청난 연륜과 직급 차이에 내가 눈길조차 줄 수 없는 상대들이지만 지금은 비상 상황이다. 그딴 것을 가릴 상황이 아니다. 실례 좀 하겠습니다. 맞담배를 피우던 둘은, 약초를 캐다가 멧돼지라도 만난 표정으로 날 쳐다보았다. 이야기를 한참 들은 기관장은 웃었고, 갑판장은 선생님이 유치원생 다루듯 내 뒤통수를 쓸어 내려 주었다.

 소귀에 경 읽기라는 것이 이럴 때 쓰는 말이로구나. 다만 소귀에 대고 경전을 읽는 이를 정상적인 상태로 볼 수 있는가라는 점을 고려한다면, 선원들의 반응도 이해를 해 줄 수밖에 없는 것이었다.

 최후의 방법이다. 난 직접 승객들을 쫓아다니며 승선을 만류했다. 내가 미래에서 왔다거나, 내일 오전이면 배가 침몰할 것이라는 예언 같은 호소는 미치광이 취급을 받을 수밖에 없을 것이다. 현실적인 핑계를 대야만 한다. 만나는 이마다 붙잡고, 배에 심각한 결함이 발견되어 급작스레 운항이 취소되었다는 설득을 하고 다녔다. 선생들은 미심쩍은 얼굴로 나를 위아래로 훑었고, 학생들은 손짓과 웃음으로 나를 변태나 또라이 취급했다.

 - 이 보소. 내가 이 배만 백 번 넘게 탔는데, 한 번도 그런 적이 없었는데?

 제주도 아저씨는 처음 보는 어린놈의 항해사 신 졸때기가 근거도 없이 입을 놀린다며 나를 몰아세웠다.

마침 영걸 형을 비롯한 선원들 서너 명이 나를 에워쌌다. 형사들에게 양팔을 붙잡힌 채 기자들의 카메라 앞에선 공공의 적과 같은 몰골로 선장실로 끌려갔다. 하긴 그들 입장에선 승객들을 내쫓고 운항을 방해하려는 내가 공공의 적이었을 것이다.

- 이 새끼가 세상 무서운 줄 모르고 함부로 날뛰어?

한동안 담뱃대만 빨아들이던 선장이 나를 꼬나보았다. 낮고 짙은 그의 목소리에는 미세한 떨림이 배어 있었다. 자신의 말마따나 정말로 무서운 일을 벌이려는 사람의 두려움과 불안감 같은 것이었다.

- 너 이게 지금 얼마나 큰 프로젝트인지 모르지?

선장은 검지로 위쪽을 가리켰다. 그가 가리킨 곳이 하늘인지, 하나님인지, 청와대인지, 내 알 바 아니었다. 무슨 개 같은 프로젝트? 나 역시 지지 않고 대들었다. 똑같은 상황을 다시 겪고 있는 사람이다. 지난 10년간 지옥 같은 삶을 살아온 사람이다. 304명의 죽음에 일조한 사람이다. 두려움 따위는 번거로운 액세서리일 뿐이다. 같은 실수를 반복하는 일은 없다. 하지만 매 앞에는 장사가 없다. 누군가의 구둣발이 명치를 가격했고 순간 호흡을 할 수 없었다.

아마도 영걸 형이었을 것이다. 손목을 옥죄던 밧줄을 느슨하게 해놓은 것은. 팔을 뒤틀어 밧줄을 풀고 입마개를 떼어 냈다. 팔이 어깨 위로 올라가질 않았다. 온몸 여기저기가 욱신거렸다. 어디를 얼마나 맞은 것인지, 구토가 나고 천장이 뱅뱅 도는 것만 같았다. 선실은 삼각형을 엎어 놓은 역삼각형의 모양을 하고 있었다. 이미 배가 기운 것이다. 4월 16일. 또다시 같은 사고가 일어난 것이다. 난 철제 골짜기로 변한 방에서 간신히 중심을 잡고 밖으로 나왔다. 다행히 아직 선실까지는 물이 차지 않았다. 빨리 객실로 내려가야만 한다. 누워 버린 선체의 꼭대기로 사람들을 대피시켜야 한다.

정신을 놓은 상태에서도 급속한 변침과 배가 튀는 것을 고스란히 느낄 수 있었다. 규정보다 훨씬 많은 화물을 싣고 전속력으로 항해하다가 갑작스럽게 방향을 틀어 버리는 일. 바닥까지 내린 닻을 질질 끌고 다니며 무언가에 걸리기를 바라는 일. 둘 다 자살행위이고, 고의적으로 배를 침몰시키기 위한 계략이다. 도대체 왜 이런 미친 짓을! 선장이 프로젝트 운운하며 손가락으로 위쪽을 가리키던 모습이 떠올랐다.

- 가만히 계십시오. 섣불리 움직이면 위험합니다. 선실에 그대로 계시면 전원 무사히 구조될 것입니다.

낡은 스피커를 통해 방송이 선체에 울려 퍼졌다. 낮고 짙지만 미세한 떨림이 배어 있는 목소리였다. 가만히 계십시오. 그 목소리는 지속적으로 몇 차례 더 울려 퍼졌다. 이미 객실과 복도까지 들어찬 물이 출렁거렸다. 전기가 나갔다. 그나마 희미하게 복도를 비추던 빛은 사라지고, 어둠 속에서 철썩이는 소리만이 존재했다. 그의 음습한 목소리는 급격하게 선체를 잠식해 들어오는 바닷물과 닮아 있었다. 아직도 한겨울처럼 차갑고 한 치 앞도 분간하기 어려운 뿌옇고 짙은 녹색의 육중한 비닷물. 꿈에서 만난 장면이었다. 나는 한 마리의 벌레가 되어 끝도 없이 이어지는 수챗구멍 속 미로를 헤매었다. 수백 명의 긴 머리카락만으로 이루어진 물컹하고 비릿한 늪 속으로 온몸이 한없이 빠져들어 가고 있다.

갑판으로 나왔을 때, 저기 한 무리의 사람들이 배에 오르는 것이 보였다. 선장이다. 기관장이다. 갑판장이다. 선장은 팬티만 걸친 채 그 희고 가녀린 다리를 서둘러 해경의 배에 올려놓고 있는 중이었다. 이 야비한 새끼. 두 번째 겪는 똑같은 상황이지만 분노는 전혀 반감되지 않았다. 순간 머리를 스치는 생각이 있었다. 난 내 몸 같지 않은 몸을 이끌고 선장실로 향했다. 해경이라고 쓰인 헬기는 재난 투어 관광 상품이라도 개발했는지 줄곧 배 주위를 파리 떼처럼 날며 구경만 했다. 선장과 그 일당들을 태운 해경의 배는, 자칫 침몰하는 선체와 함께 빨려 들어갈 것이 걱정되었는지 배를 멀찌감치 뒤로 물리었다. 저 멀리서 작은 배들이 쏜살같이 다가왔다. 인근 주민들의 어선이었다.

- 그냥 손을 놔요. 우리가 다 받아줄게.

쓰러진 선체의 옆구리까지 배를 댄 주민들은 필사적으로 승객들을 끌어올리고 실어 날랐다.

간신히 도착한 선장실은 텅 비어 있었다. 난 붙박이로 된 선장의 의자를 지지대 삼아 앞으로 나아갔다. 방송 장비를 켜고 마이크를 부여잡았다.

- 모두 선실에서 나오세요! 밖으로 나오세요! 배의 가장 높은 곳으로 올라오세요!

전원이 들어와 있는 것은 다행이었다. 한바탕 외침이 휩쓸고 간 뒤 선체는, 바다는, 이곳은 고요했다. 방송을 못 들은 것인지, 나올 수 없는 상황인 것인지, 아니면 이미······.

- 제발 밖으로 나오세요! 가만히 있지 말고 나오세요! 가만히 있으면, 다 죽어요!

······.

계속 외쳤다. 그래야만 했다. 지금 내가 할 수 있는 것은 이것밖에 없다. 내 외침이 멈추면 이후에 찾아오는 그 고요를 나는 감당할 수 없다. 아무도 응답해 주지 않는, 응답할 수 없게 되어 버린 그 침묵을 나는 견딜 수 없다. 목이 쉬었다. 목소리조차 나오지 않았다. 그래도 외쳤다. 눈물이 났다. 펑, 무언가 터져나가는 소리가 들렸다. 머리에 통증이 느껴졌다. 귀밑과 목덜미 뒤로 무언가 뜨거운 것이 흘러내렸다. 난 또다시 정신을 잃었다.

*

 - 정신이 드시오?

누구인가? 백발의 노인 하나가 바로 코앞에서 날 내려다보고 있다. 눈을 비비고 눈알을 굴리자, 노인과 같은 옷을 입은 여러 명이 날 에워싼 채 내려다보고 있었다. 순간 여기가 하늘이고 그들이 천사인 줄 알았다. 그것을 깨 준 것은 남성들만 있는 집단에선 어김없이 존재한다는 군부대의 내무반 냄새! 나는 방금 일이 떠올라 소스라치게 놀라며 상체를 세웠다. 깜짝 놀란 사람들은 워 하며 한 발짝씩 뒤로 물러났다. 순간 머리에 강한 통증이 느껴졌다. 머리가 깨어질 것 같은 통증에 나도 모르게 두 손으로 머리를 감싸 쥐었다. 뒤통수에는 아기 주먹만 한 혹이 돌출돼 있었다.

 - 침대에서 떨어졌소. 떨어지기 직전 발버둥을 치다가 모서리에 심하게 부딪쳤고.

노인이 철제로 된 침대의 둥근 모서리를 가리켰다. 주위를 둘러보니, 토끼 눈을 한 채 지나치게 호기심이 많아 보이는 노인을 제외하곤 모두 반쯤 넋이 나가 있는 표정이었다. 그들도 나도 같은 옷을 입고 있는 것을 알게 되었다. 병원의 로고가 그려진 흰색 환의. 그제야 어렴풋이 기억난다. 안산 포차에서 손님들과 시비가 붙었고, 만취한 나는 완전히 정신을 잃었다. 그리고 응급 입원을 하게 된 곳이 여기 정신병원. 그러면 좀 전에 배에서 있었던 일은? 만취 후 섬망 같은 것인가? 그렇게 진짜 같고 현실 같은 일이 꿈이나 망상일 수 있을까?

 - 그나저나 꽤 간절한 꿈을 꾼 모양이오. 나오라고, 가만히 있지 말라고 계속 잠꼬대를 하던데. 너무 간절해 보여서 차마 깨울 수가 없었네 그려.

 아직도 비몽사몽인 내게 노인은 슬며시 플라스틱 식판을 건네주었다. 로비의 TV에선 앵커가 다소 매너리즘에 빠진 듯한 목소리로, 공습을 당한 가자지구의 사망자 수를 발표하고 있었다. 개중 아이가 스무 명이 넘는다는 내용에선 곧 하품이라도 할 것만 같았다.

 그럼 이번에도 사람들을 구하지 못한 것인가. 아무도 내 외침을 듣고 탈출한 이가 없는 것인가. 아니, 이게 정말 꿈이나 섬망이 맞는 것인가. 식판에 쌓인 따뜻한 쌀밥과 모락모락 김이 피어오르는 감잣국을 우두커니 바라보았다.

노인은 차마 숟가락을 들지 못하는 나를 조용히 곁눈질하였다.

 오후엔 1층 강당에서 환자들을 위한 작은 음악회가 있다고 했다. 우리 병동에선 스무 명 정도 참석이 가능하다고 했다. 데스크에선 원하는 환자의 자원을 받겠다고 했으나, 실제론 증상이 완화되어 문제의 소지가 없거나, 치료진에게 협조가 잘되는 환자들로 구성이 되었다. 보호사가 폐쇄병동의 육중한 철문을 열었고, 우리는 한 줄로 계단을 내려가 1층의 강당에 집결했다.
 불이 꺼지고 무대의 조명만 남았다. 웅성거림이 잦아들었다. 높고 작은 의자에 기대듯 앉은 젊은 여성이 기타 줄을 튕기기 시작한다.

 …….

 꽃들이 피던 날, 난 지고 있었지만,
 꽃은 지고 사라져도, 나는 아직 있어.

 손 흔드는 내가 보이니. 웃고 있는 내가 보이니.
 나는 영원의 날개를 달고 노란 나비가 되었어.

다시 봄이 오기 전 약속 하나만 해 주겠니.

친구야, 무너지지 말고 살아내 주렴.

잔잔한 바람이 불어왔다. 분명히 실내인데, 80명이 넘는 환자와 치료진으로 가득 찬, 오래된 강당일 뿐인데 바람이 불어왔다. 햇살도 내리쬔다. 그 햇살 속으로 청아하고 가녀린, 하지만 어쩐지 단단한 음색이 고요함 속에 맑게 퍼진다. 살아내 주렴, 살아내 주렴, 살아내 주렴…….

내가 목이 터져라 반복적으로 외쳤던 것처럼, 그녀의 속삭임이 반복적으로 내 귓가에 맴돌고 또 맴돈다.

굴레

*

 에스컬레이터를 타고 지상으로 올라온 후 광장을 가로질러 걸었다. 무빙바이크가 보였지만 타지 않았다. 그저 조금 걷고 싶었다. 눈이 오려나. 광장에서 본 하늘은 이미 무거운 구름에게 점령당한 상태였다. 마음을 편하게 하자고 되뇌었지만, 발걸음이 저절로 빨라지는 것은 어쩔 수 없었다. 300g밖에 되지 않는 초경량 스크린 북과 500ml짜리 생수 한 통, 박카스 병보다 조금 큰 에어크리너가 전부인 백팩이었음에도, 그것조차도 거추장스럽게 느껴졌다.

 그래 봤자 우리 돈으로 천 엔, 원화로는 1만 원이 조금 안 되는 싸구려 유료 강좌일 뿐이다. 들어도 그만 못 들어도 그만이라는 생각으로 마음을 차분하게 하려 했다. 그러나 교양과목 교수가 내준 조별 과제를 수행하기 위해선 전문가의 지식이 필요하다는 절박함이 상기된다. 결국엔 걸음의 속도를 높여 뛰다시피 했다. 무빙바이크를 탈 걸 그랬다.

- 이게 다 아버지 때문이야!

나도 모르게 볼멘소리가 입속에서 맴돌았다. 다른 가정에선, 자식들이 기상 후나 외출 전에 신주에 인사를 하지 않는다고 야단이다. 우리 집은 자식이 향까지 피우며 정성스럽게 인사를 해도 그딴 게 뭐가 중요하냐며 성을 낸다. 조금 전 향에 불을 붙이는 나를 보고, 중요한 역사 강의라며 그러다가 늦으면 어쩌냐고 야단을 해 대는 아버지였다. 이번만큼은 참아 주기 어려웠다. 조금 목소리를 내어 아버지의 부도덕함에 항의했다. 옥신각신하던 끝에 아버지는 향을 빼앗고 나를 현관 밖으로 밀어냈다.

AR 글라스의 맵이 일러 주는 대로 광장의 반대편 지하도 입구에 다다랐다. 이제는 목적지를 찾을 수 있을 것 같다. 연동된 왓치(손목시계)를 조작하여 맵 기능을 중단시켰다. 지하도 안으로 진입하기 전에 잠시 뒤를 돌아보았다. 드넓은 광장에 드문드문 보이는 인적, 그들이 또각또각 내는 구둣발 소리, 그 간헐적인 소리로 인해 더욱 부각되는 침묵. 그것뿐이었다. 무슨 이곳에 왕복 4차선의 차도가 있었고, 이 머시기라는 이름의 옛날 조선 장군상이 있었다고. 어린 시절을 추억하듯 아련한 눈빛으로 얘기하던 아버지를 떠올리며 고개를 절레절레 흔들었다. 아버지는 가끔 광화문 한복판에 세워져 있었다는 그 장군 동상을 얘기할 때마다 좌우를 살피면서 내 귀 바로 옆에서 속삭이듯 얘기하곤 했다. 난 간지럽다며 아버지를 밀쳐내곤 했지만, 그때마다 아버지는 곧장 침울한 표정이 되곤 했다. 하여튼 아버지 나이대 사람들은 죄다 고루하다. 비루했던 시절을 추억이라 일컬으며, 과거에 사로잡혀 미래로 나아가길 거부하는 꼰대들! 난 서둘러 지하도로 내려가는 에스컬레이터에 발을 올렸다.

솔직히 이곳이 강좌가 진행될 장소라는 사실이 다소 놀라웠다. 주말이어야 했고 짧은 시간 안에 진행될 역사 강의를 찾아야만 했다. 여기저기 검색하다가 발견한 광고. 어쩐지 반일저항선동주의자들, 속칭 반꼴의 냄새가 났다. 하지만 만일 반꼴이 맞다면 당언히 비밀리에 모임이 진행될 것이다. 달랑 알전구 하나 달린 지하 벙커 같은 음습한 곳에서, 소수의 사람이 고양이처럼 웅크린 채 눈을 빛내며 강의를 듣는 상상을 했던 것이다.

그런 기대를 해서였을까. 그 정반대의 분위기에 적잖이 실망하고 말았다. 지하라고는 하지만 지상으로부터 내려온 거대한 통유리가 자연광을 충분히 끌어오고 있었다. 많이

들어 보았는데도, 늘 제목과 연주자는 외우지 못하는 잔잔한 뉴에이지 선율이 내부에 감돌고 있었다. 나무 테이블과 나무 의자에서 올라오는 자연스러운 내음이, 은은한 커피 향과 부드럽게 공존했다. 무수한 책과 화분과 널찍한 테이블이 있는 로비 외에도, 안쪽 복도를 따라 여러 개의 방이 있었다. 아마도 일정 금액을 받고 회의나 세미나 등을 할 수 있도록 장소를 빌려주는 곳인 것 같았다.

- 강의 들으러 오신 거죠?

멍하니 있는 내게, 한 여성이 웃는 낯으로 다가왔다. 사전 등록할 때 임의로 정한 별명이 기입된 명찰을 찾아 주었다. 안쪽 8번 방으로 들어가면 된다고 알려 주는 그녀는 웃을 때 눈이 없어졌다. 밤이 깊어질수록 점점 사라지는 초승달 같다는 생각이 들었다.

벽 전체가 투명하고 두꺼운 통유리로 된 문을 밀고 들어가자 십여 명의 사람들이 이미 자리를 잡고 있었다. 방은 반달 모양의 구조였고, 전면엔 사람 키보다 큰 스크린이 설치돼 있었다. 연극 무대의 작은 객석처럼 나무로 만들어진 스탠드에는, 사람들이 신발 대신 슬리퍼를 신은 채 제법 큰 방석을 하나씩 차지하고 앉아 있었다. 그들은 차를 마시거나 사전에 배포된 강의 자료를 훑어보며 강사를 기다리고 있었다.

좀 전에 나를 안내하던 여성이 강사로 보이는 남성과 함께 방으로 들어왔다. 여성은 예의 그 웃는 낯과 밝은 목소리로 인사를 하고 강사를 소개했다. 강사는 살짝 묵례만 한 후, AR 글라스와 연동된 왓치를 조작하며 강의 자료를 미리 확인했다. 내 것과 같은 모델과 버전의 글라스를 보자 반가웠다. 인사를 하는 여성의 명찰엔 초승달이라고 쓰여 있었다.

'글로 배운 역사, 경험이 알려 준 역사.' 총 4회기로 구성된 강좌의 제목이었다. 역사 어쩌고 하는 것들은 죄다 반꼴이던데. 또다시 의구심이 무럭무럭 올라왔다. 그러나 강사가 도쿄대 서울캠퍼스에 적을 두고 있다는 소개를 듣자 다시 의구심이 누그러졌다. 설마 일본 최고의 국립대에서 반꼴을 교수로 모실 리는 만무하기 때문이었다.

강사는 왓치와 AR 글라스를 조작하며 사람들 하나하나와 눈을 맞췄다. 스크린에는 강사의 눈에 들어오는 사람들의 얼굴이 떴다. 오늘 포함해서 총 네 번을 만날 것이고, 인연이 이어지면 수십 번을 만나게 될지도 모르는데 서로 인사는 해야 하지 않겠느냐고 했다. 으, 내가 제일 싫어하는 자기소개 시간.

- 정꽃은 어떤 뜻이죠?

스크린에 나의 얼굴이 대문짝만하게 떴을 때야 비로소

강사가 날 쳐다보고 있다는 것을 알았다. 잠시 머뭇거리는 사이, 사람들이 정꽃이 아니라 정꼴이라며 정정해 주었다. 강사는 무슨 뜻인지 알겠다는 듯 아, 하며 다소 겸연쩍어했다. 다른 사람들이 소개할 때와는 달리 더 이상 내게 질문하지 않았다. 화기애애하던 분위기가 갑자기 식어 버린 것을 느낄 수 있었다. 몇몇 사람들이 고개를 돌려 맨 뒤에 자리한 나를 힐끗 쳐다보았다. 안내하던 여성처럼 초승달 눈매는 아니었다.

*

 잠을 설친 선조는 기침을 한 후에도 잠시 자리에 멍하니 앉아 있었다. 내관이 지시를 하듯 오늘 해야 할 일을 알려주었으나 귀에 닿질 않았다. 미세하게 고뿔이 들었는지 약간의 오한도 느껴졌다. 무얼까. 이 꿈은. 밤새 누군가에게 쫓기는 꿈을 꾼 선조였다. 감히 옥체에 손을 대려는 것이냐고 겁에 질려 악을 썼지만 목구멍으로부터 소리가 나오질 않았다. 수괴의 큰 칼에 맞서 무엇이리도 잡고 휘두르려 했으나 팔이 움직여지질 않았다. 손이 없어졌는지 잡을 수도 없고 잡을 것도 없었다. 의관을 갖추는 동안에도 지난밤 꿈에 대한 생각은 머릿속을 떠나지 않았다. 입이 있으되 말을 할 수 없고 두 팔이 있으되 활용할 수가 없다. 이것이 무엇을 의미하는 것인가. 이미 조정의 신료들은 대전의 양쪽에 도열해 있었다. 각자 앞에 놓은 작은 소반에는 수정과와 과일, 절편이 올라가 있었다. 꿈은 과거를 반추하기도 하지만 앞날을 예지하기도 한다던데. 어린 시절, 불안에 떨리는 목소리로 이런 얘기를 하면 아바마마는 나약해 빠졌다고 혀를 차곤 했다.

이제는 대놓고 당쟁을 벌일 셈이로구나. 선조는 배가 맞는 족속들끼리 편을 나눠 앉아 있는 그들을 물끄러미 내려다보았다. 선조는 자신도 모르게 킥하고 옅은 웃음을 지었다. 동인을 자처하는 자들이 서쪽에 있고 서인이라는 자들은 동쪽에 앉아 있다니.

- 전하, 지금 그리 한가롭게 계실 때가 아니옵니다.

째진 눈으로 용상을 곁눈질한 늙은 이무기, 영의정이 때를 놓치지 않고 일갈한다. 선조는 곧바로 미소를 거두었다. 잠시 여유를 찾고자 즐거운 상상을 했을 뿐이거늘, 영의정이야말로 이 나라의 지존이자 군주를 우습게 아는 것인가! 벌처럼 쏘아붙이고 싶었으나 차마 입에서 말이 떨어지지 않았다. 영의정은 동인을 이끄는 우두머리였다. 입이 있어도 말을 하지 못한다. 두 시진 전의 뒤숭숭한 꿈자리가 떠오르는 선조였다.

- 지금 한가하게 다과를 나눌 때가 아닌 줄 아뢰오.

상을 물리라는 명은 선조가 내렸으나, 명을 내리게 만든 것은 영의정이었다. 이윽고 왜에 파견됐다 돌아온 통신사 일행을 들였다. 서인의 정사 황윤길, 동인의 부사 김성일, 동인의 서장관 허성이었다. 입궐을 위해 정돈된 의관을 갖추긴 했으나, 장도를 다녀온 이들답게 얼굴에선 객고가 묻어 나왔다.

- 그대들은 어찌하여 예정된 일정을 달포나 넘기었단 말인가. 그 이유를 소상히 아뢰어야 할 것일세.

네가 다 해 먹어라. 북 치고 장구 치고 꽹과리까지 치는 영의정이 밉상이었지만, 선조 역시 그 연유가 궁금하긴 매한가지었다. 잠시 엎드린 채 서로 곁눈질하던 일행 중 황윤길이 먼저 나섰다. 그의 말에 의하면, 하카와시의 세이주시 주지인 겐소 일행과 함께 출발하여 대마도에서 한 달간 머무르다가 7월 22일에 경도에 도착하였다. 그러나 도요토미 히데요시가 동북 지방을 경략 중이라는 답을 듣고는 마냥 기다려야만 했다. 11월에나 가서야 귀환한 도요토미를 접견하였고 국서를 전할 수 있었다. 통신사 일행이 답서를 받아 조선으로 돌아가려 했으나, 국서를 받은 도요토미는 답서를 주지 않고 시간을 끌었다. 포기한 통신사 일행이 사카이 포구에 와서 돌아갈 채비를 끝내고 났을 때야 왜에선 비로소 답신을 전달해 주었다.

- 통신사 일행의 접견을 사전에 약조해 놓았으면서도 자리를 비운 것이나, 국서를 전한 지 보름이나 지나서야 답신을 주는 것은, 의도적이며 참으로 무례한 처사라 아니할 수 없을 것이옵니다.

통신사의 귀환이 늦은 이유를 들은 장내는 성토와 불안의 웅성거림으로 가득 찼다. 감히 왜 따위가 조선의 왕을 대신하여 방문한 통신사 일행을 무시했다는 분노와 조선과 그의 왕 따위는 무시해도 될 만큼 왜의 병력이 막강해진 것이 아니겠느냐는 불안이었다.

- 그대들이 볼 때는 어떠한가? 왜가 정말로 병화를 일으킬 준비를 하고 있던가?

- 그렇사옵니다. 저희가 사카이 포구에 도착했을 때만 해도 가히 그 숫자를 헤아릴 수 없을 정도로 많은 병선이 이미 건조되어 있었사옵니다. 특히 서양으로부터 들여온 화약으로 조총이라는 것을 만들어 왜군들을 조련하고 있었사옵니다. 화약에 불을 붙여 사용하는 것으로 우레 같은 소리와 함께 쇠구슬이 발사되는데 그것이 상대의 몸에 닿게 되면 그대로 관통하게 되어 치명상을 입힐 수 있는 무서운 무기였습니다. 우리가 가진 활과는 그 치명도에 있어 비교가 되질 않았사옵니다. 왜의 여러 행태로 미루어 그들

은 단시일 내에 필시 병화를 일으킬 것이며, 이에 대한 조속한 대비가 필요함을 아뢰나이다.

초조해진 선조의 물음에 서인 황윤길이 침착하게, 하지만 다소 격앙된 어조로 운을 뗐다. 바닥을 응시하던 동인 김성일의 심장이 마구잡이로 나댈 즈음, 한 가닥 인기척을 느꼈다. 자신을 바라보고 있는 영의정의 시선이었다. 영의정은 눈빛으로 김성일이 해야 할 말을 그대로 일러 주고 있었다.

- 그렇지 않사옵니다. 전하. 제가 목도한 바, 병선은 손가락으로 헤아릴 수 있을 정도의 숫자에 불과하였으며, 무기를 싣거나 전술훈련을 하는 모습은 보이질 않았사옵니다. 정사 황윤길의 말대로 조총이라는 것을 왜군들이 가지고 있기는 하였으나, 그 무게가 자그마치 수십 근에 달하여 휴대가 불가해 보였사옵니다. 더구나 급박한 전란 중에 부싯돌을 켜고 화약에 불을 옮겨 붙여서 발사를 기다려야만 하는 무기가 우리의 활보다 우수하다고 하는 황윤길의 발언을 이해할 수가 없사옵니다. 혹시 황 정사, 저자는 이런 엄중한 시국조차도 도리어 서인들의 지위를 도모하고자 하는 장으로 이용하려는 계책을 부리는 것은 아닌지, 심히 의구심을 갖지 않을 수가 없나이다.

- 무엇이오? 김 부사, 그게 무슨 말이요! 어찌 같은 것을

보고 이리도 다른 말을 할 수가 있단 말이요?

- 무엄하오. 감히 어느 안전이라고 이리도 큰 소리를 내는 것이요!

마치 왕처럼 사자후를 내지르는 영의정으로 인해 잠시 달아올랐던 실내는 이내 차분해졌다. 조용히 생각에 잠겨 있던 선조는 서서히 눈을 떴다. 엎드려 있는 세 명 모두를 향해 하문했다.

- 그래, 왜의 전국을 통일했다는 자, 그는 대체 어떤 자인가?

- 도요토미 히데요시, 풍신수길(豊臣秀吉)이라 불리는 자이온데, 안광이 빛나고 담력이 있어 보였사옵니다. 무례하고 무엄하며 거칠 것이 없어 당장에라도 큰일을 일으킬 수 있을 만한 인물로 보였사옵니다.

- 그렇지 않사옵니다. 그는 작고 왜소하며 긴 팔에 긴 목을 가진 원숭이와도 같았사옵니다. 안광이 빛나기는커녕 쥐의 눈을 가진 자로서, 눈치가 빠르고 셈에 밝은 일개 장사치로 보였사옵니다. 병화를 일으킬 만한 담력 따위는 없는 자이옵니다. 셈에 밝은 자이니, 병화를 일으키면 도리어 저들이 어떤 화를 입게 될 것이라는 것쯤은 충분히 알고도 남음이 있을 것이옵니다.

서인 정사 황윤길과 동인 부사 김성일의 의견이 완벽하

게 대치된다. 끙 하고 선조는 자신도 모르게 앓는 소리를 내었다. 그렇지. 통신사 중 한 명이 더 있었지.

- 서장관 허성, 그대가 말해 보거라.

허성도 김성일과 같은 동인이었다. 잠시 주저하던 그는 생각을 가다듬은 후 자신의 의견을 왕에게 전했다. 의견을 고하는 내내 영의정으로부터의 따가운 시선을 느꼈으나 차마 고개를 들지 않은 채 자신의 의견을 꿋꿋이 아뢰었다.

허성의 이야기를 들은 선조는 다소 반신반의했으나, 이미 김성일의 의견을 들었을 때부터 잔뜩 힘이 들어갔던 어깨는 풀린 뒤였다. 무엇보다도 현재 조정에서 각종 기득권을 유지하고 있는 동인 세력의 말을 듣지 않을 방도는 왕에게도 없었다.

마지막으로 영의정의 고견을 들은 선조는, 각 도에 명하여 시급히 성을 쌓고 활을 만드는 작업을 모두 중단케 했다. 병화에 대비한 방비를 서둘러 백성들의 고혈을 짜기보다는, 각자의 생업으로 돌아가 나라의 번영을 도모할 수 있도록 하는 게 우선이라고 말했다.

- 내 통신사들의 노고를 치하하고자 한다. 물리었던 다과상 대신 술상을 들이도록 하라.

뒤풀이를 하자며 모두 삼겹살집으로 이동했다. 난 빨리 돌아가 강의 준비를 해야 한다는 조급함이 있었다. 하지만 임진왜란이라 불리었던 전란의 야사에 대해 남은 궁금함이 있었다. 반일저항선동주의자들의 열등감이 폭발하는 장면을 은근히 보고 싶기도 했고.

삼겹살은 한인들이 즐겨 먹는다는 음식이있지만, 작은 불판이 개별적으로 주어지는 것은 엄연한 우리 일본식이었다.

- 삼겹살에는 소주가 제격이지요.

못 볼꼴까지 보면서도 죽지 못한 오랜 시간을 걸어온 노인이어서 로인(路人)이라는 별명을 정했다는 할아버지가 술을 주문했다. 저는 사케를 마시겠습니다. 나는 그들의 대답을 기다리지 않고 스크린에서 사케를 눌렀다. 한인들의 소주는 너무 독하다. 그들의 민족성만큼이나.

- 그나저나, 정꼴? 정꼴? 그게 대체 무슨 뜻입니까?

집게를 손에 쥔 로인이 천천히, 하지만 능숙하게 삼겹살을 뒤집으며 물었다.

- 반꼴의 반대말이에요. 반일저항선동주의자들을 줄여서 반꼴이라고 하잖아요. 반일 꼴통. 그래서 저는 정꼴 즉,

정주행하는 친일 꼴통이라는 뜻으로 별명을 정한 겁니다.

약간의 취기가 오르자 서먹함이 사라졌다고 생각한 모양이었다. 나도 모르게 말이 많아지고 있었다. 반꼴의 또 다른 어원에 대해서도 알려 주었다. 2000년대 초중반, 당시 외국 네티즌들에게 한국에 대해 제대로 알려 주겠다며 활동하던 민간인 사이버 외교사절단 반크(VANK)가 있었다. 그들을 비꼬아, 요즘 청년들은 반꼴이라는 신조어를 많이 사용한다는 말도 덧붙여 주었다.

로인은 제법 두툼하게 자른 고기를 각자의 앞 접시에 올려 주며 고개를 주억거렸다. 다들 삽겹살이 먹는 음식이라는 것을 잊은 듯, 멍하니 개인 화로를 바라보고 있었다. 내가 입을 열기만 하면 분위기가 가라앉는 것만 같다는 생각은 취기 때문이겠지. 시작부터 물과 손 세정제를 나르느라 바쁘더니, 이제는 각종 야채와 버섯 등을 나르느라 궁둥이 붙일 새가 없던 초승달이 이제야 입을 뗐다.

- 아무리 서인과 동인이 정쟁하고 있다고 해도, 정권의 우위를 점하기 위해 거짓말을 하면서까지 국가를 위험에 빠지게 놔두었다는 것은 선뜻 이해가 가지 않습니다.

동시에 마늘 한 움큼을 내 불판에 그대로 쏟아부었다. 앗, 나는 마늘 매워서 못 먹는데.

- 늘 그런 것은 아닙니다. 강의 마지막에 등장했던 서장

관 허성도 동인이었습니다. 하지만 자당에 유리한 의견을 내자고 나라를 위험에 빠뜨릴 수는 없었지요. 대전을 빠져나간 이후엔 자신이 조금 더 강하게 주장하지 못한 것을 후회하며 자책하였답니다. 동시에 처음부터 거짓으로 방향을 잡아 버린 부사 김성일에 대해서 과격할 정도로 책망하였습니다. 강의 때는 얘기하지 않았지만, 부사 김성일을 수행했던 황진이라는 자 역시 분노를 참지 못하고 부사의 무망을 책망하였다고 기술되어 있습니다.

강사는 수강생들이 한 잔씩 권한 소주를 모두 받아 마시느라 목덜미까지 불콰해졌지만, 답변할 때만큼은 명확하고 명료했다.

- 그러면 뭐 합니까. 결국엔 자기들끼리 사분오열하여 강대국으로부터 지배를 당하게 된 것이 팩트 아닙니까. 하여튼 우리 할아버지 말씀처럼 조선 놈들이란 삼 일에 한 번씩…….

그때였다. 입속으로 묵직한 덩어리 하나가 쑥 밀려 들어왔다. 초승달이 고기와 각종 야채로 쌈을 싸서 쑤셔 넣어 준 것이다. 아니, 얘기가 채 끝나지도 않았는데 어떻게 이렇게 무례한 짓을. 나는 양쪽 입매가 찢어지는 것만 같은 통증과 황당함에, 쌈을 씹지도 못한 채 초승달을 노려보았다. 초승달은 예의 그 초승달이 된 눈매로 날 바라보고 있었다.

- 원래 난세에 영웅이 나온다고 하지 않습니까. 그나마 왜의 의도를 진작 눈치채고 차근차근 전비를 해 온 자가 있었기에 그나마 왜란이 빠르게 종결될 수 있었지요.

모두가 고개를 들어 강사를 쳐다보았다. 강사는 그런 시선을 즐기기라도 하듯 미묘한 웃음만을 띠었다. 그리고 잔에 가득 담긴 소주를 꼭 소리를 내며 원샷 했다.

- 전라좌수사 이순신!

*

아직 더위가 채 가시지 않은 8월 말의 밤이었다. 하지만 순종은 한기를 느꼈다. 3대 통감으로 임명된 데라우지(사내정의, 寺內正毅)가 부하들을 데리고 야심한 밤에 들이닥쳤기 때문만은 아니었다. 우리나라의 총리대신과 신하들이 맞은편에 도열해 있었지만, 결코 도움을 줄 수 없다는 사실을 본능적으로 체감했기 때문인지도 몰랐다.

순종은 두려웠다. 이윽고 외로워졌다. 당장의 목숨보다도 후세가 겪게 될 이 나라의 안위가 오늘 밤, 종이 한 장으로 결정된다는 것. 이 엄청난 역사를 홀로 판단하고 그 결과를 온전히 감내해야 한다는 것이 그 이유였다. 저 새까만 밤하늘 속에 던져진 작은 별 하나와 무엇이 다르겠는가. 아니다. 밤하늘의 별은 혼자가 아니다. 무수한 별들이 곁에 있다. 나름대로 힘을 가지고 빛을 반사하고 있다. 하지만 순종은 철저하게 혼자였다. 빛을 비출 힘은커녕 무능한 국왕으로서 백성들에게 절망만 주고 있다. 잠을 이루지 못한 지 오래였다.

순종은 자연스럽게 아버지가 겪었던 치욕을 떠올렸다. 1905년 11월, 지금처럼 늦은 밤이었다. 일제는 순종의 아버지인 고종을 협박하고 매국노들을 매수하여 을사조약을 체결하였다. 그로써 대한제국은 국권을 강탈당하고 형식적인 국명만을 가진 나라로 전락하였다. 외교권은 완전히 박탈되었고, 상주하던 영국, 청나라, 미국, 독일 등의 외국공관들도 철수하고 말았다.

고종은 이 조약의 무효를 선언하고 우리의 주권 수호를 호소할 목적으로 1907년 헤이그 평화회의에 비밀리에 특사를 파견하였다. 하지만 반일 감정이 강했던 고종을 일제는 늘 감시해 왔다. 당시 통감 이토 히로부미는 이를 빌미로 고종을 강제로 퇴위시키고 지금의 순종을 즉위케 하였다. 보복은 거기서 끝나지 않았다. 7월에는 정미칠조약을 체결하여 대한제국의 내정권을 장악하였고, 광무보안법을 잇달아 공포하여 언론을 탄압하였다.

순종은 고종에게 태황제(太皇帝)의 칭호를 내렸으나, 그깟 호칭 따위는 개도 물어 가지 않을 것이었다. 일제의 계략에 눈 뜨고 당할 수밖에 없었던 고종은 끊임없이 자책했다. 덕수궁에 기거하며 식음을 전폐하였다. 일절 외출을 삼갔다. 덕수궁 바깥으로 나가지 않았다. 왕으로서, 한때 백성들의 삶을 책임져야 하는 국부로서, 그가 겪은 좌절과 굴종, 허망함을 어떻게 해 볼 도리가 없었다. 조상과 백성과 역사에 대한 사죄를 그는 자신을 가두는 방법으로 풀어냈다. 인간이 가질 수 있는 가장 큰 고통인 외로움, 철저하게 혼자가 되는 것으로 그는 자신의 죄를, 역사에 대한 빚을 조금이나마 씻고자 했다. 고종은 1919년 1월 21일에 승하하였다.

역사는 되풀이된다고 했던가. 순종은 자신이 곧 고종임을 알고 있었다. 수년 후 시간이 흘러 다시 그 자리, 그 상황에 처했음을 모르지 않았다. 데라우치는 잘 포장된 문서 한 장을 공손히 들이밀었다. 문서는 이미 통감과 총리대신 간 조인이 된 상태였다. 그들은 순종으로 하여금 이미 조인된 양국의 조칙을 발표만 하면 된다고 하였다. 대한제국 황제 폐하는 대한제국 전체에 관한 일체 통치권을 완전히 또 영구히 일본국 황제 폐하에게 양여함······. 8개 조로 된 조약 중 제1조의 내용은 그러했다. 순종은 총리대신을 한 번 쳐다보았다. 총리대신은 차마 순종의 얼굴을 응시할 수 없다는 듯 고개를 조금 반대편으로 돌렸다. 아마도 눈물을 보이지 않으려는 것이겠지.

 - 한국인의 신체 및 재산에 대한 보호를 한다는 약조를 믿을 수 있는 근거는 무엇이오?

 - 대일본국 황제 폐하와의 조약입니다. 믿으셔야지요.

 - 적당한 자금이 있는 자를 제국관리에 등용한다니. 빈하다 하여 기회조차 얻지 못한다는 것은 너무 억울한 일이요.

 - 돈이 있어 배움이 있고, 배움이 있어 정세에 밝으며, 정세에 밝음으로 제국을 위해 일할 자격을 얻게 되는 것입니다.

 - 일본국에 공로가 있는 우리 백성들에게 은금과 영예 작위를 준다는 것은, 물질로 그 정신을 사겠다는 말과 다름이 아니오?

 - 이미 조선인들 상당수가 작위를 받지 못해 안달이 난 실정입니다.

한일합병서에 대한 질문에 따박따박 말대답을 하는 통감에게 순종은 아무 대꾸도 할 수 없었다.

 - 일방적으로 조약이 체결된 것을 백성들이 알게 되면 울분을 토할 것이요.

 - 그리하여 보름 전 이미 조약을 체결하였고 아직 발표

만 하지 않았던 것입니다.

- 원로대신들과 상의가 필요하오. 그들의 의견을 듣고……

- 이미 대신들은 모두 가택에 연금 조치를 해 놓았습니다. 또한 각종 정치단체의 집회를 철저히 금지하였습니다. 이를 어길 경우 즉결 처형도 가능하게끔 명령을 내려 놓았습니다. 또한 일본국에 대한 반감이 강한 자들의 거처를 확보하고 수색을 진행하여 이미 상당수의 신원을 확보한 상태입니다. 한일합병조약을 발표하는 데 있어, 걸림돌은 아무것도 없습니다. 황제 폐하.

순종은 다시 한번 고개를 들어 총리대신을 쳐다보았다. 쉽게 합병서의 발표를 수긍하지 않자, 이번엔 총리대신이 더 이상 참을 수 없다는 듯 나선 것이다. 이렇게나 발 빠른 조치를 해 놓다니. 촛불이 비친 탓일까. 총리대신은 좀 전과 달리 눈 속에 이글거리는 불덩이 하나가 매달려 있는 것만 같았다. 이길 수 없다. 거스를 수도 없다. 그저 시키는 대로 하는 수밖에 없다. 무능하고 무력한 왕조와 조정이, 처참한 운명의 굴레가 반복되게 만들었다.

순종은 한일합병조약 아래에 조인한 기명을 물끄러미 바라보았다.

메이지 43년 8월 22일 통감 자작 데라우치 마사타케

융희 4년 8월 22일 내각 총리대신 이완용

*

- 어찌 됐건 일본이 도로와 철도를 놓아 주고 근대 문물을 들여오면서 당시의 대한제국이 현대화되었다는 것은 부정할 수 없는 사실입니다. 서당 근처에는 가 볼 수도 없었던 백성들에게 최신식 학교에서 고등교육을 받게 해 주었습니다. 그런 교육을 받고 자란 후세들이 대한민국의 보수라는 이름으로 정치의 한 축으로 자리 잡았고요. 그들이 좌파 정치인들과 영향력을 주고받으며 대한민국의 정치를 잘 이끌어 왔다는 점, 그래서 결국엔 오늘날 대일본과 동등한 협약을 맺고 동등한 위치에서 세계로 뻗어 가고 있다는 점은 부인하지 못하는 역사적 사실 아닙니까?

이번엔 할 말을 좀 해야겠다고 별렀다. 지난번 고깃집에서처럼 호락호락하게 당하진 않을 참이었다. 또다시 침묵이 흘렀다. 로인만이 조금은 허허로운 웃음을 흘리고 있을 뿐이었다.

- 정꼴 님께선 일본이 대한민국에게 남긴 것이 그것 이외엔 더 없다고 생각하십니까?

차라리 허물고 말지, 이렇게 낡은 집을 어디서부터 어떻게 손을 대야 하나? 집주인으로부터 리모델링 부탁을 받은 아버지가 내뱉은 혼잣말과 비슷한 밀도의 한숨을 내쉬는 강사였다.

도로와 철도를 놓아서 각종 양곡과 자원을 수탈했고, 일본과 서양의 문물이 믹스된 근본이 없는 문화와 유흥을 널리 퍼뜨려 국민의 정신을 흐렸다. 현대화된 일제식 교육을 통해 일본에 충실히 복속하는 아류 일국인들을 길러 냈으며, 결국엔 8.15 광복 이후에도 그 잔재들이 보수라는 이름으로 한국에 남아 친일 행태를 지속하다가 결국엔 이 지경까지 오게 된 것이다…….

역시 반꼴들의 세 치 혀는 따라잡을 수가 없다. 나의 항의 섞인 질문이자 의견을 어린애의 투정처럼 귀엽게만 바라보는 로인의 웃음도 거슬린다. 자네 젊은 세대들에게 우리가 죽음으로도 갚지 못할 죄를 지었네. 다 그때 우리 기성세대들의 잘못이네. 이런 자조적인 말을 번번이 해 대는 것도 이젠 역겹다.

나는 왓치의 완료 버튼을 꾹 눌렀다. 글라스에선 녹화 기능이 완성되었다는 멘트가 떴다. 넌 이제 걸려들었다. 이 반꼴 놈아! 대일본국의 패망으로 온 국민이 슬픔에 빠진 날을, 빛을 다시 찾았다는 광복이라는 금기어를 사용하며 치하하다니. 영광스러워해도 모자랄 지금의 상황을 이 지경이라는 불손한 말로 폄하까지 했다. 무엇보다도, 동영상에 찍힌 강사의 격앙되고 불같이 타오르는 저 모습 자체가 엄청난 위압감을 준다. 반일 꼴통이 확실한 저런 자를 그냥 놓아두었다간 언젠가 우리 일본국에 큰 피해가 될 것이다.

나는 가방을 집어 들고 자리에서 일어났다. 로인과 몇몇 사람들이 말렸고, 초승달이 따라 나왔다.

이후 3, 4회기 강좌에는 참석하시 않았다. 대신 집에서 초승달이 보내 준 동영상을 보았다. 강의를 녹화하고 전송하는 것은 모임의 규정에 위배 되는 일이었으나, 특별히 강사가 허락을 해 주었다고 했다.

동영상으로 본 3회기 강의의 내용은 예상대로였다. 2020년대 어느 시점. 보수라는 이들이 정권을 잡으면서 국세는 급격히 기울고 정부의 친일 행각은 더해진다. 유엔총회에서 대한민국의 대통령이 일본의 총리를 만나기 위해 굳이 예정에도 없는 뉴욕의 숙소까지 찾아간 굴욕적인 만남. 일본이 주최한 해군 관함식 행사에서 대한민국의 군인들이 일왕과 전체주의의 상징인 욱일기에 경례하는 장면. 삼일절 경축사를 하는 대통령이 일제강점기를 변화에 무지했던 우리 탓이라고 규정한 뒤, 이제는 일본이 '그로발 파트너' 어쩌고 하는 장면. 육군사관학교의 홍범도 장군 흉상을 파내어 옮기는 모습 등이 재생되었다.

　- 사실 그 이전부터 유력 인사들의 친일 행각은 계속 있었습니다. 서울 도심 한복판의 호텔에서 일왕의 생일 파티가 아무런 저항 없이 개최된 일이나, 거기에 참석한 보수 국회의원들과 각료들이 무수히 많았다는 사실이 그렇고요. 북한의 위협이 있을 경우, 일본 자위대가 우리 땅에 들어와야 한다는 주장 또한 그런 조짐 중의 하나였다고 볼 수 있지요.

　화면의 바깥에 서 있을 법한 강사가 목소리로 부연 설명을 했다. 이윽고 영상에는 일본이 공식적으로 전쟁할 수 있는 나라임을 선포하는 평화헌법 개정이 의회에서 통과되는 장면이 나온다.

　- 한국은 아이티 외자 유치와 반도체 생산품 등을 미끼로 일본에 경제적인 부분부터 잠식당했고 결국엔 국가가 매수되기 시작합니다. 수상한 정세를 감지한 북한이 보다 강도 높은 미사일과 핵 위협으로 남한이 일제에게 간접적으로 점령당하는 것을 방지하려고 하였지요. 남한이 일본에 종속되면 북한의 체제 유지도 위태롭게 되기 때문입니다. 하지만 일본은 오히려 그걸 빌미로 삼았습니다. 남한을 방어한다는 명목하에 일본 자위대를 독도에 상주시키고, 국회의사당의 방어권까지도 획득하게 된 것입니다. 그다음은, 여러분들이 모두 아시는 것처럼, 이 지경이 된 것이지요.

★

 몇 날 며칠을 고민했다. 이 동영상을 어떻게 사용할 것인가. 그들이 반일저항선동주의자라는 점은 확실하다. 적어도 관련이 있는 단체이거나, 그들의 추종자라는 점은 명명백백하다. 일본 경시청에 이 동영상을 제보한다면 난 애국을 실천한 작은 영웅이 될 것이다. 보상이 있을 수도 있다. 또래들에 비해 아직은 일본어가 서툰 편이나, 한인들과 우리 일본인들의 통역을 해 주는 공공기관의 직책을 얻게 될지도 모른다.

 다만 무언가 조금 걸린다. 이유는 잘 모르겠으나 개운치가 않다. 희망적인 일을 생각하는데 마음은 가라앉는다. 나를 손자처럼 대해 준 로인과, 한결같은 미소를 보여 준 초승달이 생각난다. 하지만 그게 마음이 가볍지만은 않은 이유의 전부는 아니다. 강사도 생각난다. 철저하게 반꼴들의 왜곡된 역사로 무장한 이론에, 나의 주장이 역부족이었다. 분하다. 하지만 역사적 주장에서 밀린 것에 대한 아쉬움이나 분노 때문만도 아니다. 나와 같은 왓치와 글라스를 사용하고 있었다. 내가 당신의 강의와 질의응답을 모두 녹화시킨 것을 모르지 않을 것이다. 그런 내게 어찌하여 녹화된 강의 동영상을 보내 준 것일까. 모르겠다. 무엇인지 모르겠다. 이 무거움의 실체를.

 세상에! 거실에서 아버지로부터의 탄식이 들렸다. 뉴스를 보고 자동적으로 외치는 뻔한 탄식일 것이다. 보나 마나 전력 이상으로 제주도에서 일본까지 해저터널로 직행하는 자기부상열차가 멈춰 섰다거나, 일본 화이트칼라에 대한 열등감을 가진 한인 청년들이 고용을 보장해 달라는 기습 시위를 벌였다는 뉴스일 것이다.

 나는 방에서 거실의 TV와 연동된 스크린을 작동시켰다. 반일저항선동주의자 일망타진이라는 자막과 함께, 강사가 일본 경시청 경찰들에게 연행되는 모습이 나온다. 함께 있던 76세 남성은 분신을 시도했고 의식과 호흡이 없이 현장에서 바로 사망한 상태라고 했다. 하얀 천으로 미라처럼 돌돌 말린 시신 한 구가 서둘러 앰뷸런스에 실렸다. 시너를 온몸에 붓고 라이터를 켰는데, 한인 사망자만 한 명 있을 뿐, 다행히 신사에는 불이 옮겨붙지 않았다고 했다. 반일저항선동주의자들이 검거에 저항하다가 극단적인 선택을 한 것이라는 추측성 기사였다. 나는 '다행히'라는 문구가 자꾸 눈에 들어왔다. 사망 1명, 부상 4명. 추가로 노인은 오래전부터 정신질환이 있었다고 했다. 인터뷰를 한 정신과 주치의는 노인이 과거 세대이다 보니 현재 상황에 대한 피해사고를 가지고 있었다고 했다. 지금까지 한국이 주체적인 독립 국가라는 기이한 과대망상에 시달려 왔다고 했다.

왜 망설였지. 분한 마음이 들었다. 이 동영상을 조금만 일찍 제보했더라면. 나도 모르게 밖으로 나왔다. 백팩에는 증거가 될 왓치와 글라스를 쑤셔 넣은 채였다. 나도 모르게 경시청으로 가기 위해 무빙바이크 패드에 왓치를 가져다 댔다. 누구일까. 일당을 고발한 게. 어쩌면 그들 중에 프락치가 있었는지도 몰랐다. 그나저나 초승달은 어떻게 됐을까.

그때였다. 국기 하강식을 알리는 일본 국가가 울려 퍼진다. 나는 서둘러 도로 옆에 바이크를 멈추었다. 글라스로 이미지가 전송되는 국기를 향해 가슴에 손을 얹었다. 태양을 닮은 욱일기가 눈앞에서 펄럭이고 있었다. 하지만 불경스럽게도, 머릿속엔 사라진 초승달의 얼굴로 온통 가득 차 있었다.

자기사용설명서

첫 번째.

난 불행하다. 불행했었고 불행할 것이다. 태어나자마자 주변의 상황과 분위기를 탐지할 수 있는 기능이 발달해 있었다면 불행한 갓난아이였음을 대번에 알아차렸을 것이다.

부모는 이기적이었고 미성숙했다. 남의 얘기를 들어 주기보다는 자신의 하소연을 하는 데 급급한 사람들이었다. 우는 아기를 짜증스러워했고, 분유나 기저귀보다는 본인들의 원피스나 시계를 구입하는 데 우선순위를 두었다. 계집애로 태어났어야 했는데. 어머니는, 뛰어놀다가 더러워진 나의 옷을 세게 벗기며 중얼거리곤 했다.

난 소심하고 위축된 아이가 되었디. 학교에선 종일 말 한 마디 하지 않고 자리만 지키다가 귀가하는 일이 잦았다. 당연히 친구는 없었다. 담임도 60명이 넘는 콩나물 교실에서 자기표현이 없는 아이까지 신경 쓸 겨를은 없었을 것이다.

한 번은 귀가 후 외로운 학교생활을 토로한 적도 있었다.

- 너 입히고 먹이고 공부시키느라 엄마가 얼마나 등골이 휘어지는 줄 아니?

밥상을 앞에 두고 같은 얘기를 한 시간 내내 들었던 것으로 기억한다. 불평불만 따위는 입 밖으로 표현하면 안 된다는 것을 깨닫게 되었다.

조회 시간이었다. 담임이 반장을 불러 무슨 상장을 하나 주었다. 반 아이들이 박수를 치고 환호해 주었다. 담임도 기특하다며 반장의 머리를 쓰다듬어 주었다. 머리가 번쩍하고 깨는 것 같았다. 주변으로부터 사랑을 얻어 내는 방법을 알게 된 기분이었다. 그날부터 열심히 공부했다. 부모를 졸라 문제집과 참고서도 샀다. 성적이 오르기 시작했다. 성적표에 수나 우가 기재되는 과목이 늘어났다. 연말엔 우등상도 받았다. 다음 해엔 반장으로 선출되었다. 주변에 아이들이 꼬이기 시작했다. 선생들도 걸핏하면 불러 댔다. 이기적인 부모로부터 정기적으로 용돈을 받기도 하였다.

행복했다. 그때는 행복했다. 행복은 영원한 것인 줄 알았다. 하지만 전임 반장을 넘어설 수는 없었다. 이제는 반장이 아님에도 불구하고, 녀석의 주변은 늘 아이들로 넘쳐 났다. 여전히 전교 1, 2등을 오가는 학업 성적을 냈다. 달걀부침 하나 없이 매번 오징어젓갈만 반찬으로 싸 오는 녀석의 도시락을, 아이들은 같이 먹겠다고 줄을 섰다. 녀석은 남들이 기피하는 수비수나 골키퍼만 보았지만, 정작 골을 넣은 아이들은 제일 먼저 녀석에게 달려갔다. 집에 공부방은커녕 변변한 책상 하나 없다고 들었다. 지난겨울엔 가족들 모두가 연탄가스를 마셔 응급실에 실려 간 적도 있었다. 희한했다. 아무것도 없는 녀석한테 왜 모두가 들러붙는 것인지. 왜 불행해야 할 녀석이 가장 행복해 보이는 것인지.

  난 다시 불행해졌다. 녀석의 행복이 커질수록 나의 불행도 커졌다. 녀석의 행복을 빼앗아 와야만 내가 행복해질 거라는 생각이 들었다. 난 배가 아프다며 조퇴를 신청했다. 아이들 모두가 운동장에서 공을 쫓고 있을 때, 몰래 교실로 들어왔다 아이들의 일제 볼펜, 미제 시계 등을 훔쳐서 전임 반장의 가방 안에 고이 넣어 두었다. 다음 날, 예상대로 학교에는 풍파가 일었다. 아이들은 전임 반장을 비난했다. 도시락은커녕 말을 붙이는 것조차 삼갔다. 전임 반장의 어머니가 교무실로 불려 왔고, 녀석은 반성문을 여러 차례 제출해야 했다. 녀석은 말이 없어졌다. 성적은 떨어졌다. 난 속으로 쾌재를 불렀다.

  하지만 희한한 일은 다시 일어났다. 벌로 한 달째 화장실 청소를 하고 있던 녀석을 돕는 아이들이 생겨났다. 학급 회의에선, 한 가지 실수로 아흔아홉 가지 잘한 일이 묻혀선

안 된다며 옹호하는 아이들도 생겨났다. 다시 아이들이 모여들기 시작했다. 오징어젓갈 도시락을 함께 먹었고, 축구공을 쫓아 먼지 나게 뛰었다. 결정적인 이유는 따로 있었다. 내가 체육 시간에 교실로 들어가는 것을 봤다는 증언이 나왔던 것이다. 난 조퇴를 신청해 놓고 다시 학교로 돌아온 이유에 대해 추궁당했다. 난 억울하다며 대성통곡하는 것으로 상황을 일시 모면했다. 하지만 담임과 아이들은 내가 범인이라는 심증을 굳히고 있었다. 선생들과 아이들의 뾰족한 눈초리에 시달렸다. 잠을 설쳤다. 같이 도시락을 먹는 아이들에게 신경질을 내었다. 아이들이 떨어져 나갔다. 성적이 떨어졌다. 담임은 나를 투명 인간 취급했다.

  죽고 싶었다. 죽어야만 했다. 죽어야만 이 악몽에서 벗어날 수 있었다. 그래. 죽어 주마. 너희들이 원한다면 죽어 주마. 분노가 차올랐다. 내가 잘못했다는 건 알았지만, 그래도 모든 이가 원망스러웠다. 유서를 썼다. 분노와 원망으로 점철된 내용이었다. 인근에서 유일한 고층 아파트로 향했다. 옥상 문이 자연스럽게 열린다. 15층 아파트에서 바라본 아래는 까마득했다. 두려움보다는 불특정 다수에 대한 원망이 더 컸다. 공포보다는 안온으로의 도피가 먼저였다. 몸을 날렸다. 몸이 붕 뜨는가 싶더니 그대로 바닥에 내리꽂힌다. 오른쪽 머리가 땅에 닿는다는 느낌, 그리고 고통이라 불릴

만한 것이 순간적으로 일었다. 하지만 그것도 잠시였다.

두 번째.

난 불행하다. 불행했었고 불행할 것이다. 부모는 이기적이었고 미숙했다.

난 소심하고 위축된 아이가 되었다. 말수가 없었고 먼저 손을 내밀 줄도 몰랐으며, 따라서 친구도 없었다. 어머니의 말처럼 여자애로 태어났으면 조금은 더 사랑받을 수 있었을까 고민해 보곤 했다. 인기쟁이 반장을 거울삼아 공부를 시작했다. 성적이 올랐고 상도 탔으며 인기도 얻었다. 하지만 전임 반장의 인기는 식을 줄 몰랐다. 난 두려웠다. 처음으로 맛보는 행복의 달콤함을 빼앗길까 두려웠다. 그의 행복과 나의 행복을 바라지 않았다. 그의 불행과 나만의 행복을 원했다. 거기서 비롯된 전모는 금방 발각되었고, 세상에서 난 가장 사악한 존재가 되었다. 악마가 도망갈 곳이나 기댈 대상 따위는 존재하지 않았다. 죽는 것 이외에 다른 방법은 없었다. 죽는 것도 방법이라 부를 수 있는지는 모르겠지만.

인근에서 유일한 아파트를 찾았다. 원래 옥상 문이 이렇게 쉽게 열리나. 짧은 의구심이 들었다. 밑을 내려다보았다. 주차된 자동차가 백화점 유리 상자 안에 진열된 미니카만 했다. 오후를 거니는 주민들은 개미보다도 작았다. 코끝이 매캐했다. 이미 열린 지옥으로부터 유황불을 피우는 연기가 끼쳐 오나 보다 생각이 들었다. 그런데 그 매캐함이 너무 사실적이었다. 연기의 진원지로 시선을 돌렸다. 웬 녀석이 구석에 웅크린 채 불을 피우고 있었다.

- 불 있냐?!

내 또래 정도로 보이는 아이가 벌겋게 달아오른 얼굴을 하고는 나를 돌아보았다. 녀석이 쥐고 있던, 타다 만 종이에는 사랑, 마지막, 하늘나라와 같은 글귀가 보였다.

- 유서 썼냐?
- 오징어 되고 싶었냐?

녀석을 향해 어리다는 듯 비웃음을 머금고 묻자, 내가 추락을 위해 올라섰던 자리를 쳐다본 녀석이 이죽거렸다. 난 라이터를 빌려주었다. 바람이 몹시도 거셌다. 우리는 서로의 어깨를 모으고 손으로 작은 바람막이를 만들었다. 더 태울 게 없어지자 내가 가져온 유서도 불쏘시개로 활용했다. 세상을 날려 버릴 분노로 가득 찬 유서는 그렇게 불꽃의 생명을 연장하는 도구가 되었다. 우리는 따뜻하면서도 매캐한 불꽃을 앞에 두고 잠시 손을 녹였다. 서로 아무 말도 하지 않았지만, 같은 생각을 하고 있을 것이라는 걸 알고 있었다.

- 야, 이놈의 새끼들아!

연기를 본 경비 아저씨가 옥상 문을 열고 뛰어왔다. 우리는 미리 도망갈 동선이라도 계획해 놓은 것처럼, 각자 양방향으로 흩어졌다. 어느 놈을 잡아 족칠까를 순간 고민하던 경비 아저씨는 눈앞에 불꽃부터 제어해야만 했다.

아파트를 내려온 우리는 저물어 가는 해를 따라 걸었다. 녀석의 집은 어둡고 추웠다. 작은 형광등을 켰지만 그래도 어두웠다. 녀석이 손수 연탄불을 갈고 왔지만, 이불이 깔린 부분을 제외하면 노란 장판 위는 여전히 차가웠다. 녀석이 개다리소반에 음식을 내왔다. 아침에 먹다 남은 콩나물무침과 오징어젓갈 그리고 청록색 소주병이었다. 대폿집이라고 써진 가게에 들어가 앉아 하염없이 울고 웃는 어른들 흉내를 내고 싶었다. 하지만 맛이라고 할 것도 없이, 쓰고 화끈거리고 역했다. 마치 쓰디쓴 보약과 맛이 같다고 말하자, 녀석은 보약도 먹어 봤냐며 눈을 동그랗게 떴다. 이래서 전임 반장의 도시락이 인기가 있었던 것이로구나! 매콤달콤한 오징어젓갈 한 가락이 소주의 역함을 가셔 주었다.

녀석의 이름은 희수였다. 당시 너무 취해서 누가 먼저 어떻게 자기소개를 했는지는 기억나지 않는다. 녀석이 나에게 죽으려고 했던 이유를 물었을 때, 모두로부터 버림받았다고 말했다. 뱉어 놓고 나니, 제법 멋있다는 생각이 들었다. 녀석 또한 자신이 죽으려는 이유를 얘기했으나, 술에 취한 나는 오징어젓갈 한 채를 입에 문 채 그대로 곯아떨어졌다.

그날 이후로 희수와 난 늘 함께했다. 하지만 난 인문계 고등학교를 거쳐 정원 미달인 대학에 턱걸이로 들어갔고, 녀석은 상업고등학교를 나와서 곧바로 취업 전선에 뛰어들었다. 희수와 난 같은 시기에 입대했다. 동반 입대제도가 없던 당시였다. 운전면허가 있던 난 강원도 홍천군으로 자대배치를 받았고, 녀석은 의무경찰로 차출되었다. 난 야수교에서 운전병이 되었다. 힘들었다. 최악이었다. 희수를 만나기 전까지의 청소년기가 최악이라고 생각했는데, 여긴 더했다. 청소년기엔 외로워서 죽고 싶었으나, 군대에선 외로울 틈이 없었다. 외롭게 좀 내버려두었으면 소원이 없을 정도였다. 늘 불렀고 찾았고 시켰고 그래서 해야만 했다. 하고 나면 패거나 얼차려를 주거나 둘 중 하나였다. 특히 넉 달 먼저 들어온 선임의 갈굼에 미칠 지경이었다. 서라고 해서 브레이크를 밟으면, 서라고 했지 언제 브레이크를 밟으라고 했냐며 때렸다. 가라고 해서 액셀 밟아도 되겠습니까라고 물으면, 그걸 질문하고서 출발하는 놈이 어디 있냐고 욕했다. 지옥이었다. 살고 싶었다. 죽고 싶지 않았다. 하지만 여기서 살아나갈 수 있는 길은 없었다. 남은 2년을 버틸 수 있는 에너지도 동기도 없었다. 몸도 마음도 쉬고 싶었다. 죽는 것밖에는 방법이 없었다.

모두가 잠든 밤, 화장실로 향했다. 좌변기를 밟고 올라가 천장의 사각 베니어합판 하나를 열었다. 낮에 숨겨 둔 점프스타터에 연결하는 케이블을 꺼냈다. 새끼손가락 굵기의 검은 선이 손에 잡히자 마음이 편안해졌다. 결코 풀리는 일이 없게 두 번 매듭을 지었다. 개 목줄처럼 만들어진 고리에 고개를 넣고 좌변기 위에서 발을 뗴었다. 컥 하는 소리가 목이 아닌 가슴으로부터 빠져나온다. 숨이 막힌다. 온몸에 모든 힘이 들어간다. 눈알이 튀어나올 것만 같다. 입 밖으로 혀가 빠져나온다. 한껏 벌린 입으로 소리를 지르려 했으나 컥컥대는 소리만 귓가에 맴돈다. 살고자 하는 마음에 허공에 대고 발버둥을 쳐 댄다. 목 뒤편에서 두둑하며 무언가 끊어지는 소리가 들린다. 얼마나 시간이 지났을까. 들숨은 없고 날숨만 있다는 게 어렴풋이 느껴진다. 편안해진다. 기분이 좋아지는 것도 같다. 고통은 없다. 졸린다. 희미해진다. 모든 것이 희미해진다. 세상도, 내 존재도.

세 번째.

 난 불행했다. 불행했었고, 불행할 것이다. 부모는 미성숙하며 이기적이었다.

 난 그런 부모 밑에서 소심하고 위축된 아이로 성장했다. 먼저 다가갈 줄 몰랐다. 친구는커녕 바보 취급을 받지 않은 것만도 다행이었다. 혹시 전생에 여자아이였나? 줄 때까지 기다리고 나대는 거 아니라는 교육으로 철저하게 세뇌당한 여자아이. 문득 그런 의구심에 휩싸일 때가 있었다.

 늘 아이들에게 둘러싸여 있는 전임 반장이 부러웠다. 나도 그를 따라 열심히 공부했고 성적을 올렸다. 상을 받았고 선생들이 칭찬했고 아이들이 말을 걸어오기 시작했다. 하지만 오징어젓갈만 싸 오고, 축구할 때는 수비나 골키퍼만 보며, 사과 궤짝을 책상 대신 사용한다는 녀석, 그런 놈이 전교 상위의 성적을 내고, 인기가 있다는 것은 있을 수 없는 일이다.

 내가 행복하기보다는 녀석이 불행하길 원했다. 체육 시간에 아이들의 물건을 훔쳐 녀석의 가방에 넣었다. 하지만 영원한 비밀은 없는 법. 악행은 들통났고 난 현존하는 악마가 되었다. 슬픔, 분노, 서러움 등이 짬뽕이 된 심정으로 고층 아파트 옥상에 올랐다. 옥상 문이 이렇게 쉽게 열려 있어도 되는 건가 싶었다. 그때, 구석에서 유서를 태우고 있는 희수를 만났다.

같은 아픔을 가졌기에 쉽게 친해질 수 있었다. 각자 다른 학교에 진학했고 대학교와 취업이라는 다른 진로를 선택했지만 늘 함께 있는 기분이었다. 서로 다른 곳을 보고 있어도 등을 맞대고 서 있는 기분.

같은 시기에 입대했다. 난 운전병이 되었다. 힘들었다. 죽고 싶었다. 선임은 나의 존재 자체를 싫어했다. 시켜서 하면 했다고 욕먹고, 몰라서 물어보면 물어본다고 때렸다. 아침에 기상하면 오늘은 또 얼마나 두들겨 맞고 얼마나 욕을 먹을까, 한숨부터 나왔다. 아직 이 년 이상 남은 이 기간을 버틸 자신이 없었다.

모두가 잠든 밤 화장실로 향했다. 천장 문을 열어, 낮에 숨겨 둔 점프 스타터 케이블을 꺼냈다. 절대로 풀리지 않게 두 번 매듭을 지었다. 목을 넣기 전, 점심때 받아 둔 편지가 떠올랐다. 발신자가 어디 경찰서라고만 쓰여 있었다. 봉투를 열자, 네 귀퉁이가 너덜거릴 정도로 헌 명함이 손바닥으로 떨어졌다. 그 위에 갈겨쓴 메모. '오징어 되고 싶냐?'

난 수소문을 통해 희수가 의무경찰로 복무하는 경찰서를 알아냈다. 그때부터 녀석과 서신을 교환하는 것이 그나마 낙이 되었다. 말도 안 되는 군대 생활에 대해 하소연하면,

녀석은 늘 한술 더 떴다.

- 거긴 그나마 천국이다. 여긴 삼 일 동안 잠을 안 재워.

갈구어 대는 선임이 전라도 출신이라며 입에 담지 못할 욕을 적어 보내기도 했다.

- 다 그런 건 아닐 거야. 우리 엄니는 너 예뻐하지 않냐. 아주 징허게.

어느덧 계절이 바뀌고 후임이 줄줄이 들어왔다. 나는 후임이 칼 각을 잡아 준 군복을 입고 말년휴가를 나갔다. 서울역 뒤편의 작은 전집을 찾아갔다. 먼저 도착한 희수는 이미 막걸리 한 주전자를 비운 터였다. 우리는 건배했다. 놋그릇에 담긴 막걸리가 사방으로 넘쳤다.

- 살아남았다!!

희수는 느닷없이 빵을 배우겠다며 학원에 등록했다. 녀석이 자신의 이름을 건 베이커리를 차리겠다는 포부를 밝힐 때만 해도 난 코웃음을 쳤다. 하지만 녀석은 그 업계에선 장인으로 통하는 제빵사가 차린 학원의 일 년 과정을 최우수로 졸업했다. 곧바로 대형 빵집에 특채까지 받게 되자 주변의 시선이 달라졌다. 희수는 퇴근 후 귀가할 땐 양손에 아이들에게 줄 빵 봉투를 한 아름 들고 귀가하는 아빠가 될 거라 했다.

- 기필코 에이찌 에쑤 베이커리를 차릴 거야!

빈 소주잔을 탕 소리 나게 내려놓은 녀석은 엎드린 채 그대로 코를 골아 댔다.

난 학교를 마저 졸업한 후 작은 전자 회사 총무과에 들어갔다. 인사 관리와 기물 관리 등을 총괄하는 과장을 보조하는 역할이었다. 하지만 바쁠 땐 생산 라인에 들어가 스크루를 박거나 트럭에 완제품을 넘치게 싣고 납품을 하기도 했다. 한마디로 회사에서 필요로 하는 일을 모두 해내야만 하는 잡부였다. 한번은 입고되는 자재를 검사하는 품질관리팀에 지원을 나간 적이 있었다. 세 명은 족히 앉을 수 있는 큰 테이블을, 형광등 묶음이 하얗게 빛을 내리비추고 있었다. 눈조차 제대로 뜰 수 없는 그 빛 안에 여성 한 명이 앉아 있었다. 끊임없이 팔과 손을 놀리는 뒷모습이, 구름 한 점 없는 뙤약볕 아래서 조용히 바람에 나부끼는 작은 나무처럼 보였다. 테이블 위에는 큰 스티로폼 박스가 있었고, 바둑알만 한 자재 수백 개가 박혀 있었다. 그녀는 그것을 일일이 꺼내어 불량 여부를 검사하고 선별하는 일을 하고 있었다. 승혜 씨, 총무과에서 지원 나왔어. 자재과 과장이 넋이 빠진 나를 힐끗 보더니 그녀에게 던지듯 얘기했다. 그녀는 바둑알 같은 자재가 잔뜩 박힌 스티로폼 박스를 테이블에 올려놓으며 불량 자재의 선별 방법을 알려 주었다. 그녀가 알려 준 대로 나 역시 자재를 골라내기 시작했다. 예상대로 불량을 제대로 잡아내지도 못했고 속도도 더뎠다. 특히 바람에 몸을 실은 나무처럼 리드미컬하게 움직이지도 못했다.

- 어깨가 올라올 거예요. 양쪽에 하나씩 붙여 두세요.

그녀가 내게 가위로 반을 잘라 두 장이 된 파스를 건넸다.

그 무렵 회사의 사정은 점점 나빠졌다. 부서별 감원을 시작했고 급여가 밀리기 시작했다. 근로자들은 노조를 결성하여 파업을 진행했다. 나는 일개 부서원이었지만 회사 전반을 관리하는 총무과에 있다는 이유로 노측이 아닌 사측의 일원으로 분류됐다. 온통 붉은 머리띠를 동여맨 노조 직원들은 내가 출근할 때도 퇴근할 때도 심지어는 점심을 먹으러 갈 때도 눈을 치켜떴다. 마치 내가 월급을 주지 않는 회장이라도 되는 것처럼 몰아세우곤 했다.

- 그 입장이 되면 다 그럴 수밖에 없어요.

내 하소연을 들은 승혜 씨는 마치 노측도 사측도 아닌 제삼자인 것처럼 말했다. 선선한 바람에 몸을 맡긴 나무처럼 리드미컬한 모습으로.

퇴근길, 회사 앞에서 진을 치고 있는 노조원들을 피해 뒷문으로 나가려는 나를 그녀가 붙잡았다. 자꾸 피하기만 하면 정말 죄를 지은 사람처럼 되어 버린다고 했다. 온갖 눈초리와 스산한 욕지거리를 들으며 간신히 노조원들 틈바구니를 빠져나왔다.

- 팔자 좋네. 이 와중에 연애질까지 하고.

그러고 보니 언제부터였는지 서로의 손을 꽉 붙들고 있었다. 손은 누구의 것인지 모를 땀으로 축축했다. 난 얼굴에 열기가 오르는 것을 느꼈다. 그녀 역시 나를 지긋이 쳐다보았다. 그때, 정신 차리라는 듯 날카로운 클랙슨 소리가 귓속을 파고들었다. 승혜 씨, 타! 열린 유리문 사이로 자재과장의 면상이 빼꼼히 드러났다. 나도 그녀도 잠시 굳어졌다. 그녀가 무슨 말을 하려는 것도 같았다. 나 역시 무슨 말을 해야만 할 것 같았다. 하지만 갑자기 마음이 차분해졌다. 얼굴의 열기가 가라앉음을 느꼈다. 난 손수 하얀 로열프린스의 앞문을 열어 주었다. 잠시 망설이던 그녀는 승용차에 올라탔다. 차는 그대로 멀어져 갔다. 난 걸었다. 버스도 타지 않고 걸었다. 집 근처 시장통까지 걸었다. 대폿집에 들어가서 무작정 소주를 시켰다. 밑반찬으로 나온 오징어젓갈을 안주로 물처럼 들이켰다.

몇 주 후, 결국 회사는 도산하고 말았다. 회장은 다시 돌아와서 모든 상황을 수습할 것이라는 말만 남기고 자취를 감췄다. 노조원들은 분개했다. 구조조정 등을 이유로 일찌감치 퇴사 처리된 직원들도 살기가 가득한 눈으로 들이닥쳐 합세했다. 자재과 창고 문을 뜯고 쌓여 있는 자재를 실어 갔다. 생산 라인에 난입하여 돈이 될 만한 기계와 부품들을 모조리 뜯어 갔다. 총무과와 연구실 등이 위치한 2층 사무실에도 들이닥쳤다. 총무과장은 형사들에게 연행되듯, 직원들에게 붙들린 채 어디론가 끌려갔다. 나 역시 멱살잡이를 당하고 수없이 귀싸대기와 뒤통수를 얻어맞았다. 아프지 않았다. 마음이 아팠다. 욕을 먹고 매를 맞을수록 마음이 가라앉았다. 승혜 씨가 과장의 승용차에 올라타던 그때의 심정과 같았다. 노조원들은 자재과장과 승혜 씨가 불륜 관계라고 했다. 채무를 떠나 근본부터 더러운 것들이라고 욕지거리를 퍼부었다. 그들은 지금 어디 있을까.

 난 한 번도 가 본 적 없는 동네의 작은 여인숙에 틀어박혔다. 집에는 노조원들을 비롯해 빚쟁이들이 진을 치고 있어 돌아갈 수 없었다. 밤이면 모자를 뒤집어쓰고 동네 구멍가게를 찾아가 소주를 샀다. 작은 TV를 틀었다. 9시 뉴스에선 이탈리아 월드컵을 방송해 주고 있었다. 알토베리라는, 이름은 웃기지만 실력은 전혀 웃기지 않은 이탈리아 선수의 활약상을 보여 주고 있었다. 어지러웠다. 빈속을 소주로 무작정 채우다 보니, 검은 줄이 3초에 하나씩 올라가는 TV의 브라운관을 보고 있자니, 그 브라운관 속에서 현란한 발재간을 펼치는 알토베리를 따라가다 보니 어지러웠다. 자꾸 버스 정거장 앞이 생각났다. 땀에 흠뻑 젖은 손이 생각났다. 프린스의 앞문을 열어 주던 나와 잠시 망설이던 승혜 씨의 얼굴이 떠올랐다. 당시로 돌아가고 싶었다. 당시의 내 면상에 주먹을 한 대 날리고 싶었다. 당시의 나를 죽이고 싶었다. 하얀 로열 프린스 앞좌석에 앉은 승혜 씨와 과장은 지금쯤 전국 어디쯤을 누비고 있을까.

모자를 눌러쓰고 다시 구멍가게를 찾았다. 소주 네 병과 번개탄 두 개를 샀다. 주인아저씨가 내 얼굴을 힐끔 쳐다보았다. 봉지를 바꿔 검은 비닐봉지에 담아 주었다. 소주를 물처럼 마셨다. 이미 상당한 취기 위에 술을 더 들이붓자 그야말로 방 안이 뱅글뱅글 돌았다. 이윽고 비닐이 뜯기지도 않은 번개탄에선 검은 연기가 솟구쳤다. 이러다 여인숙에 불나는 거 아냐? 순간 걱정이 되었지만 불을 끌 생각은 없었다. 난 얇은 이불을 목까지 덮고 누웠다. 목이 칼칼해지는 느낌이 들기 시작했다. 하지만 그것도 잠시였다.

네 번째.

난 불행했다. 불행이 계속되고 있고, 앞으로도 불행할 것이 자명하다.

난 어리고 미성숙한 부모 덕분에 내향적인 아이로 성장했다. 외로움을 많이 탔으나 먼저 다가가는 방법을 알지 못했다. 강제로 수동성을 주입 받은 여자아이들보다도 못하다는 생각에 시간이 지날수록 말수를 잃어 갔다. 열악한 환경에서도 늘 밝고 건강한 전임 반장이 부러웠다. 모두가 공을 쫓으러 나간 체육 시간에, 아이들의 물건을 훔쳐서 전임 반장의 가방에 넣었다. 악의에 가득 찬 시도는 삼 일 천하로 끝이 났다. 난 억울함과 수치스러움을 가득 안고 인근의 유일한 고층 아파트 옥상에 올랐다. 잠겨 있지 않은 옥상 문이 신기하게 느껴졌다. 그때 구석에서 유서를 태우던 희수를 만났다.

동병상련이었던 우리는 급격하게 친해졌다. 학업도 진로도, 서로 다른 길을 걸었지만, 늘 서로의 곁을 지키고 있었다. 입대 후 난 운전병이 되었다. 하지만 육중한 카고 트럭은커녕 내 작은 일과조차 의도대로 할 수 있는 것이 없는 나날이었다. 전라도 출신의 선임은 내 존재 자체를 혐오했다. 나를 전염병을 퍼트리기 위해 숨을 쉬고, 독성 가득한 소변으로 강산을 오염시키기 위해 물을 마시는 놈쯤으로 치부했다. 그곳에서 달아나야만 했다. 방법은 한 가지뿐이었다. 모두가 잠든 밤, 화장실로 향했다. 낮에 숨겨 둔 점프 스타터 케이블을 꺼내어 매듭을 묶었다. 그때 낮에 받은 편지가 생각났다. 희수였다. 의무경찰이었던 녀석은 본인의 고통이 훨씬 크다고 우겼다. 편지로 고통의 크기를 두고 경쟁하는 사이 계절은 여러 차례 바뀌었고 우리는 제대했다.

희수는 대형 빵집에 들어갔고 난 전자 회사의 총무과에 입사했다. 품질관리팀에 지원을 나갔다가 승혜라는 직원을 알게 되었다. 마치 뙤약볕 속에 홀로 선 나무처럼, 미세한 바람에 흔들리는 잔가지와 나뭇잎처럼, 그 리드미컬한 모습에 매료되었다. 그 무렵 회사는 어려워지고 있었다. 라디오 대신 컴퓨터에 들어가는 전원 공급 장치를 생산하게 되었는데, 일각에선 너무 시대를 앞서가는 것 아니냐는 우려가 나왔다. 그동안 모습을 보이지 않던 회장이라는 자가 자주 회사를 찾아왔고 생산 라인을 비롯해 각 부서를 돌았다. 회장은 조회 때마다, 이제 곧 개인이 컴퓨터 한 대씩을 가지게 되는 퍼스널 컴퓨터 시대가 도래할 것이라 역설했다. 옆자리에 앉아 졸던 총무과장은 백 년 후 얘기라며 하품을 해 댔다.

- 원래 주인이 사업장에 자주 모습을 드러낸다는 건 그만큼 사업장이 안 돌아간다는 얘기야.

과장의 예측대로 회사가 부도처리 될 것이라는 소문이 돌았다. 끝까지 남아 있던 난 노측 직원들의 표적이 되었다. 나 역시 사무직을 담당하는 일개 직원이라는 것을 그들

또한 모르지 않았다. 하지만 토해 낸 분노를 받아 줄 쓰레기통이 필요했다. 과장 등 소위 윗대가리로 불리는 관리직들과 함께 공간을 사용하고 업무를 공유했던 자. 굵은 땀에 작업복을 적셔 가며 육체노동을 할 때, 사무실에서 선풍기와 찬 음료를 마시며 자판을 두들기고 장부나 깨작이고 있었던 자. 눈이 부실 정도로 하얀 와이셔츠에 넥타이를 매고 점심시간 때마다 여직원들과 희희낙락 담소를 나누던 자. 그런 자가 분노의 과녁이 되는 것이 어쩌면 당연한 것인지도 몰랐다.

퇴근길, 난 승혜 씨와 함께 희번덕거리는 눈으로 폭력을 행사하는 직원들 틈을 뚫고 버스 정류장까지 내달렸다. 어느새 손은 마주 잡은 채였다. 마주 잡은 두 손 사이를 찌릿하게 관통하는 전기가 느껴지는 찰나였다. 먼지 하나 묻지 않은 하얀 로열 프린스가 정차했다. 승혜 씨의 손을 통해 망설임이 전해져 왔다. 내 마음은 가라앉고 있었다. 차갑고 냉정하게.

– 먼저 들어가시죠. 저흰 술 약속이 있습니다.

승혜 씨의 손을 꽉 틀어쥔 채였다. 자재과장은 잘해 보라는 듯, 오만한 미소로 낭패감을 숨긴 채 멀어져 갔다. 승혜 씨와 난 걸었다. 손을 잡은 채로 걸었다. 우리 동네 시장통까지 걸었다. 순대국밥에 소주를 나눠 마셨다. 다시 버스를 타고 그녀를 집 앞까지 바래다주었다. 그녀를 한창 나팔꽃 넝쿨이 늘어지고 있는 담벼락 밑으로 밀어붙였다. 입술이 물컹했다. 순대국밥의 허파 같은 느낌이었다. 허기가 채 가시지 않았다. 허파를 먹고 또 먹었다.

　베란다를 통해 아래를 내려다보았다. 하얗게 부서지는 햇살 속에서 오래된 나무와 이름 모를 잡풀들이 우글대는 놀이터도 보인다. 오래된 아파트의 한낮은 고요하기만 하다.
　당시 회사는 간신히 부도를 막을 수 있었다. 회사에 자재를 공급해 주던 하청업체 사장이 우리 회사를 눈여겨보아 왔다. 자신이 운영하던 업체를 담보로 거액의 대출금을 끌어왔다. 우리 전자 회사의 실질적 사장이 된 하청업체 사장은, 퇴직자들을 포함해 직원들의 밀린 급여부터 지급했다. 우선 회사를 돌리고, 수익이 발생하면 그제야 인건비를 배분하는 기존의 사주들과는 다른 방식의 결정이었다. 직원들이 돌아왔다. 스스로 머리띠를 풀고 붉은색 조끼를 벗었다. 난장판이 된 회사 안팎을 정리했고, 뜯어 갔던 기자재를 복구시켰다. 회사가 아닌 회사를 구성하는 이들부터 살리자 저절로 회사가 살아났다.
　난 물심양면으로 뛰었다. 일찌감치 타 업종으로 자리를 옮겨 버린 총무과장을 대신하여 회사의 모든 관리를 도맡

앉다. 잡부처럼 필요한 곳마다 투입되곤 했던 경험을 살렸다. 새로운 판매계약을 체결하고, 물건을 만들고 검사했으며, 완성품을 납품하기도 했다. 총무과장 대리라 불렸다. 과장 역할 대리라는 뜻의 임시 직급이었으나, 회사가 정상화되자 대리라는 꼬리표를 떼어 주었다. 난 회사가 설립된 이후, 입사한 지 오 년도 안 돼 과장 직급에 오른 첫 사례가 되었다.

생각해 보면 그 시절이 가장 행복했다. 아니, 행복이라는 게 이런 것인가 보다 어렴풋이 느꼈던 유일한 시기였다. 승혜는 건강한 아들딸을 낳아 주었고, 바쁜 나를 대신해 따뜻한 마음을 가진 아이들로 키워 주었다. 회사는 성장을 거듭했다. 회사는 성장할수록 나를 필요로 했고, 내가 열심히 달릴수록 회사는 발전했다. 자연스레 한 달에 한두 번은 단란주점을 드나들 수준이 되었다. 그것도 거래처 접대가 아닌 직원 회식을 위해서였다. 난 사장에게 직접 하사받은 법인카드를 절대 반지처럼 꺼내어 자랑했다.

하지만 삶은 변화 그 자체였다. 행복과 불행은 하나의 몸통에 두 개의 머리를 가진 쌍두사 같은 모습이라는 걸 알게 된 시절이기도 했다. 어머니가 돌아가셨다.

- 최근 네 엄마는 종일 집구석에만 처박혀 있었어. 나가서 친구라도 만나라고 했더니, 내가 친구가 어디 있냐고,

입고 나갈 제대로 된 옷 한 벌이 없다고, 너 때문에 친구도 끊어지고 갈 곳도 없고 요 모양 요 꼴이 됐다며 불같이 성을 내더니 펑펑 울더라고. 매일 그랬어. 매일.

아버지는 깊이 빨아들인 만큼이나 오랫동안 담배 연기를 내뿜으며 읊조렸다. 그게 내가 기억하는 아버지의 마지막 모습이었다. 웬 젊은 여성이 울면서 전화를 해 왔을 때 난 폐암이나 심근경색 등 흡연과 직접 관련이 있을 법한 질환들을 반사적으로 떠올렸다. 사인은 후두부 충격으로 인한 급성 뇌출혈. 목욕 후 슬리퍼를 신다가 미끄러져 그대로 세면대에 머리를 부딪친 것이 사인이라고 했다.

- 아버님께서 정기적으로 불법 마사지를 해 오신 모양입니다. 요즘 많이 횡행하는 방식인데 찌라시 보고 전화하면 은밀히 집으로 찾아와서 마사지해 주고 현금으로만 비용을 받는 방식이지요. 원칙적으로는 불법 성매매 혐의가 적용되어야 하나 피의자 사망으로 사건은 검찰에 송치되지 않고 여기서 종결될 것입니다.

친절하게 설명해 주는 젊은 경찰관이었다. 또박또박 말을 쏟아 내는 말미잘 같은 주둥이에 주먹질을 하고픈 욕망을 간신히 참아 내었다.

- 부모님끼리의 금슬은 좋으셨나 보다. 비슷하게 가시는 거 보면.

석 달 차이로 연달아 상주 자리를 지키고 있는 나를 보며 희수가 한마디 거들었다. 어머니 사망 때는 몰랐는데 아버지까지 사망하자 기분이 묘했다. 아니 명치가 뻥 뚫린 것 같았다. 이제 나를 존재하게 해 준 사람들이 아예 없어졌다는 것이 묘한 느낌을 주었다. 끈이 떨어져 나간 연이 된 느낌. 한때는 거대하게 연결된 산맥이었던 것이, 밀물이 점점 차올라 이제는 동떨어진 섬이 되어 버린 느낌. 나에게 뻑 하면 우울하고 뻑 하면 자살로 도망갈 궁리부터 하는, 개같은 유전자를 물려준 양반들이었다. 그래도 그의 정자와 그녀의 자궁이 없었으면 내 존재는 없었다. 이제 내가 나라는 것을 누구를 통해 확인할 수 있을까. 나 역시도 두 사람의 사랑을 통해 지구에 도착한, 무수한 결실 중의 하나라는 것을 누가 어떻게 증명해 줄까.

  우리 집 대들보, 첫째에게 전화를 걸었다. '나중에 다시 전화드려도 될까요'라는 메시지가 돌아온다. 경험상 첫째가 나중에 다시 전화해 올 가능성은 없다. 애교쟁이 우리 막둥이. 주변이 온통 음악으로 시끄럽다. 약간은 꼬부라진 혀로 사랑해라는 말을 외치듯 반복한다. 그 대상이 전화기 건너의 아빠가 아닌, 옆에 있는 남자 친구라는 것은 어렵지 않게 짐작할 수 있다. 김치냉장고 둘째 칸에 카레 넣어 놨으니까 데워 먹어. 오늘 늦어. 마침 승혜의 문자도 도착했다.

안 들어온다는 얘기였다. 댄스동아리를 나가 춤만 추거나 산악회에 나가 등산만 하는 건 아니라는 것을 오래전부터 알고 있었다. 여자 이름으로 저장된 친구에게, 하트가 가미된 각종 이모티콘을 남발한 문자를 보고는 확신했다. 젊은 시절, 그녀는 굳건한 나무와도 같았다. 영원토록 그 자리를 지키고 있을 것만 같은 나무. 난 나무 같은 그녀를 사랑했다. 그래서 영원을 맹세했다. 내 생각은 옳았다. 그녀는 늘 그 자리에 있었다. 하지만 그 건강한 아름다움을 알아보는 사람이 나 말고도 많다는 건 생각하지 못했다. 투명한 햇살 아래 바람을 맞으며 리드미컬하게 움직이는 나무는, 많은 이로 하여금 미소를 자아내기에 충분하다는 것을.

난 아무것도 하지 않았다. 할 수 없었다. 하면 안 되었다. 그럴 자격도 그만한 지분도 없다는 것을 나도 가족들도 묵시적으로 알고 있었다. 회사를 이유로, 돈을 번다는 이유로 가족들을 외롭게 만들었다. 이제는 내가 외로울 차례였다. 회사가 잘되고 많은 돈을 벌어다 주면, 모두가 행복할 줄 알았던 미련한 자의 말로였다.

희수가 준 양주를 꺼내 마셨다. 요즘 통 잠을 이루지 못한다는 나의 말을 기억해 낸 희수는 작은 약통을 건네주었다. 수면제 백 알 먹어도 죽지 않는다, 하지만 이거 열 알이면 직방이다, 자살이 합법화된 스위스에서도 엄격하게 관리되는 거다, 베른에서 열린 세계 베이커리 박람회에 참석했다가 너 생각나서 교포인 지인으로부터 어렵게 구한 거다 등등 너스레를 떨었던 기억이 난다.

- 이번에는 내가 널 도울 차례다.

아버지 빈소로 문상을 온 희수는 내 손을 꾹 잡아 주었다. 40여 년 전 고층 아파트 옥상에서 널 만나지 않았으면 지금의 난 없었어. 콧구멍을 벌름거리는가 싶더니 이내 눈물을 뚝뚝 흘리는 녀석이 낯설게 느껴졌다. 은혜를 갚는다는 놈이, 친구의 자살을 적극 지원해? 하지만 이젠 알고 있다. 녀석의 환경이, 상황이, 마음이, 나와 다르지 않다는 것을. 늘 다른 곳을 보고 있었으나, 맞닿은 등을 통해 전달되던 그 따뜻함. 그것이 지금까지도 이어져 오고 있다는 것을.

문상을 다녀간 뒤, 녀석은 두 달 후 떠났다. 나에게 건네준 스위스제 알약을 사용했다. 녀석이 유서 한 장 없이 가버린 이유는 알 수 없다. 하지만 난 알 수 있다. 녀석의 마음도 나와 다르지 않았다는 것을.

독주를 스트레이트로 몇 잔 마시자 가늠 수 없는 취기가 오른다. 약통을 열어 새끼손톱 반만 한 크기의 약 열 알을 삼켰다. 집안의 모든 조명을 끄고 침대에 들었다. 조금 있다가 다시 일어났다. 혹시 몰라 다섯 알을 더 먹었다. 그제야 안심이 된다. 잠시면 된다.

다섯 번째?

오늘도 아이를 보았다. 굳이 찾아서 보려고 한 건 아닌데, 우연히 마주치게 되었다. 큼지막한 헤드폰을 쓴 아이는 마치 나를 보지 못한 척했다. 헤드폰 속의 음악에 묻혀 주변 소리도, 인기척도 느낄 수 없었다는 듯 자연스럽게 나를 스쳐 갔다. 하지만 그 부자연스러운 자연스러움이, 자연스럽게 부자연스러움을 불러왔다.

아이가 아는 척을 하건 말건 상관은 없다. 이전에 일면식이 있거나 어디서 본 듯한 얼굴도 아니다. 하지만 병동 내에서 아이의 행방에 관심을 갖는 쪽은 나였다. 이상하게 아이에게 신경이 쓰였다. 아마도 아이가 심장 질환이 있다는 것을, 우연히 데스크에서 듣게 된 이후부터일 것이라 추정된다. 그래서 아이의 얼굴이 그렇게 파리했구나. 그래서 붉은 혈색이 돌아야 할 입술이 검붉다 못해 푸른색을 띠었구나. 아는 게 병이라고, 그때부터 병원 복도나 하늘정원에서 자주 마주치는 아이를 유심히 들여다봤을 것이다. 아이의 입장에선 자신의 전신을 훑어보는 웬 백발의 노인네가 늙은 변태로 느껴졌을 것이고.

- 조금씩 산책을 하라고 했지, 종일 유산소 운동을 하라는 말씀은 아니었습니다.

레지던트 2년 차 젊은 의사는 병실로 돌아온 내게 다짜고짜 침대에 눕도록 명했다. 수술한 흉터 부위를 확인하고 드레싱을 하며 잔소리를 해 댔다. 개기름이 번지르르한 머리카락은 하늘로 뻗쳐 있고, 얼기설기 넥타이가 매달려 있는 와이셔츠의 목 부위는 새까맣게 때가 절어 있었다.

- 심장과 위는 관계가 없는 거지?

드레싱을 마친 의사가 뭔 생뚱맞은 질문이냐는 표정이다. 위에 종양이 발생했다고 해서 심장에까지 이상이 있을 수 있는 것인가를 물으려던 질문이었다. 물은 자도 답을 해야 하는 자도 어색하고 난감해졌다. 안경 좀 줘 봐. 멀뚱거리는 그의 안경을 빼앗아서 안경 닦는 수건으로 성심껏 닦았다.

- 한창 힘들 때지. 조금만 더 버텨.

안경은 동공과 같아서 이물질이 묻어 있으면 시력을 저해할 수 있다는 말도 덧붙였다. 안경을 받아 든 레지던트는 쓰지 않고 잠시 들고 있다가 병실을 빠져나갔다.

햇살이 한가득 들어오는 1인실 창밖으로 하늘정원이 보

인다. 툭 튀어나온 발코니로 또다시 아이가 나타난다. 아이는 창틀에 기댄 채, 다리 하나를 걸쳐 놓고 있다. 저 먼 대도시의 마천루가 아닌, 22층에서 수직으로 내려다본 까마득한 바닥만을 뚫어져라 응시하고 있다. 죽고 싶은 게로구나. 그 마음, 알겠다. 마치 여러 번 스스로 죽음의 품 안에 들어가 안겼던 사람처럼 공감이 되었다. 동시에 그럴 필요 없다는 것도 알려 주고 싶었다.

70년 가까운 생을 이어 오며 부침도 참 많았다. 청소년기엔 흔들리는 불안함 속에서 그릇된 행동을 저질렀다. 군대라는 극한의 상황을 참아 내기 어려웠고, 사랑이라는 탈을 쓴 열병은 외로움이라는 흉터를 남겼다. 스스로의 무용함과 무가치함을 절감한 중년에게는 섭취도 호흡도 존재 자체도 모두에게 폐가 된다고 여겨질 뿐이었다. 그 모든 고통의 이면엔 늘 부모가 있었다. 매번 부모 탓을 했다. 미숙한 부모가 배 속에 나와 불행을 함께 잉태하고 있었다는 생각에 빠져 있었다. 잘못되면 부모 탓이었고 잘되면 운이 좋았을 뿐이었다. 언젠가는 운만큼 불운도 찾아올 것이라는 생각에 늘 불안했다.

하지만 삶은 그렇지 않았다. 삶은 부모 탓도 아니고 운의 탓도 아니다. 그저 그렇게 되어 가는 과정일 뿐이다. 관계가 파탄 난 것도, 비난과 폭력에 몸부림쳤던 것도, 사랑이

상처가 되었던 것도, 자존감이 바닥을 쳤던 것도, 암에 걸려 시한부 선고를 받은 지금도 모두 삶의 과정일 뿐이었다. 극한의 사건과 상황에 처했을 때 목숨을 끊어 버리면 결과가 되는 것이지만, 버티고 추슬러서 넘긴다면 그건 아직도 과정인 것이다. 여전히 삶이 되는 것이다. 삶이 그렇다는 것을 살아 보기 전에는 몰랐다. 실컷 부딪치고 구르고 겪어 보니 이제야 조금 알겠다. 살아 보니 알 수 있는 것을, 이제 막 살기 시작한 아이들에게 얘기하려니 잔소리밖에 될 수가 없었다.

난 결심했다. 잔소리 따위나 하는 꼰대 대신 행동으로 보여 주는 어른이 되기로. 결과로서의 삶이 아닌 영원한 과정 위의 삶에 머물기로. 잠시면 모든 것이 해결된다.

다시, 처음.

처음 하늘정원의 창을 열고 발코니로 나갔을 땐 많은 사람이 쳐다보았다. 걱정과 불안이 가득 담긴 눈망울이었다. 하지만 그것도 잠시였다. 정원에 올 때마다 발코니에 다리를 걸치고 저 밑의 바닥만을 응시하는 아이에 대한 관심은 금세 시들해졌다. 하지만 그들의 관심이 없어졌다고 해서 내가 죽고 싶지 않은 것은 아니었다. 난 선천적으로 심장

기형을 갖고 태어났다. 백 미터를 걸으면 전봇대를 붙들고 숨을 골라야 했다. 또래들로부터는 폭력 아니면 과보호에 시달려야 했다. 창백한 피부에 반하여 고백을 했다가 진실을 알고는 도망간 남자애들만 여럿이었다. 멋진 경찰 제복 대신 반 일제 사무직 일자리를 알아봐야 하나 암울한 생각에 빠져 있었다. 무기력했다. 미래가 없었다. 사람은 희망으로 사는 것이라는데, 내일이 없으면 무엇 때문에 사는가. 심장에는 좋지 않다는 이유로 맛깔 나는 오징어젓갈 대신 멀건 흰죽만 끊임없이 먹어야 하는 것도 이젠 지겹다.

왠지 죽음이 두렵지 않다. 번지점프를 하듯이 뛰어내리면 끝이 아닌 새로운 시작이 펼쳐질 것만 같은 막연한 느낌 때문이다. 마치 전생에 무수한 경험을 통해서 체득한 것만 같은 느낌. 아니 이건 느낌이 아닌 확신이다. 이번엔 발코니 안전 바에 양쪽 다리를 모두 올렸다. 머리를 앞으로 숙이기만 하면 몸 전체가 바깥으로 넘어갈 것이다. 아마도 몸이 붕 뜨는 느낌이 드는가 싶다가 그대로 바닥에 내리꽂힐 것이다. 머리가 땅에 닿는다는 느낌, 그리고 순간적인 고통 비슷한 것을 느껴지겠지. 하지만 그것도 잠시일 것이다.

- 솔잎 씨! 기증자가 나타났어요. 솔잎 씨!

간호사 언니가 달려오며 소리친다. 규정상 기증자는 밝힐 수 없지만, 특별히 솔잎 씨를 지목했어요. 간호사도 심장에 이상이 있나 보다. 겨우 데스크에서 하늘정원까지 달려왔다고 씩씩대며 숨을 고르는 걸 보면. 덩치가 좋은 간호사는 공기를 모두 빨아들일 듯 헉헉거렸다. 그러는 동안에도, 잘됐다, 이런 경우는 없다, 특정인을 지목하여 심장을 기증하는 경우는 일찍이 없었다고 말한다.

그랬군. 죽음을 목전에 두었던 탓인지 별다른 감흥은 없다. 다만 심장 기증자가 누구인지 짐작은 간다. 오늘 새벽에 반대편 병동에서 한바탕 소란이 있었다는 것도. 새벽까지 잠을 뒤척이던 나는 반대편 병동으로 총출동하는 의료진들을 우두커니 바라보았다. 순간 그가 떠올랐다. 늘 나를 바라보던 눈빛도. 그것은 애처로움과 동질감 같은 것이었다. 결코 늙은 변태가 아니었는데. 알면서도 심술궂게 대한 자책이 밀려왔다. 참기 어려운 졸음과 함께. 난 그대로 골아떨어지고 말았다. 입원 후 처음으로 깊은 잠을 잤다.

- 라이터 있냐?

멀끔하게 생긴 녀석이 다가와 코를 훌쩍이며 물었다. 아이를 쳐다보는 순간, 눈앞에 모든 것이 펼쳐진다. 그리고 지나간다. 그것은 너무나 순식간이고 일방적이어서, 결코 벗어날 수도 거부할 수도 없다. 난 말기 암 환자가 되어 심장을 기증했던 노인이었다. 장성한 자녀들, 펑퍼짐해진 와

이프와 파타야로 여행을 갔던 중년이었다. 분주하게 일해서 과장 발령을 받자, 우레와 같은 박수를 받은 적이 있었다. 나무처럼 무뚝뚝하지만 그늘을 드리워 준 여성에게 영원을 맹세했다. 말년 병장이 되어 갓 들어온 이등병에게 카고 트럭의 정비를 세심히 알려 주었다. 말끔하게 생긴 녀석과 불장난을 하다 친구가 되어 하릴없이 거리를 쏘다녔다. 그리고 어느 날, 병원 내부의 정원에서 말끔한 녀석과 조우하게 된다. 바로 이렇게.

 - 라이터 있냐고?

이제는 조금 짜증이 섞인 질문을 하는 녀석. 난 너를 처음 보지만 너를 알고 있다. 너의 존재를 기억한다. 분명히

 - 실내에서 라이터를 왜 찾으시는 거죠? 병원 건물에선 어디든 금연이에요!

간호사가 그 녀석과 언쟁을 벌이는 동안 난 녀석의 이름을 떠올리려 애썼다.

〈『소녀와 살인마』 작품해설〉

세상을 바라보는 입체적 시각 풍부하게 발휘된 실험정신 가득한 작품들

안휘(소설가·시인·문학평론가)

일본의 저명한 소설가 아베 코보(安部公房)의 단편 「벽-S·카르마 씨의 범죄」(후에 「벽-S·카르마 씨의 범죄」로 작품명 변경)의 스토리는 도입부부터 정신이 번쩍 들게 만든다. 주인공은 어느 날 아침 갑자기 자기 이름이 세상에서 사라진 것을 알게 된다. 식당에서 밥을 먹은 다음 이름을 기록하려고 했을 때 외상장부에서 이름이 사라진 것을 시작으로, 신분증에도 이름이 지워져 있고, 양복 안주머니에 새겨진 이름까지도 지워져 버렸다. 주머니 속 모든 종이에 적혀 있던 이름도 날아가고 없다. 익숙히 알고 지내던 카운터 여자에게 자신의 이름이 뭐냐고 물었지만, 난처한 표정으로 미소를 지을 따름이다. … 1951년쯤 발표된 소설은 도입부의 첫 장면부터 파격적이었다. 아베 코보는 이 소설로 제25회 아쿠타가와상을 받으면서 단숨에 유명 작가의 반열에 오른다.

　작가의 삶은 무한히 '새로움'을 찾아내거나 창조하는 일을 반복하는 일상으로 채워진다. 여행을 하는 것도, 사람을 만나는 것도, 세상을 관찰하고 궁리하는 것도 작가에게는 새로운 글감을 발굴하는 과정이다. 그러나 단지 독자들에게 낯선 이야기를 보여 주고 들려주기 위함이 아니다. 마치 숙명처럼, 내면에서 끊임없이 샘솟는 창작의 욕구가 저절로 본인의 손에 신천지를 개척할 곡괭이를 들게 만들기 때문이다.

　소설가 김덕기 작품의 가장 큰 특징은 '화자(話者)의 다양성'이다. 문학작품의 시점(視點)과 시각(視角)의 각노를 설정하는 일은 창작 과정에서 가장 중요한 비중을 차지한다. 누구의 눈으로 어떻게 바라보며 이야기를 끌고 갈 것인가 하는 것은 작품의 주제와도 깊숙이 연관된다. 창작인들은 다 알 듯이 그런 결정은 결코 간단한 일이 아니다.

　김덕기 작가는 삶을 바라보는 입체적인 시각을 풍부하게 소유한 소설가다. 대개 작가들은 주인공이거나 이해당사자의 눈으로 자초지종을 다루는 정공 기법을 선택한다. 그렇게 시작하는 것이 이야기를 끌고 나가기가 수월하고, 스토리 흐름 형성도 자연스럽기 때문이다. 하지만 김 작가는 그런 평범함이나 안일을 거부한다. 한 사건을 서술하거나 묘사하는 일에 있어서 얼마나 다양한 시선이 존재하는지를 정확하게 체득하고 있는 듯하다. 그런 능력은 소설가가 지닌 최대의 무기가 될 수 있다.

제3, 제4의 눈과 입을 빌려서 에피소드를 끌고 가는 작법(作法)은 전통적인(또는 가장 흔한) 접근방식에 비해 몇 배의 공력이 더 들어간다. 소위 가슴을 옮겨 앉아 사고하는 능력이 탁월하지 않고서는 좀처럼 개연성을 확보하기가 어렵다. 김덕기 소설이 발칙한 실험적 접근에도 불구하고 상당한 설득력을 확보한다는 것은 작가로서 대단한 수준의 내공을 확보하고 있다는 뜻이다. 세상의 일이란 그 어떤 것이든 그 상황에 관여된 개체의 수만큼, 또는 그 이상으로 다양한 시각이 존재한다. 그 다양한 관점을 큰 감각으로 인식하고 화자 선택의 폭을 넓히는 일에 주저하지 않는 용기야말로 김덕기 문학의 범상치 않은 저력일 것이다.

빈집

자라나는 동안 성징(性徵)이 미처 성숙하지 못한 아이들이 겪는 일종의 성장 소설이다. 문득, 소설가 이문열의 대표작 『우리들의 일그러진 영웅』이 던지는 문학적 흥미가 연상되지만, 사뭇 결이 다른 감동을 일궈 나간다. 누구나 학창 시절에 남다른 매력을 풍기는 어떤 아이에 관한 기억은 하나쯤 있을 것이다. 이 소설에 등장하는 색다른 히어로 조민의 아이러니가 자못 이채롭다.

마을 중앙 민둥산 위에 덩그러니 올라선 크고 화려한 빈집. 경찰지서이거나 정보부 건물을 개조했다는 설이 나도는 그 집에 조민이라는 이름의 또래 아이가 이사 와서 산다. 전학생 조민은 '옆자리는 쉬는 시간이면 몰려든 아이들로 넘쳐날' 정도로 단숨에 인기를 끈다.

변신 로봇, 잡지책, 먹거리들이 항상 많은 데다가 수영장까지 딸린 조민의 집은 화자를 포함한 사인방 패에게 마치 놀이터나 아지트처럼 여겨진다. 그러던 어느 날 조민이 집안 어디선가 가져온 포르노 테이프를 비디오에 넣어 틀어 주는 일이 발생한다. 비디오의 야한 장면을 보던 조지가 울먹이면서 뛰쳐나간다.

머지않아 조민과 조지가 한동안 학교에 나오지 않다가

다시 나오는 일이 발생한다. 이후 화자를 포함한 아이들은 조민을 가까이하지 않게 된다. 조민의 집에서 포르노 비디오테이프 하나를 훔쳐 간 아이의 엄마가 학교를 찾아와 난리를 친 일을 계기로 조민의 위상은 완전히 추락하는 반전이 일어난다.

조민은 갖은 수난 끝에 학교엘 나오지 않게 된다. 눈에 띄게 야위어 가던 조지도 학교에서 사라진다. 그러던 어느 날 밤 부모님이 소곤거리는 조민네 이야기를 듣게 된다. 사업에 실패한 뒤 남은 물건들을 들고 주인이 없는 빈집에 들어와서 살다가 야반도주했다는….

제이라

유명한 에로 배우와 가진 특별한 '만남'의 보고서 같은, 매우 특이한 데이트 소설이다. 기획사에서 주최하는 행사에 응모해 당첨되었다는 여동생의 주선으로 기회를 얻게 된 이벤트였다.

고급 승용차가 아닌 택시를 타고 약속 장소에 나타난 여배우 '제이라'의 등장에 화자는 적이 당황스럽다. B급이지만 나름대로 슈퍼스타인데…. 제이라는 다짜고짜 배가 고프다는 말부터 꺼낸다. '동생의 전언에 의하면, 중국어로 제이라(賊辣)는 몹시 맵다, 얼얼하다, 강렬하다는 뜻을 가지고 있었다.' 시장 순댓국집에 함께 들어가 앉은 제이라는 다짜고짜 소주부터 찾는다.

'원래 이 일을 하고 싶으셨나요?'라는 질문에 제이라는 정색한다. '우리를 골초에 술 잘 먹고 아무렇게나 몸 대 주는 업소 애들로 보는 시선이 비일비재하다.'면서 '그냥 우리도 스케줄 없는 날이면 자유롭게 쉬고 싶고 놀고 싶은 직장인일 뿐'이라는 대답이 돌아온다.

민속주점으로 자리를 옮긴 둘은 술을 마시기 시작한다. … 주점 라이브 무대에 올라 마이크를 잡은 그녀의 노래 솜씨가 범상치 않다. 테이블에 놓고 간 휴대폰이 울며 액정에 '대디'라는 발신자명이 뜬다. 화자로부터 자초지종을 들은 제이라의 아버지가 '대충 마무리하고 택시를 태워 보내라'라고 부탁한다. 택시를 함께 탔다. … '반바지를 입은 덩치 좋은 남성이 인상을 쓴 채로 담배를 피우고 있다. 속도를 늦추는 택시 안을 유심히 들여다보더니 제기랄 하며 욕설을 하는 것도 같았다.'

'에로 배우'라는 아주 특별한 직업을 가진 이성과의 데이트 속에서, 주인공 제이라가 풍기는 시크한 매력이 물씬 다가오는, 그러나 따뜻한 소설이다.

블루 크리스마스

전지적 관점에서 그려 나간 우리 사회의 복잡다단한 풍속도를 상징적으로 엮어 낸 액자식 소설이다. 등장인물이 많은 데다가 워낙 복잡한 이야기를 담고 있어서 단편소설 한 편에 소화하기는 벅찬 내용으로 읽힌다. 이 소설은 인간의 양면성 또는 다면성을 에피소드들에 가득 녹여 담고 있다. 사람들은 밤낮으로, 또는 외양과 내면으로 전혀 다른 삶들을 살아내고 있다.

등장하는 인물들은 사뭇 다중적이다. 도미노처럼 이어지는 스트레스 이야기도 이채롭다. 사디스트(Sadist) 고객을 견디며 많은 돈을 버는 윤락 여성은 명품 가게에서 직원에게 초갑질 행패를 부리는 것으로 스트레스를 풀고, 여직원은 호스트바에 가서 울화를 푸는 식의 에피소드를 다룬다. 뫼비우스의 띠처럼 연결된 등장인물들이 개미지옥 같은 비밀 윤락업소인 고시원 특실에 몰려들고 화재(火災) 속에서 속수무책이 돼 버리는 마지막 스토리 구조가 교묘하다.

등장인물들과 그 특징, 역할을 정리하는 것이 복잡한 이 소설을 이해하는 데 도움이 될 것이다. … A(악덕 대기업 오너/납품 대금을 잘 주지 않으면서 환락에 빠져서 산다), A-1(A의 딸/무질서한 생활을 하며, 호스트바에서 일하는 B-1을 진심으로 좋아한다/타깃이 자기 아버지인 줄도 모르고 B-1의 살인 청탁을 받는다), B(A가 운영하는 대기업 납품업자/납품 대금을 받지 못해 전전긍긍한다), B-1(B의 아들/호스트바에서 일하고, 이른바 '전투콜' 퀵서비스 라이더 일도 한다/아버지의 한을 풀어 주기 위해 자기를 좋아하는 A-1에게 살인을 청탁한다), B-2(B의 딸/C-1의 여자 친구), C(노숙인 대장/전직 경찰 G로부터 A 살인 청탁을 받는다), C-1(C의 아들/고시원에서 4년째 공무원 시험 공부를 하고 있다), D(고시원 비밀 윤락 카페 운영 여성), E(명품매장 여직원/VIP고객인 D 등의 행패를 견디며 스트레스를 풀기 위해 호스트바에 다닌다/역시 B-1을 사랑한다), F(현직 경찰/E의 남친이나 그녀에게 폭력을 쓴 일로 외면당한다), G(성추행 혐의로 파직된 전직 경찰/변태 성욕자/F로부터 A에 대한 살인 청탁을 받아 C에게 청부한다), I(조현병 노숙자/C로부터 고시원에 불을 지르라는 지시를 받는다.)

소설의 클라이맥스는 고시원 특실에서 비밀 윤락업을 하는 D를 중심으로 전개된다. 비밀 카페에는 G가 찾아와 약에 취한 채 D와 변태 성행위를 하던 중에 덩치 좋은 A가 찾아와 두 사람 사이에 거친 몸싸움이 일어난다. '격렬한 몸싸움 중 액자가 떨어지고 초가 넘어졌다. 초는 바닥에 흥건한 양주에 옮겨붙어 작은 불꽃 정원을 만들어 냈다.' … 'D는 웃음이 터지고 말았다. 과다한 최음제와 술에 취한 탓에 어지럽긴 했지만 기분은 최고였다. D는 리모컨으로 오디오를 작동시켰다. … D는 자리에서 일어나 조금씩 리듬을 타기 시작했다.'

한편, 현직 경찰 F는 E가 좋아하는 남자가 B-1이라는 것을 알아낸다. 위치추적을 해 D에게 와인을 배달하러 온 B-1을 잡기 위해 고시원으로 들어간다. 배달을 마치고 나온 B-1에게 테이저건을 쏘아 쓰러트렸다. '문을 열고 들어가자 좁은 공간엔 C-1과 B-2가 떨면서 서로를 부둥켜안고 있었다. 예상외로 E는 보이지 않았다. … 갑자기 여성이 F에게 달려들었다. 옆에 있는 안경을 쓴 남성도 F의 다리를 잡고 넘어뜨렸다. … 이미 복도는 회색 연기가 자욱했다. 단순히 가연성 물질만 타는 것이 아닌 듯, 매캐함을 넘은 향기가 동반돼 있다. 머리가 몽롱해진다. - 비켜. 여기서

나가야 된다고!'

 비극적 결말이다. I에게 준 신나 통을 쓰지도 않았는데, 고시원은 전소되고 시신이 거듭 발견된다. 마지막 장면에 노숙자 대장 C가, 들것에 실려 나오는 아들 C-1의 시신을 보고도 알아차리지 못하는 장면이 씁쓸하다.

소녀와 살인마

 추리 기법이 동원된 매우 흥미로운 소설이다. 선물로 받은 고성능 독일제 망원경으로 '이면도로 건너편에 자리한 작은 빌라'를 관찰하는, '악취미'이자 '관음증'을 자인하는 수인공이 겪는 드라마틱한 반전 스토리다. 이 작품은 종반에 이르기까지 대반전의 플롯을 능숙하게 감추고 있어서, 흥미를 배가시키는 데 성공하고 있다.

 어느 날 망원경으로 건너편 빌라를 관찰하다가 여고생이 누군가에게 린치를 당하는 강력 사건 장면을 목격한다. 112 신고를 한 다음 현장을 확인하러 가 보니 여자가 피를 흘린 채 쓰러져 있다. 문득 자신이 범인으로 몰릴 것을 우려한 주인공은 빌라 뒤편으로 돌아 나오는 택시를 타고 달아난다.

택시 기사는 "그곳에서 벗어나야 한다"라고 말하는 주인공의 말을 듣고 이상하게도 순순히 협조한다. … 택시 기사는 화자가 휴대폰 쓰는 것을 제지했다. 휴대폰 전원을 켜둔 상태 자체가 위치추적을 당할 것이어서 위험하다고 했다. 주인공은 휴대폰을 바퀴가 여덟 개가 달린 대형트럭 화물칸에 던져 버린다.

택시를 타고 목포까지 내려간 주인공은 돈까지 떨어져 곤란을 겪는다. 택시 기사와 운전을 교대해 가며 손님을 태우기도 한다. 그러다가 어느 시골 마을에서 형사들에게 체포된다.

작품에는 마지막 장면에 일대 반전이 배치돼 있다. '내가 의식을 잃고 쓰러졌던 경찰서 로비에 소녀가 서 있었다. 목과 팔에 깁스를 했고, 안경과 마스크로 얼굴을 가리고 있었지만 그녀였다. 우물 속을 막대기로 헤집어 놓아 흙탕물이 넘쳐 오를 것만 같은 회색빛 눈동자.'

뉴스가 사건의 진상을 확인해 준다. 택시 기사는 상습 강도범이었고, 소녀는 연쇄살인범이었다.

증명

생을 이어 가는 일은 어쩌면 '증명'이 없이는 불가능할지도 모른다. 고비고비마다 누군가는 증명을 요구하고, 그 요구대로 증명하지 않으면 뜻한 바를 이루지 못하게 되는 일도 허다하다. 작품은 '증명'에 얽힌 몇 가지 에피소드들을 병렬식으로 동원하여 난해한 인생의 속 깊은 이야기들을 '증명'이라는 프리즘을 통해 풀어내고 있다. '증명'의 문턱을 넘지 못하는 딱한 인생사 속에 올올이 박힌 애환들이 슬픈 빛으로 다가온다.

소설은 6년간 교제하던 친구(여성)로부터 이별 통보를 받는 이야기에서부터 시작된다. '네가 날 행복하게 해 줄 거라는 확신이 없어.' … '왜 너만 행복해야 하는지, 내 행복에 대해선 생각해 보지 않았는지, 나는 너의 행복을 위해 노력해야 하고 너는 나의 행복을 위해 무슨 계획이 있는 것인지 등을 따져 물었'지만 소용이 없었다.

이별 사실을 전해 들은 학부모 친구(유부녀 동창)는 '어떻게 육 년이 한 방에 날아가냐!'라고 분해한다. '네 남편은 너한테 보여 줬냐?'라고 묻는 화자에게 그녀는 '아니, 안 보여 줬던 것 같아.' 그러고는 '그냥 내가 믿기로 한 거 같아.'

라고 말한다. … '그러고 보니 증명은 늘 없고 부족하며 갈급한 쪽에서 해야만 하는 것이었다. 아니, 해내야만 하는 것이었다.'

 소설은 시골에 사는 친구 자연인의 모친상 문상 이야기로 종장에 접어든다. … '이제는 남이 된, 연인에서 동창이 된, 마주치면 서먹하지만 상대를 의식해서 참석하지 않기엔 자존심이 상하는, 가장 멀어진 관계가 되어버린 친구를 보게 될지도 모른다는 기대가 한몫했다.' 하지만 주인공이 잡다한 얘기에 집중하지 못하는 것을 알아챈 학부모 친구가 연신 고개를 두리번거리는 내게 넌지시 얘기해 준다. … '좀 전에 다녀갔어. 웬 남자랑.'

살아내 주름

 세월호 3등 항해사였던 주인공이 사고 이후 겪는 트라우마와 망가진 삶, 내면의 흐름이라는 아주 특별한 소재의 작품이다. 작품 내내 이어지는 정신분열적 절규가 많은 것들을 생각하게 한다. '그날 이후 단 하루도 맨정신이었던 적이 없던 것 같다. 밤마다 술을 마셨고, 다음 날 점심까지는 숙취에 찌들어 살았다. … 무려 삼백 명 넘는 사람을 죽게 해 놓고도 버젓이 거리를 돌아다닐 수 있는 나 같은 놈 말이다.'

환상과 꿈이 뒤범벅돼 자아가 당시 상황을 다시 드나드는 장면은 인상적이다. 베테랑 항해사인 영걸 형을 찾아가 미리 알고 있는 사고를 경고한다. 그러나 돌아오는 건 비웃음뿐이다. … '난 직접 승객들을 쫓아다니며 승선을 만류했다. … 선생들은 미심쩍은 얼굴로 나를 위아래로 훑었고, 학생들은 손짓과 웃음으로 나를 변태나 또라이 취급했다.'

정신병원이다. '… 그럼 이번에도 사람들을 구하지 못한 것인가. 아무도 내 외침을 듣고 탈출한 이가 없는 것인가. 아니, 이게 정말 꿈이나 섬망이 맞는 것인가. … 높고 작은 의자에 기대듯 앉은 젊은 여성이 기타 줄을 튕기기 시작한다. … 다시 봄이 오기 전 약속 하나만 해 주겠니. / 친구야, 무너지지 말고 살아내 주렴.' 노래 가사가 깊은 여운을 남기면서 소설은 끝난다.

굴레

이 소설 역시 실험성이 대단히 높은 소설이다. 다양한 플롯 기법을 실험 도구로 사용하는 특징을 지닌 작가는 이번엔 시점을 과감하게 바꾸어 한국이 다시 일본의 식민지가 된 가상의 미래 시점을 설정하고 서울에 살고 있는 일본 청년의 시각으로 서술한다. 현재와 과거 시점을 교차하면서 스토리를 섞어 설득력을 높여 가는 기법을 구사한다.

 화자는 도쿄대 서울캠퍼스에 적을 두고 있는 강사가 진행하는 유료 역사 강좌 '글로 배운 역사, 경험이 알려 준 역사'를 수강하러 간다. 소위 반꼴이라고 부르는 '반일저항선동주의자'들의 모임이었다. '나는 왓치의 완료 버튼을 꾹 눌렀다. 글라스에선 녹화 기능이 완성되었다는 멘트가 떴다. 넌 이제 걸려들었다. 이 반꼴 놈아! 대일본국의 패망으로 온 국민이 슬픔에 빠진 날을, 빛을 다시 찾았다는 광복이라는 금기어를 사용하며 치하하다니.'

 조선통신사들이 선조에게 보고하던 장면, 순종이 한일합병조약 아래에 조인한 기명을 물끄러미 바라보는 장면 등이 중간중간 삽입된다.

 '어찌 됐건 일본이 도로와 철도를 놓아 주고 근대 문물을 들여오면서 당시의 대한제국이 현대화되었다는 것은 부정할 수 없는 사실입니다.'라고, 소위 식민지 근대화론을 말하는 화자에게 강사는 가만히 있지 않았다. '사실 그 이전부터 유력 인사들의 친일 행각은 계속 있었습니다. … 북한의 위협이 있을 경우, 일본 자위대가 우리 땅에 들어와야 한다는

주장 또한 그런 조짐 중의 하나였다고 볼 수 있지요.'

 소설은 비극적 결말로 치닫는다. 화자가 동영상을 일본 경시청에 제보할까 어쩔까 갈등하는 사이에 강사가 체포된다. 함께 있던 76세 남성은 분신을 시도해 사망했다는 뉴스가 나온다. '시너를 온몸에 붓고 라이터를 켰는데, 한인 사망자만 한 명 있을 뿐, 다행히 신사에는 불이 옮겨붙지 않았다고 했다.'

자기사용설명서

 이 소설에 동원된 실험적 기법은 기발하다. 작가는 반복해서 상황을 여러 차례 바꾸어 '결국은 자살하는' 스토리를 거듭 등장시킨다. 미래를 예측할 수 없도록 설계된 인간의 선택을 거듭 되돌려 바꿔 본다면 어떤 운명으로 귀결될까. 그런 끈질긴 궁금증은 상당히 원초적인 것이다. 김덕기 작가는 이 소설에서 치열한 실험에 몰두한다.

 소설은 다섯 개의 챕터로 나누어 이렇게 해도 같은 결말이고, 저렇게 해도 같은 결말인 인생의 아이러니를 한동안 묘사한다. '만약'이라는 가정(假定)을 허용하지 않는 게 역사라지만, 실제 인생에서도 그러할까? 의도적으로 '가정'을 끼워 넣어 결국은 불행할 수밖에 없는 인생을 풍자하듯 서술해 간다.

 (네 번째) 챕터에서 아버지의 사망 이후 아들과 딸에게 전화를 걸지만 돌아오는 무관심이 더없이 냉랭하다. '약 열 알을 삼켰다. 집안의 모든 조명을 끄고 침대에 들었다. 조금 있다가 다시 일어났다. 혹시 몰라 다섯 알을 더 먹었다. 그제야 안심이 된다. 잠시면 된다.'

 (다섯 번째) 병원이다. '… 삶은 부모 탓도 아니고 운의 탓도 아니다. 그저 그렇게 되어 가는 과정일 뿐이다. … 극한의 사건과 상황에 처했을 때 목숨을 끊어 버리면 결과가 되는 것이지만, 버티고 추슬러서 넘긴다면 그건 아직도 과정인 것이다. 여전히 삶이 되는 것이다. 삶이 그렇다는 것을 살아 보기 전에는 몰랐다.'

 소설가의 덕목에서 산문정신은 대단히 중요한 요소다. 산문정신이란 외형적 규범이나 낭만적 감상, 시적 감각을 배제하고, 현실을 객관적으로 탐구하여 자유로운 문장으로 표현하려는 문학상의 태도를 말한다. 김덕기 작가는 다양한 플롯 기법을 사용하면서도 산문정신에 충실하다. '설명하기', '들려주기', '보여 주기' 같은 기법에 충실한 집필을 구사한다.

프란츠 카프카(Franz Kafka)의 소설 『변신』의 주인공 그레고르는 책 속에서 어느 날 갑자기 벌레로 변해 버렸다. 강경한 아버지와 달리 애정이 남아 있는 여동생과 어머니는 처음엔 놀라면서도 챙겨 주지만, 점차 마음이 식어 버린다. 그리고 결국은 '저 흉측한 벌레를 어서 치워 버려야겠다'라고 마음먹는다. 벌레로 변한 그레고르와 그를 대하는 사람들의 태도는 세상에서 소외된 자들, 버림받은 자들의 이미지를 투영한다. 흉측한 몰골, 장애를 가지고 있어 경제적 능력을 상실한 자들에 대한 세상의 고정 관념이 상징적으로 대변하는 '휴머니즘의 소멸' 같은 것이 독자들의 영혼에 깊숙이 투영된다. 영원한 명작은 그렇게 자리매김한다.

김덕기의 소설 작품을 읽으면서 일본의 프란츠 카프카(Franz Kafka)라는 별칭을 얻은 아베 코보(安部公房)를 떠올린 것은 특별한 이유가 있다. 세계 문학사에 이름을 남긴 두 작가가 탐닉한 놀라운 스토리 창조에 더하여 김 작가가 과감하게 추구하는 관점 이동이 또 다른 문학세계를 확장해 갈 새로운 힘이 되리라는 영감 때문이다. 지금처럼 끈질기게 추구해 나간다면 대단한 문학적 성취를 이룰 것이라는 확신이 든다.

　세상에 존재하는 갈등들이 날로 증폭해 가는 이면에는 다양한 입장과 처지에 대한 '따뜻한 긍휼(矜恤)'의 심성이 없기 때문이다. 입체적 시각을 지닌 김덕기 작가의 소설은 갈등을 관찰하는, 또는 해법을 찾아가는 새로운 가능성을 넉넉하게 잉태하고 있다.

　작가는 늘 '새로 시작하는 사람'이어야 한다. 뭐가 되겠다는 서두름이 아닌, 어떻게 가겠다는 방향, 그러나 어떤 난관에도 행로를 멈추지 않겠다는 굳은 의지를 분명히 품고 살아가야 한다. 김덕기 작가의 첫 소설집 『소녀와 살인마』는 작가로 평생을 꿋꿋이 자신의 작품 세계를 구축해 나갈 의지를 다지는 튼튼한 기초공사다. 지금처럼, 아니 지금보다도 더 치열한 창작의 삶을 굳건하게 영위해 가길 당부한다. 김 작가의 찬연한 문업(文業)을 성원한다.